나쁜 학생은
없다

나쁜 학생은 없다

고든 코먼 지음 ◎ **성세희** 옮김

미래인

나쁜 학생은 없다

1판 1쇄 펴낸날 2019년 1월 30일
1판 5쇄 펴낸날 2022년 2월 10일

지은이 고든 코먼 **옮긴이** 성세희 **펴낸이** 김민지 **펴낸곳** 미래M&B
책임편집 황인석 **디자인** 서정민 **영업관리** 장동환, 김하연
등록 1993년 1월 8일(제10-772호) **주소** 서울시 마포구 동교로 134(서교동 464-41) 미진빌딩 2층
전화 02-562-1800(대표) **팩스** 02-562-1885(대표) **전자우편** mirae@miraemnb.com
홈페이지 www.miraeinbooks.com **블로그** blog.naver.com/miraeibooks

ISBN 978-89-8394-857-1 03840

지금 이 순간에도 전쟁을 치르고 있을
이 땅의 모든 교사들에게

차 례

1장 | 키아나 루비니 … 9

2장 | 커밋 선생 … 20

3장 | 파커 엘리아스 … 27

4장 | 알도 브라프 … 36

5장 | 커밋 선생 … 49

6장 | 마테오 헨드릭슨 … 55

7장 | 키아나 루비니 … 63

8장 | 커밋 선생 … 72

9장 | 파커 엘리아스 … 78

10장 | 키아나 루비니 … 86

11장 | 반스톰 앤더슨 … 99

12장 | 파커 엘리아스 … 106

13장 | 커밋 선생 … 114

14장 | 테디어스 박사 … 122

15장 | 마테오 헨드릭슨 … 127

16장 | 파커 엘리아스 … 134

17장 | **커밋 선생** ⋯ 138

18장 | **키아나 루비니** ⋯ 146

19장 | **파커 엘리아스** ⋯ 156

20장 | **제이크 테라노바** ⋯ 162

21장 | **키아나 루비니** ⋯ 172

22장 | **바르가스 교장** ⋯ 177

23장 | **키아나 루비니** ⋯ 182

24장 | **반스톰 앤더슨** ⋯ 187

25장 | **키아나 루비니** ⋯ 194

26장 | **커밋 선생** ⋯ 198

27장 | **키아나 루비니** ⋯ 206

28장 | **커밋 선생** ⋯ 218

29장 | **파커 엘리아스** ⋯ 233

30장 | **알도 브라프** ⋯ 239

31장 | **커밋 선생** ⋯ 244

32장 | **키아나 루비니** ⋯ 255

1
키아나 루비니

새엄마 차를 타는 건 정말 별로다. 특히 뒷좌석에서 폐가 찢어질 듯이 천시가 울어댈 때는 더더욱 그렇다.

별다른 뜻은 없다. 저 사람이 자기 엄마라는 사실을 알면 나라도 저렇게 울어젖힐 테니까. 하지만 7개월짜리 아기가 그걸 알고 우는 건 아닐 테고, 천시는 그냥 운다. 배가 고파도 울고, 배가 불러도 울고, 피곤해도 울고, 심지어 낮잠을 늘어지게 자고 난 후에도 운다. 쉽게 말하면, 천시는 '일'로 끝나는 요일에는 무조건 운다고 보면 된다.

천시 울음소리와 자동차 가속 페달 사이에 상관관계가 있나 보다. 울음소리가 커질수록 새엄마가 속도를 높이는 걸 보면.

"세상에서 제일 이쁜 아기는 누굴까요?"

새엄마가 어깨 너머로 오글거리는 목소리를 날렸다. 유아용 좌석은 뒤를 향해 고정돼 있어서 천시가 보이지 않는데도 자꾸만 반복했다.

"세상에서 제일 이쁜 아기는 누굴까요?"

"천시는 아닐걸요, 백퍼센트. 저기요, 그리고 여긴 어린이 보호구역이라고요. 속도를 줄이시는 게 좋을 텐데." 내가 말했다.

"차가 좀 움직여야 아기가 진정하지."

새엄마가 속도를 더 높였다.

그럴지도. 하지만 학교 진입로에 들어서면서, 아이들을 내려주려고 세워둔 학부모들의 차를 피하느라 새엄마는 방향을 급히 바꾸거나 끽 소리가 날 만큼 급정거하기도 했다. 그건 과한 움직임이 확실했다. 천시가 아침밥을 모두 게워냈으니까. 순식간에 자동차 천장에서도, 유리창에서도 시리얼이 흘러내리는 장관이라니. 이건 천시의 또 다른 특기다. 천시는 뭐든 먹었다 하면 부풀려 내보내는 위를 가졌다. 티스푼만큼 먹어도 20리터는 족히 토한다.

"얼른 내려!" 새엄마가 명령하듯 말했다.

"나랑 같이 가야죠! 어른 없이는 등록 안 해줄 거 아녜요."

나는 쉽게 물러서지 않았다.

새엄마는 지쳐 보였다. 그럴 만도 했다. 그렇게 많은 아기 토사물을 보는 것만으로도 힘이 쪽 빠질 테니까.

"집에 가서 천시 옷 갈아입히고, 차도 대충 닦고 올게. 여기서 기다려. 10분, 넉넉잡고 15분만."

뭐 어쩌겠어. 내가 책가방을 들고 차에서 내리기 무섭게, 새엄마가 둥글게 휜 진입로를 쏜살같이 돌아 나갔다. 평소에 하는 파마산 치즈 농담을 던질 시간조차 없었다. 천시가 토하면 파마산 치즈 냄새가 나는데, 나는 그 냄새인 줄도 모르고, 캘리포니아를 떠나 아빠와 새엄마와 함께 지내려고 이곳 동부에 처음 왔을 때, 여기 사람들이 이탈리아 음식을 엄청 먹어대는 줄 알고 좋아했었다. 그리고 곧 실망했다. 뭐, 실망한 일이야 셀 수 없이 많지만.

그리하여 나는 그리니치 중학교 앞에 덩그러니 혼자 남아서, 새 학기 첫날 등교하는 수많은 아이들을 쳐다보는 신세가 되었다. 힐끔거리며 내게 눈길을 주는 애들도 있었지만, 많지는 않았다. 아무도 전학생에겐 관심 없으니까. 나는 단기 전학생이다. 친엄마가 유타 주에서 영화 촬영을 하는 몇 달 동안만 이 학교에 있을 예정이다. 우리 엄마는 유명 배우는 아니지만, 그래도 이번 영화 촬영을 결정적인 기회로 여기고 있다. 여러 해 동안 시트콤이나 광고에 군데군데 출연하며 겨우 공과금이나 내는 정도였는데, 마침내 독립 영화를 찍게 된 것이다. 나는 영화를 촬영하는 8주 동안이나 엄마와 함께 갈 수는 없었다. 나까지 초대받은 게 아니니까.

결국, 수업 종이 울리고 그 많던 아이들은 모두 학교 안으로 사라졌다. 새엄마는 안 왔다. 난 공식적으로 지각이다. 그리니치에서의 출발이 썩 좋지 않다. 하지만 단기 전학생은 이런 것들에 신경 쓰지 않는다. 지각이 표시되어 나를 괴롭힐 성적표를 받기 전에, 이곳을 떠날 테니까.

나는 휴대폰을 확인했다. "10분, 넉넉잡고 15분"에서 이미 20분이나 지났다. 이게 바로 '새표시'다. 새엄마 표준 시간. 새엄마한테 전화를 걸었지만 새엄마는 받지 않았다. 오는 길이거나 몇 초 후면 도착한다는 뜻일 거다.

이미 수십 초도 넘게 지났는데. 토사물 냄새가 진동하는 차는 아직도 오지 않았다.

나는 학생들의 하차 장소에 있는 벤치에 앉아 팔걸이에 가방을 기대놓았다. 생각해보면 새엄마(진짜 이름은 루이스)가 그렇게 괴물 같은 건 아니다. 아빠에 비하면 간섭도 훨씬 덜하다. 아마 아빠보다는 새엄마가 나랑 나이 차이가 덜 나기 때문이겠지. 중학교 3학년짜리를 돌봐야 하는 새엄마 역할을 새엄마는 그다지 좋아하지 않았다. 그래도 나한테 잘해주려고 노력은 한다. 그 노력이 오래가지 않을 뿐이지. 학교에 등록시켜줘야 하는 이 시점에 나를 이 낯선 학교 앞에서 오도 가도 못하게 버려놓은 것처럼.

거친 엔진 소리에 나는 다시 신경을 곤두세웠다. 새엄마의 차 소리일 거라고 생각했는데, 녹슨 구닥다리 픽업트럭이 진입로에 들어서고 있었다. 새엄마는 흉내도 못 낼 만큼 훨씬 빠른 속도로. 그런데 그 픽업트럭이 진입로에 들어서면서 앞바퀴가 경계석 위로 올라오는가 싶더니, 그대로 나를 향해 돌진하는 게 아닌가. 나는 본능적으로 몸을 날리며 가까스로 벤치 뒤로 피했다.

트럭은 겨우 1센티미터 차이로 벤치를 비껴갔다. 하지만 사이드미러가 벤치 팔걸이에 기대놓았던 내 가방을 공중으로 날려버렸다. 안에 들어 있던 바인더들, 서류들, 필통, 체육복 바지, 운동화,

도시락이 사방으로 날아올랐다가 비가 내리듯 길바닥에 후드득 떨어졌다.

픽업트럭이 끽 소리를 내며 멈췄다. 운전자가 뛰어나와서 흩어진 내 물건들을 줍기 시작했다. 그가 정신없이 뛰어다니느라 그의 셔츠 주머니에 있던 종이 서류들이 이리저리 떨어졌다.

나도 따라 줍다가 그의 얼굴을 보니, 운전자는 다름 아닌 어린애였다. 내 또래의 학생!

"너, 어쩌자고 운전을 해?"

가까스로 사고를 피한 충격이 아직 가시지 않아서, 나는 숨도 제대로 쉬어지지 않았다.

"나, 면허증 있어." 세상에서 제일 흔한 일이라는 듯, 그 애가 아무렇지도 않게 대답했다.

"말도 안 돼! 넌 내 또래잖아!"

"나, 열네 살이야."

그 애가 앞주머니를 뒤져서 코팅된 카드를 꺼냈다. 파커 엘리아스라는 이름 위에 멍청한 표정을 하고 있는 그 애 사진이 붙어 있었다. 카드 위쪽에는 이렇게 적혀 있었다. **임시면허증.**

"임시면허증?"

"집안 사업을 위해 운전 허가를 받은 거야."

"뭐, 무슨 장의사 사업? 날 거의 죽일 뻔했다구."

"농장. 내가 농산물을 시장에 배달하거든. 할머니를 노인복지관에 모셔다드리기도 하고. 너무너무 늙으셔서 더 이상 운전을 못 하시거든." 그 애가 설명했다.

내 평생에 농부를 만나본 건 처음이었다. LA에는 농부가 거의 없으니까. 그리니치가 시골 동네라는 건 알지만, 농부와 함께 학교를 다니게 될 줄이야.

그 애가 주워 든 물건들을 내 가방에 아무렇게나 쑤셔 넣고는 나한테 건넸다. 사이드 미러에 부딪힌 자리가 찢겨 구멍이 나 있었다.

"내가 좀 늦어서. 가방은 미안하게 됐어."

그 애는 픽업트럭에 올라타고 주차장에 주차한 뒤, 의도적으로 내 시선을 피하면서 학교 건물로 달려갔다.

새엄마의 차는 지평선 위 어디에도 보이지 않았다. 나는 다시 전화를 걸었다. 하지만 곧장 음성메시지로 연결되었다.

나는 스스로 해결해보자고 마음먹었다. 서류 작성 정도는 내가 먼저 가서 해도 될 것 같아서.

행정실은 아수라장 그 자체였다. 행정실에서 북적거리는 애들은 1)수업시간표를 잊어버렸거나, 2)수업시간표를 이해하지 못하거나, 3)수업을 변경하려는 애들이었다. 업무에 찌든 행정실 직원에게 부모님이 와서 등록해줄 때까지 기다리겠다고 말하자, 그녀는 대꾸도 없이 손가락으로 구석 의자를 가리켰다.

그리니치 중학교에 나쁜 감정은 없지만, 나는 이곳을 싫어하기로 결심했다. 누가 나를 비난할 수 있겠어? 이건 거의 천시 때문에 생긴 일이지만, 소년 농부 파커와 그 애의 임시면허증도 책임이 없지는 않다.

휴대폰이 울렸다. 새엄마의 문자메시지였다. *천시 데리고 병원 간다. 혼자 어떻게든 해봐. 곧 연락할게.*

행정실 직원이 카운터 뒤에서 일어서더니, 인상을 쓰며 내 앞으로 다가왔다.

"학교에서는 휴대폰 사용 금지야. 전원 끄고 사물함에 넣어두고 와."

"전 사물함이 없는데요. 오늘 전학 온 거라서. 어디로 가야 하는지도 모르고요."

"여기, 네 시간표에 적혀 있잖니." 그녀가 구멍 난 내 가방에서 종이 한 장을 쑥 빼들며 말했다.

"시간표요?"

내가 수업시간표를 어디서 받았지? 난 아직 이 학교에 등록한 학생도 아닌데.

"넌 117호로 가야 해. 자, 어서 가라."

그녀는 117호까지 가는 복잡한 경로를 빠른 속도로 읊었다.

나는 행정실 밖으로 나왔다. 복도를 반쯤 걸어간 후에야 수업시간표라는 종이를 읽어본 나는 맥이 탁 풀려버렸다. 수업시간표는 맞는데, 내 것이 아니었다. **엘리아스, 파커. 3학년.** 종이 위에는 그렇게 쓰여 있었다.

이건 소년 농부 파커의 시간표구나! 아까 떨어진 물건들을 주울 때 딸려온 게 분명하다.

나는 행정실 방향으로 다시 세 걸음쯤 옮기다가 그 자리에 멈춰

섰다. 그 행정실 직원 얼굴을 다시 보고 싶지 않았다. 새엄마 없이 나를 등록시켜줄 리도 없는데. 소아과에 환자가 밀려 있으면, 그 멍청한 의자에서 하루 종일 기다려야 할지도 모른다. 그러긴 싫다.

다른 방법도 생각해봤다. 15분만 걸어가면 집이다. 하지만 그건 진짜 우리 집도 아니고, 여기보다 집에 있는 게 더 싫다. 힘들게 일어나서 준비하고 왔으니, 학교에 있는 게 맞다.

파커의 시간표를 다시 읽어봤다. 117호. 좋아, 내 교실은 아니지만, 여기도 교실은 교실이니까. 그리고 솔직히, 무슨 상관이람? 두 달 동안 특별히 뭘 배울 것도 아닌데. 여기서 대충 버티다가 도시로 돌아가면 그만이다. 나는 제법 멀쩡한 학생이다. 새엄마가 도착하면, 학교에서 방송을 해주겠지. 그러면 그때 정해주는 교실로 가면 된다. 뭐 그렇다고 거기서 뭔가를 배울 건 아니지만. 그래도 그리니치 중학교에서 벌써 한 가지 배운 게 있다. 열네 살은 운전하면 안 된다는 것.

그리고 방금 나는 하나 더 배웠다. 바로 이 건물은 미로라는 사실이다. LA에서 내가 다녔던 학교는 모든 것이 야외에 있었다. 교실 문만 열면 찬란한 태양이 늘 기다리고 있는. 길을 헤맬 일도 없었다. 안뜰을 사이에 두고 모든 교실이 다 마주 보고 있으니 말이다. 숫자도 일목요연했고. 하지만 여기는, 109호 옆에 111호가 있다. 그리고 그 옆은 '창고 E61-B2'라고 표시되어 있다. 도무지 이해할 수가 없다.

나는 지나가는 애들한테 물어봤다. 하지만 다들 117호 같은 교실은 없다고 말했다.

"당연히 있을 텐데. 내가 그 반이거든."

나는 두 번째로 물어본 남자애한테 손가락으로 파커의 이름을 가리면서 수업시간표도 보여줬다.

"잠깐만. 뭐지? 특자반-3?" 그 애가 눈썹을 찡그리더니 반 표시를 가리키며 말했다.

나는 눈을 껌뻑거렸다. 그 애가 맞았다. 평범한 시간표가 아니었다. 몇 교시에는 무슨 수업이라고 표시된 시간표가 아니라, 파커는 하루 종일 117호에 머무른다고 쓰여 있었다. 그뿐 아니라, 과목명 자리에 특자반-3만 반복해서 적혀 있었다. 12시 8분부터 점심시간이라는 것만 빼고.

"아, 여기 있다. 특자반-3: 특별 자율 수업반 3학년." 나는 맨 아래에 적혀 있는 설명을 읽었다.

"언티처블스?" 그 애가 나를 쳐다보며 말했다.

"언티처블스?" 나는 그 애의 말을 따라 했다.

"있잖아, 언터처블스, 그러니까 이 반 아이들은 건드릴 수 없어 (untouchable). 왜냐면, 가르칠 수가 없는(unteachable) 애들이라서. 그럼 잘 가."

그 애는 얼굴이 빨개지면서 말을 더듬더니 복도로 뛰어가버렸다.

나는 바로 알아들었다. 그 애 표정에도 나타났지만, 사실 더 이상의 설명이 필요 없었다. 0.5톤 트럭으로 책가방을 망가뜨릴 수 있는 애가 속한 반이 어디겠는가. '언티처블스'는 구제불능반이다.

캘리포니아 학교에도 그런 반이 있었다. '고장 난 기관차'라고. 이름은 다르지만 똑같은 거다. 이런 학급은 어느 학교에나 있겠지.

행정실로 돌아가서 따지려다가 생각해보니, 내가 따질 수 있는 게 없었다. 행정실에서 나를 언티처블스로 보낸 게 아니니까. 이건 엉뚱한 서류를 내 가방에 넣은 파커 잘못이다. 여기까지만 봐도, 파커는 이 반에 딱 맞다.

나는 행정실 구석에 하루 종일 앉아서, 새엄마가 오기만을 기다리고 있을 내 모습을 상상해봤다. 물론 새엄마가 온다는 전제하에. 대충 8분에 한 번씩 생기는 천시의 소동에 스트레스를 너무 받아서, 새엄마는 다른 일에 신경을 쓰지 못한다. 아빠의 표현을 빌리자면, 정말 "아이고, 루이스"다.

그래서 나는 117호로 갔다. 공작실과 진로상담실, 그리고 관리사무실을 지나, 학교 건물의 맨 끝 구석에 있는 교실이었다. 체육관 옆을 지나는데, 복도에서부터 오래된 양말 썩는 냄새와 희미한 바비큐 냄새가 나기 시작했다. 아주 잠시만이야. 나는 스스로에게 상기시켰다. 어차피 잠깐만 다니는 거니까.

구제불능반이든, 고장 난 기관차든, 언티처블스든 무슨 상관이람? 어쨌든 그 애들도 다른 애들과 똑같은 학생일 텐데. 파커도 마찬가지다. 운전대를 잡으면 사회에 위협적인 존재지만, 다른 애들처럼 그 애도 평범한 3학년일 뿐이다.

아무리 언티처블스라 해도 심각해봤자 얼마나 심각하겠어.

나는 문을 열고 117호 안으로 걸어 들어갔다.

유일하게 열어놓은 창문 밖으로 연기가 빠져나가고 있었다. 교실 한가운데 있는 쓰레기통에서 불길과 함께 연기가 치솟고 있었다. 몇 명 안 되는 애들이 그 주위에 모여서, 필기용 연필 끝에 마시멜로를 끼워 불에 굽고 있었다. 파커도 거기 있었다. 파커의 마시멜로는 이미 석탄처럼 까맣게 그을려 있었다.

짜증난 목소리가 들려왔다.

"야, 문 닫아! 복도 화재감지기 울리게 하고 싶냐?"

맙소사. 내가 정말 언티처블스에 왔구나.

2
커밋 선생

새 학기 첫날.

그 설렘을 기억한다. 가르치게 될 새로운 학생. 지식으로 채워질 새로운 마음. 그리고 완성될 새로운 미래.

이 문장의 핵심 단어는 **기억한다**이다. 30년 전 이야기니까. 나는 그때 젊었다. 학생들과 나이 차이가 얼마 나지 않을 만큼. 교사가 된다는 건 직업 그 이상의 일이었다. 교사란 소명이고, 미션이었다. 정확한 표현이다, 미션 임파서블. 그 시절의 나는 그걸 몰랐다. 그저 '올해의 교사'로 뽑히고 싶었고, 실제로 그 목표를 이뤘다.

그때부터 문제가 시작되었지.

여하튼, 나는 더 이상 새 학기 첫날이라고 들뜨지 않는다. 그대신 이 55년 묵은 아저씨를 기쁘게 하는 소소한 즐거움들이 있다. 수업이 끝나는 3시 30분 직전의 마지막 종침 소리, 아침에 눈을 떴는데 토요일임을 깨닫는 것, 눈 폭풍으로 인해 모든 학교가 문을 닫는다…는 기상캐스터의 기분 좋은 목소리 같은 것들.

그러나 내게 가장 아름다운 단어는 바로 **은퇴**다. 새 학기 첫날이라는 건, 앞으로 겨우 10개월 남았다는 뜻이다. 내가 이렇게 숫자나 세고, 은퇴 계획이나 세우면서, 학교와 학생들에게 작별 인사를 고하는 순간만을 기다리고 있으리라곤 23세의 나는 꿈에도 상상 못 했겠지만, 이게 바로 지금의 나다.

나는 내 초대형 커피 컵을 한 모금 홀짝거렸다. 내가 못 듣는다고 생각할 때, 다른 선생들은 내 컵을 변기통이라고 부른다. 그들은 내가 평균 이상으로 커피를 마시니까 교사용 커피 비용도 추가로 내야 한다고 불평을 해댄다. 야박하기도 하지. 학생들도 문제지만, 학생을 가르치는 이 바보들이 더 문제다. 이 사람들은 동료라는 단어의 의미도 모르는 존재들이다. 내가 잘못되었을 때만 나서는 사람들이니까.

"커밋 선생."

교무실 내 옆자리에 서 있던 테디어스 박사가 나를 불렀다. 그다지 어울리지 않는 300만 원짜리 양복. 교육감. 완벽한 독재자. 혼자만 잘난 위인.

교장인 크리스티나 바르가스도 함께 있었다.

"오랜만이에요, 커밋. 여름방학 잘 보냈어요?"

"많이 더웠죠."

뚱한 내 대답에도 크리스티나는 계속 웃기만 했다. 그녀는 괜찮은 동료들 중 하나다. 그래서 나는 더 경계심이 들었다. 테디어스 박사의 곤란한 일들은 크리스티나가 모두 도맡아 하니까. 뭔가 있구나. 냄새가 난다.

"시간표에 변경사항이 좀 있는데, 자세한 설명은 크리스티나가 해줄 거요." 테디어스 교육감이 말했다.

"아시다시피, 메리 안젤레토 선생님이 학교를 떠나셨잖아요. 그래서 안젤레토 선생님이 맡았던 3학년 특별 자율 수업반을 커밋 선생님이 맡게 됐어요." 크리스티나 교장이 말했다.

"언티처블스 말입니까?" 나는 교장을 노려보며 말했다.

"우린 그런 명칭을 사용하지 않소." 교육감이 발끈했다.

"이 학교 교사라면 누구나 다 아는 명칭입니다만. 학교가 포기한 애들 맞죠. 1학년, 2학년 때 충분히 기회가 있었는데도, 그냥 창고에 몰아넣고 중학교 졸업만 기다리게 하는 애들."

"힘든 학급인 건 사실이죠. 그래서 선생님처럼 경험이 풍부한 분이 적임자라고 생각했어요." 교장이 내 말에 동의한다는 듯이 말했다.

"맞소. 만약 선생이 이 자리에 맞지 않다고 생각하시면…." 교육감이 신나게 떠들기 시작했다.

시작이구나. 핵심은 이거였어. 올해가 지나면 내가 조기은퇴 자격이 된다는 것을 테디어스 교육감은 알고 있는 거다. 그는 교육청이 내가 죽을 때까지 연금을 줘야 하는 곤란한 상황을 만들고 싶지 않을 테지. 우리 커밋 가문의 남자들은 수명이 최소 95세다. 할아버지는 올해 106세가 되셨은데도 셔플보드* 지역 대표로 활약

중이시다. 그래서 나를 언티처블스 학급으로 보내는 게 분명하다. 내가 경험이 풍부해서라고? 천만에. 저들은 내가 그만두기를 원하는 거다.

"조기은퇴를 신청하기 전에 나를 자르고 싶은 거군요."

내가 교육감의 뱀 같은 눈을 똑바로 보며 말하자, 그가 아무것도 몰랐다는 듯이 대답했다.

"벌써 은퇴할 때가 됐소? 굉장히 젊은 줄 알았는데. 난 아직도 바로 어제 일처럼 생생합니다. 그 끔찍한 테라노바 사건 말이오. 방송에서도 난리가 났고, 사람들 반응도 격렬했지."

그럼 그렇지. 제이크 테라노바. 테디어스는 절대 용서하지도, 잊지도 않는다. 내 잘못도 아닌데 말이다. 어쩌면 내 잘못인지도 모르지. 내 학생들이었고, 내가 감독하는 동안 벌어진 일이니까.

위선자 같으니라고. 그 시절 테디어스는 교육감이 아니라 교장이었다. 그가 맡았던 학교의 어느 학급이 전국 수학능력평가에서 1위를 하는 바람에, 그 덕을 톡톡히 봤던 교장. 그는 방송 인터뷰, 잡지 기사 등등, 가능한 모든 곳에서 그걸 우려먹었다. 학교 진입로가 정체되면, 수능 고득점 학급을 배출한 교장선생님을 인터뷰하러 몰려온 방송국 차량 때문이라고 보면 될 정도였다.

물론 진상은 금세 밝혀졌다. 제이크 테라노바라는 학생이 시험지를 미리 **빼돌리고는**, 10달러씩 받고 그 복사본을 학생들에게 넘

---

* Shuffleboard. 플라스틱 혹은 금속으로 된 퍽을 숫자 판 위에서 긴 막대로 이동시키며 즐기는 게임. 컬링과 비슷함.

겼던 것이다. 시험지를 유출했으니 점수가 높을 수밖에. 모든 사실이 탄로 났을 때, 이전에 갈채를 받았던 것과 똑같이, 그 비난도 테디어스가 감당했을까? 그럴 리가. 그건 모조리 교사의 책임이었고, 그 교사가 바로 나였다. 그리니치 교육청 전체에 불명예를 안겨준 학급의 담임 교사.

겉으로는 별일 없이 흘러갔다. 내 교사 자격증이 취소되지도 않았고, 연봉이 줄어들지도 않았고, 교사협회에서 쫓겨나지도 않았다. 하지만 모든 것이 달라졌다. 내가 교무실로 들어서면, 모두들 하던 이야기를 멈췄다. 동료들은 아무도 나와 눈을 마주치지 않았다. 행정실에서는 끊임없이 내 수업 과목을 바꿨다. 한 해는 영어, 다음해에는 수학, 불어, 사회… 심지어 달리기밖에 할 줄 모르는 내게 체육 수업을 맡긴 해도 있었다.

나는 절망감에 빠졌다. 학교의 잘못은 아니지만, 나의 사생활도 영향을 받기 시작했다. 피오나 버텔스만과의 약혼도 깨졌다. 내 책임이었다. 나는 자괴감에서 헤어날 수가 없었다.

가장 힘들었던 것은, 내게 가장 소중했던 것, 바로 가르치는 일이 예전과 달라졌다는 것이다. 학생들이 배우기 싫어한다? 상관없다. 나도 뭐 특별히 가르치고 싶은 생각은 없으니까. 출근해서 월급만 받으면 그만이다.

학년이 끝나는 내년 6월이면, 나의 조기은퇴와 함께 이 모든 것도 끝난다.

테디어스는 지금, 내가 언티처블스를 맡지 않겠다고 하면 나의 조기은퇴 기회를 날릴 수 있다고 생각하고 있다. 저 인간은 자신이 망치려는 상대가 어떤 생각을 하고 있는지 전혀 모르는 게 분명하다. 나를 내쫓았다며 테디어스가 좋아하는 꼴을 보느니, 차라리 뿔난 망아지들이 모여 있는 117호로 기꺼이 들어가겠다.

나는 교육감과 교장을 차례로 훑어보고 나서, 교육감에게 말했다.

"즐거운 도전이 되겠군요."

그러고는 내 변기통을 조심조심 들고 교무실을 나갔다. 혹시라도 커피를 쏟아서 멋진 퇴장을 망치면 안 되니까.

나는 이 학교에서 근무한 30년 동안, 117호에 발을 들여놓은 적이 단 한 번도 없었다. 그런 곳이 있다는 걸 알고는 있었지만. 단지 학교 내에서 가장 끝에 있는 교실일 뿐이라고 생각해도, 기분이 상하는 것은 어쩔 수 없었다. 복도 맨 끝에 있다는 것만으로도 나를 멀리 내보내려는 음모의 한 부분처럼 느껴졌다.

뜻대로 되지는 않을 거다. 사실, 언티처블스가 힘들어봤자 얼마나 힘들겠는가? 태도 불량, 학습 불량, 청소년 범죄, 뭐 그 정도? 테디어스는 내가 30년간 교단에 있으면서 이런 아이들을 다뤄본 적이 없다고 생각한 걸까? 태도 불량? 아이들이 처음부터 나쁜 태도를 가지고 태어난 것도 아니고, 그마저도 나의 불량한 태도에 비하면 너무나 양호한 수준에 불과하다. 언티처블스 아이들은 뭔가를 가르치려고 시도할 때만 문제가 생긴다는 사실을 알아야 한다. 나는 누군가에게 뭔가를 가르치겠다는 생각을 아주 오래전에 접었다. 그리고 학생들과 마치 불편한 룸메이트 같은 사이로 지내왔다. 서로 좋아하지는 않지만 불편함을 감수하며 입 닫고 지내면, 결국 각자 원하는 것을 얻는 그런 사이 말이다. 나는 조기은퇴를, '특자반' 학생들은 고등학교로의 진급을 얻게 되는 거지.

그리고 이건 학교 입장에서도 이익이다. 왜냐하면 학교는 특자반 아이들을 치워버리고 싶어서 안달이 나 있으니까. 학교를 몽땅 태워버리지 않는 이상, 다른 방법이 없지 않은가.

나는 나의 새 교실 안으로 들어갔다.

쓰레기통에서 치솟는 불길. 창문 밖으로 빠져나가는 연기. 마시멜로를 연필 끝에 끼워 굽고 있는 아이들. 불붙은 연필. 지우개도 불에 타는지 확인해보는 예비 방화광 하나. 건물 밖 덤불에 숨어서 겁먹은 눈으로 안을 들여다보고 있는 겁쟁이. 무슨 일이 벌어지고 있는지 전혀 모르는 채 책상 위에 널브러져 자는 녀석.

보통의 아이들은 선생님이 나타나면 재빨리 팔짱을 끼고 똑바로 앉아, 아무것도 모른다는 얼굴로 선생님을 쳐다보기 마련이다. 하지만 이 녀석들은 아니다. 최정예 델타포스 대원들과 함께 등장해도 아무 반응 없을 녀석들이다.

나는 쓰레기통으로 다가가 초대형 컵에 가득 담긴 커피를 맹렬히 타오르는 모닥불에 쏟아 부었다. 117호에 적막이 감돌았다.

"좋은 아침. 난 너희들의 담임, 커밋 선생님이다."

나는 교실을 둘러보며 간단히 말했다.

내년 6월까지, 고작 10개월이다.

3
파커 엘리아스

나는 시동을 걸 때 들리는 픽업트럭 엔진 소리를 좋아한다. 머플러가 고장 난 바람에 지금은 더 멋진 소리가 난다. 엄마, 아빠가 돈을 모아서 머플러를 고치면 저 멋진 소리를 못 듣게 되겠지만, 아무 소리가 나지 않아도 픽업트럭은 그 자체로 멋지다.

나는 시동 버튼을 내려다봤다.

처음엔 저렇게 보였다. 물론 지금은 뭐라고 적혀 있는지 정확하게 안다.

내 읽기 상태가 이렇다. 글자가 다 보이기는 하는데, 순서가 온통 뒤죽박죽이다. 교실도 마찬가지다. 특자반-3이 내 눈에는 특-3자반, 3-자반특, 심지어 반-특3자로 보이기도 한다. 처음엔 좀 헤맸는데, 교실 위치를 알고 난 후부터는 글자와 숫자 순서 같은 건 아무 문제도 되지 않는다.

우리 농장에서 포장도로로 진입하기 전까지, 픽업트럭은 흙더미 위를 덜컹거리며 달렸다. 우리 농장은 마을 끄트머리에 있어서, 경찰차가 가까이 오면 멀리 도망갈 곳도 없다. 역시나 이번에도 경찰은 나를 위아래로 한번 쓰윽 훑어봤다. 난 뭐 익숙하다. 내가 나이에 비해 몸집이 좀 작은 편이라서, 몰래 차를 끌고 나온 열두 살짜리처럼 보이긴 하니까. 새 전학생 여자애도 트럭에서 내리는 나를 보고 두 눈이 튀어나올 듯 놀란 표정이었다. 자기 책가방을 공중으로 날려버리면 원래 누구나 그렇게 쳐다보는 건가?

다시 한 번 말하지만, 나는 열네 살이다. 아무리 특별한 경우라도 운전은 만 14세 이상만 가능하다. 하지만 나는 문제될 것이 없다. 게다가 이 동네 경찰들은 모두 나를 알고 있다. 이번에도 경찰관은 창문을 내리고 짐칸을 한번 보더니, 갓 딴 토마토 바구니들을 확인하고 노트에 적었다.

"이 토마토 싣고 곧장 직판장으로 가는 거지, 파커?"

"맞습니다, 경관님."

"그리고 바로 학교로 가나?"

"할머니 먼저 모셔다드리고요."

"할머니?"

경찰관이 인상을 찡그렸다.

"저희 할머니요. 제가 노인복지관에 모셔다드려야 하잖아요. 그런 다음 학교죠."

중3인 내가 면허증을 갖고 있게 된 것은 바로 이 때문이다. 이건 임시면허증이다. 물론 내 눈에는 **허증임면시**로 보이지만. 나는 이 면허증으로 농장 일과 연세가 아주 많으신, 그래서 가끔 깜빡깜빡하시는 할머니를 위해서만 운전할 수 있다. 우리 부모님은 농장에서 미친 듯이 일을 하시기 때문에, 할머니가 하루 종일 시간을 보내실 수 있게 아파트에서 노인복지관까지 모셔다드릴 사람은 나밖에 없다. 할머니를 모셔다드리고 학교에 갔다가, 학교가 끝나면 할머니를 우리 집으로 모시고 와서 저녁식사를 한다. 할머니는 우리 집에서 함께 사시지는 않는다. 자신만의 '독립된 생활'을 좋아하시기 때문이다.

내가 법적으로 이렇게 허가를 받을 수 있는 건 농장을 경영하는 게 '어려운' 일로 간주되기 때문이라고 한다. 사실 그건 좀 바보 같은 소리다. 다른 사람들은 손바닥만 한 땅 위에 다닥다닥 모여 사는 걸 좋아하지만, 우리 가족은 이렇게 외곽에 살면서 시원하게 펼쳐진 자연을 만끽하는 걸 더 좋아하니까. 게다가 우리 농장은 가축을 키우지 않기 때문에, 병든 소 엉덩이를 팔로 받치고 있어야 하는 지저분한 일도 할 필요가 없다.(TV에서 그런 장면을 본 적이 있는데, 정말 별로였다.)

나는 토마토 바구니를 직판장에 내려놓고, 사도 씨가 토마토 무게를 소수점 백만 번째 자리까지 재는 동안 초조하게 시계를 들여다봤다. 그리고 곧장 할머니한테 갔다. 할머니는 아파트 입구 로비에 내려와서 기다리고 계셨는데, 글쎄 겨울 코트를 입고 계신 게 아닌가! 오늘 온도가 27도인데. 나는 차를 세우고, 할머니와 함께 아파트로 올라가서 할머니 코트를 벗겨드렸다. 코트를 옷장에 걸고 나와 보니, 부엌에서 할머니가 나를 먹이겠다며 남은 미트로프를 데우고 계셨다.

"그런데 할머니, 저 이러면 학교 지각해요."

"아침식사가 세 끼 중에 제일 중요해, 꼬맹아."

할머니가 나를 꼬맹이라고 부르는 걸 좋아했던 시절도 있다. 하지만 할머니는 지금 내 이름을 기억하지 못해서 꼬맹이라고 부르는 게 확실하다. 이 점이 화가 난다. 할머니는 내 이름을 잊어버리기 전에도 나를 꼬맹이라고 부르곤 했다. 하지만 지금은 꼬맹이라고만 부른다.

"저 이미 아침 먹었어요."

"으깬 감자도 함께 먹을래? 금방 되는데."

"아뇨. 감사하지만 이걸로 괜찮아요."

결국 나는 미트로프를 먹었다. 솔직히 맛있었다. 할머니는 여전히 요리를 하신다. 다른 건 대부분 까먹으셨는데. 할머니는 내 스웨터를 3년째 뜨고 있는데, 완성하시지는 못할 것 같다. 그동안 내 몸은 많이 자랐지만, 뭐 괜찮다. 미완성 스웨터는 할머니 소파 등받이에 걸쳐져 있다. 코가 빠진 곳도 많고 너덜거리는 실도 많고, 색깔도 뒤죽박죽이다. 마치 환각을 불러일으키는 거대한 모직 아메바 같다고나 할까.

나는 최대한 빨리 음식을 삼켰지만, 이미 늦었다. 할머니를 노인복지관에 내려드렸을 때 학교 시작종이 들렸으니까. 할머니와 함께 있으면 언제나 지각거리가 생긴다. 미트로프가 아니었으면, 블라우스 단추를 잘못 잠그셨거나, 신발 대신 실내 슬리퍼를 신고 나오셨거나, 아니면 아주 오래전에 돌아가신 할아버지를 집에서 기다려야 한다며 버티셨을 거다. 나는 이제 지각에 익숙해졌고, 할머니 때문이라면 지각해도 상관없다. 하지만 이번 첫 주에만 벌써 네 번째 지각이다.

나는 잽싸게 차를 몰았다. 제한 속도도 여러 번 무시하고, 한 번은 정지 신호마저 무시했다. 그런데 학교 주차장으로 들어가다가 사커시안 선생님의 BMW를 살짝 긁고 말았다. 아, 이런. 나는 조심스럽게 차를 빼서 주차장 반대편 자리로 향했다. 그리고 앞좌석 사물함에서 긁힘 보호제를 꺼내, 내 차 범퍼에 남겨진 증거를 지운 다음 BMW의 흠집도 처리했다. 완벽하진 않지만, 아마 사커시안 선생님이 발견했을 때 어디에서 긁혔는지 모를 만큼은 되었다.

나의 하루는 대부분 이렇게 시작된다. 나는 학교에 가는 게 정말 좋다. 운전하고 그러는 게. 하지만 학교에 도착하고 나면, 그다음은 별로다. 학교 건물에 문제가 있는 것도 아니고, 선생님들도 나쁘지는 않은 것 같다. 그저 어쩌다 보니 내가 중요한 것마다 망치는 장소가 돼버렸을 뿐이다.

117호까지는 한참을 걸어야 한다. 나는 천천히 걸었다. 싫어하는 장소에 서둘러 가는 사람은 없으니까. 하지만 이미 지각이기 때문에, 나는 결국 교실 문을 열고 안으로 들어갔다.

미처 인식하기도 전에, 내 두 발이 제멋대로 미끄러져 나가는가 싶더니, 꽈당! 하고 교실 바닥에 널브러졌다.

교실에 이미 와 있던 여섯 명이 큰 소리로 웃고 박수하는 소리가 들렸다. 아무 반응도 없는 사람은 우리 담임, 커밋 선생님뿐이었다. 선생님은 터무니없이 커다란 커피 컵을 홀짝거릴 때 빼고는 절대로 신문의 십자말풀이에서 얼굴을 들지 않는다. 오늘만이 아니라 언제나 그렇다. 어제, 반스톰이 자기 목발 하나를 집어 던져서 지구본이 산산조각 났을 때도 선생님은 꼼짝하지 않았다. 아프리카의 뿔 부분이 선생님 머리를 쳤는데도 말이다. 책상에 원자폭탄이 떨어져도 절대 눈치 못 챌 분이다.

나는 간신히 몸을 일으켰다. 하지만 대체 어디에 걸려 넘어졌는지 보려고 돌아본 순간, 또다시 고꾸라졌다. 이번에는 앞으로. 그 덕에 바닥 냄새도 맡고, 본의 아니게 맛도 보게 되었다. 온 바닥이 버터 범벅이었다.

"대체 누가 바닥에 버터를 발라놓은 거야?"

내가 그렇게 소리치자, 아이들이 더 크게 웃었다. 결국 웃음소리가 침묵을 뚫고 커밋 선생님의 주의를 끌었다. 선생님은 고개를 들고, 물 밖으로 튀어나간 물고기처럼 펄떡거리는 나를 한 번 쳐다보더니, 다시 신문 십자말풀이로 눈길을 돌렸다. 세계 최악의 교사는 아니더라도, 분명 5위 정도는 될 거다.

제일 당황스러운 건, 키아나가 나를 도와줬다는 거다. 새 학기 첫날 내가 트럭으로 가방을 날린 그 여자애 말이다. 키아나가 내민 손을 잡고서야 나는 가까스로 일어설 수 있었다.

"누가 그랬어?" 키아나가 아이들한테 물었다.

"뭘 누가 그래?" 쿨쿨 자고 있던 라힘이 책상에서 머리를 들고는, 한밤중 전조등에 놀란 사슴처럼 주변을 두리번거리며 말했다. 라힘은 갑자기 잠이 드는 증상이 있는 애다.

"그냥 놔둬." 나는 얼굴이 빨개진 채로 웅얼거렸다.

"왜? 누가 입구에 버터를 발라놨어. 커밋 선생님이 그냥 넘어가시지 않을걸." 키아나가 말했다.

영혼 없는 "음" 소리가 선생님 책상 쪽에서 들려왔다.

"쉿, 조용히!"

나는 불편한 몸을 끌고 의자에 앉았다. 내가 거의 중환자실로 실려 갈 뻔한 장난을 친 녀석이 대체 누굴까? 이 교실에는 그럴 만한 인간들이 쌔고 쌨다. 반스톰, 부상당한 운동선수. 그 애는 뭐든 훔친다. 적어도 이 특자반-3에 오기 전까지는 그랬다. 그리고 알도, 바람만 불어도 버럭 화를 내는 애. 그리고 일레인. 나는 어깨 너머로 3학년에서 제일 덩치 큰 여자애를 슬쩍 쳐다봤다. 아, 제발 일레인은 아니기를.

문득 고개를 드니 커밋 선생님이 내 앞에 서 있었다. 처음엔 혹시 내가 뇌진탕이라도 일으킨 건 아닌지 확인하러 오신 줄 알았지만, 역시 아니었다. 선생님은 내 책상 위에 문제지 한 장을 올려두고는, 아무 말 없이 다시 십자말풀이로 돌아갔다.

우리 특자반에서 하는 게 바로 이거다. 수업 때마다 커밋 선생님이 문제지를 한 장씩 나눠준다. 물론 아무도 풀지 않는다.

처음엔 그랬다. 처음 며칠 동안은 문제지로 만든 종이비행기들이 끝없이 교실을 날아다녔다. 하지만 커밋 선생님은 눈길 한 번 주지 않았다. 그러자 더 이상 종이비행기가 날지 않았다. 선생님을 열 받게 하지 않는 일을 할 이유가 없으니까. 결국엔 모두들 너무 지루해져서 하다못해 문제지라도 풀게 되었다.

내겐 쉽지 않은 일이다. 모든 글자들이 마구 뒤섞여버리기 때문이다. 수학마저도 절대 5 더하기 3이 몇이냐고 단순하게 묻지 않는다. 다섯 마리의 갈색 토끼와 세 마리의 흰색 토끼가 춤을 추는 이야기로 풀어놓는다. 그래서 내가 헤매는 거다.

나는 절대 풀리지 않을 암호처럼 보이는 글자들을 어떻게든 이해해보려고 노력했다. 내 옆자리에 앉은 키아나가 연필을 내려놓더니, 몇 분이 지나도록 손도 대지 못한 내 문제지를 쳐다봤다.

"아직 시작도 안 한 거야?" 키아나가 낮은 소리로 물었다.

"당연히 했지."

"어느 문제 풀고 있는데?"

"1번. 난 원래 천천히 풀어. 됐냐?"

나는 그렇게 쏘아붙이고는 다시 문제지에 집중했다. 글자들을 노려보면서, 어떻게든 말이 되는 단어로 조합해보려고 애썼다.

"너, 읽을 줄 모르는구나!" 키아나가 불쑥 말했다.

"읽을 수 있거든! 그냥, 속도를 조절하고 있는 것뿐이라구."

"여기 뭐라고 적혀 있어?" 키아나가 손가락으로 1번 문제를 짚으며 물었다.

"수업 중에 떠들면 안 돼. 선생님한테 혼나고 싶어?"

커밋 선생님은 초대형 커피 컵을 들고 후루룩 마시는 중이었다.

"읽어봐!" 키아나가 명령하듯 말했다.

나는 읽지 않았다. 읽지 못하는 게 아니다. 그저 시간이 오래 걸릴 뿐이지.

"그럴 기분 아니야."

"바보같이 굴지 마. 그냥 선생님께 말씀드려. 문제가 있다는 걸 알리지 않으면 어떤 도움도 받을 수 없어!" 키아나가 충고했다.

커밋 선생님은 여전히 십자말풀이에서 눈을 떼지 않고 있었다. 라힘과 반스톰이 자를 들고 칼싸움하고, 심지어 알도가 교실 밖으로 나가는데도 말이다. 커밋 선생님에게 도움을 받게 된다면, 그 도움을 받기도 전에 내가 커밋 선생님보다 늙어버릴 것 같다.

4
알도 브라프

키아나를 처음 본 그 순간부터, 나는 그 애 때문에 골치가 아플 줄 알았다.

새 학기 첫날, 그러니까 마시멜로를 구워 먹던 날. 나는 새로 전학 온 키아나한테 친절하게 대해줬다. 연필에 마시멜로를 꽂아 주고, 불 앞에 그 애 자리까지 만들어줬다. 그런데 그렇게 무례할 수가! 그 애는 내가 준 마시멜로를 '비위생적'이라면서 거절했다.

그 이후로 나는 더 이상 신사처럼 굴지 않는다.

뭐든 다 안다는 태도로 대장 노릇을 하는 스타일. 그게 바로 키아나다. 한번은 내가 구내식당에 있는데, 키아나가 나한테 초코바 자판기를 발로 차지 말라고 말했다.

내가 초코바 자판기를 발로 찰 때는 다 그만한 이유가 있는 거다! 대체 누가 키아나한테 대장 노릇을 하라고 허락했지?

"왜 그래?" 키아나가 내 팔을 잡고 자판기에서 떼어놓았다.

"난 땅콩 캐러멜 바가 먹고 싶다구! 근데 코코넛 초코바가 나왔잖아!" 나는 버럭 성질을 냈다.

"그래서?"

세상에, 진짜 이 동네 출신이 아니군. 그리니치 중학교에서 나에 관한 두 가지를 모르는 사람은 없다. 1)내가 원하는 게 있을 때는 그 어떤 것도 나를 막을 수 없다. 2)나는 코코넛을 싫어한다.

나는 주위를 둘러봤다. 구내식당에는 죽음과도 같은 정적만 흐를 뿐, 나를 쳐다보는 사람은 아무도 없었다. 나와 땅콩 캐러멜 바 사이에 끼지 않는 게 신상에 좋다는 걸 알고 있으니까. 키아나만 제외하면 말이다. 캘리포니아 출신들은 원래 저렇게 남의 일에 참견하길 좋아하나?

"계속 자판기를 발로 차면 네가 원하는 땅콩 바가 나올까?" 키아나가 물었다.

"그렇겠지." 나는 고집스럽게 대답했다.

"그럼 계속해." 키아나가 어깨를 으쓱하며 대꾸했다.

그런데 이상하게도, 나는 더 이상 발로 차고 싶은 마음이 없어졌다. 키아나가 다 망쳐버린 거다!

더 심각한 문제는 키아나도 특자반-3이라서, 꼼짝없이 그 애와 함께 있어야 한다는 사실이다. 우리는 117호에서 하루 종일 함께 지낸다. 점심 먹으러 구내식당에 갈 때, 그리고 다른 반 애들과 함께 하는 체육 시간을 제외하면 말이다. 완벽히 벗어날 수 있는 장

소는 남자화장실뿐이다. 키아나가 화장실까지 따라오지는 않았
다. 적어도 지금까지는.

우리 담임, 커밋 선생님은 분명 50대일 텐데 900살은 족히 된 사
람 같다. 솔직히 말하면, 눈을 반쯤 감고 책상 위에 구부정하게 엎
드린 모습은 이미 죽은 사람처럼 보인다. 근육도 절대 안 움직인
다. 숨을 쉬고 있는지도 잘 모르겠다. 그렇게 커피를 많이 마시고
도 밝은 조명 아래서 휘청거리지 않는 게 놀라울 따름이다. 커밋
선생님은 대부분의 시간을 무지하게 복잡한 십자말풀이를 하면서
보낸다. 선생님은 나를 엄청 싫어한다. 적어도 나는 그렇게 생각한
다. 이 쓰레기장 같은 곳에 있는 모든 선생님들이 나를 싫어하는
데, 이 선생님만 다를 리가 없으니까.

커밋 선생님도 멍청하긴 마찬가지다. 우리가 자기를 '개굴'이라
고 부르는 것도 모른다. 우리 반에 마테오 헨드릭슨이라는 미치광
이가 하나 있는데, 자기가 아는 커밋은 개구리 커밋*밖에 없다고
했다. 마테오가 〈스타워즈〉, 〈해리 포터〉 같은 영화나 만화보다는
〈세서미 스트리트〉 같은 손가락 인형 쇼를 더 좋아한다는 걸 그래
서 알게 되었다.

어쨌든, 커밋 선생님의 별명은 그렇게 만들어졌다. 매일 아침, 언
제나 그렇듯 느지막이, 선생님이 교실로 들어오면, 우리는 동시에
합창하기 시작한다.

---

* Kermit the Frog, 미국의 TV 교육 프로그램 〈세서미 스트리트〉에 나오는 개구리 캐릭터.

"개굴 개굴 개굴…."

커밋 선생님은 전혀 눈치채지 못한다. 혹시 멋있는 찬사라고 생각하는 건 아니겠지.

커밋 선생님은 교사로는 별로인 것 같다. 좋은 선생님을 만나본 적도 없지만. 절대 뭘 가르치는 법이 없다. 소리 내서 말하는 적도 거의 없다. 그냥 하루 종일 문제지만 나눠준다. 따분하다는 말로는 설명이 안 된다.

대부분의 선생님들은 공부를 안 하면 야단을 친다. 커밋 선생님은 아니다. 우리가 공부를 하든 말든 아무 상관 없는 사람처럼 행동한다.

"숙제를 모두 다 제출했는데, 커밋 선생님은 채점은 고사하고 돌려주지도 않아. 저 선생님 왜 저래?" 키아나가 불만을 쏟아냈다.

"다 먹어버리나 보지 뭐. 원래 이상하잖아."

그러자 키아나가 나를 향해 짜증스럽다는 듯 눈동자를 굴렸다.

키아나야말로 정말 짜증난다. 물론 그렇다고 특자반의 다른 애들이 괜찮다는 뜻은 아니다. 파커 엘리아스라는 애가 있는데, 아마 우리 학교에서 제일 멍청한 애일 거다. 1학년 꼬맹이들 중에, 일어나서 책을 읽어보라고 하면 듣다가 답답해서 미쳐버릴 것 같은 애들을 혹시 기억하는지? 파커가 딱 그렇게 책을 읽는다. 느려터진 속도로, 글자를 한 자 한 자 발음해가면서. 그런 멍청이한테 특별 면허증을 발급해주다니. 모두의 목숨이 위태롭다.

반스톰 앤더슨은 완벽한 운동선수다. 완벽한 멍청이라고 해야 더 정확하려나. 이 녀석은 둘 다인 것 같다. 멈출 줄 모르는 미식축구 러닝백, 탁월한 농구 포인트가드에다 최고의 투수이기 때문에, 학교에서는 반스톰이 뭐든 훔쳐도 그냥 둔다. 그 점이 화가 난다. 단지 운동 잘한다고 그런 특별대우를 해주는 게 말이나 돼? 그런데, 지난봄 무릎 부상을 당한 이후로 반스톰은 지금까지 목발을 짚고 다닌다. 올해는 어떤 운동도 절대 금지. 올해가 지나면 반스톰은 이 중학교에 없을 텐데 말이다. 어쨌든 그 바람에 반스톰이 그동안 한 번도 숙제를 제출한 적이 없다는 사실을 모든 선생님들이 뒤늦게 알게 되었다.

우리 반에 들어오는 애들 수준이 이 정도다.

일레인 오스트로버는 늘 뒷줄에 앉는 여자애인데, 180센티미터는 족히 넘어 보이는 키에 떡갈나무처럼 단단한 몸을 갖고 있다. 입을 여는 경우가 거의 없지만, 가끔 서브우퍼 스피커처럼 낮게 울리는 목소리를 낼 때도 있다.

키아나가 일레인에 대해 묻길래, 나는 이렇게 설명해줬다.

"일레인을 화나게 하면 안 돼. 작년에 어떤 애가 일레인을 우습게 봤다가 일레인이 그 애를 계단에서 박치기로 밀어버렸어. 그 바람에 열다섯 명이 쓰러졌지. 양호실 밖에서 기다리는 줄이 구내식당까지 이어졌다니까."

키아나가 세계지리 교과서 표지에 실린 거대한 모아이 석상처럼 생긴 일레인의 머리를 신기한 듯 쳐다봤다.

"FBI에 쟤 머리를 살상 무기로 등록해야 한다니까."

내가 그렇게 덧붙이자, 키아나가 나를 째려봤다.

"그래, 그건 좀 심했네. 그래도 일레인이 화장실 문 하나를 뜯어다가 코팅 기계를 박살낸 건 사실이야. 뭐, 내 눈으로 직접 본 건 아니지만, 그걸 모르는 사람은 없지."

"넌 일레인이 겁나는구나." 키아나가 말했다.

"겁나는 거 아니거든! 얼마든지 상대해줄 수 있지만, 난 그냥 싸움에 말려들고 싶지 않을 뿐이야. 그게 다야."

"그러시겠지. 문제를 일으키지 않기로 유명하시니." 키아나가 고개를 끄덕거렸다.

내가 키아나의 비아냥거림 때문에 화가 난 걸 알아차렸을 때, 키아나는 이미 구내식당 반대편으로 가버리고 없었다. 키아나한테 버럭 소리 지를 기회를 놓쳐버린 거다.

라힘 바클리를 굉장한 예술가라고들 하는데, 내가 본 거라곤 그 애가 끄적거린 낙서가 전부다. 낙서 같은 것에 관심 있는 사람이라면 라힘의 낙서를 꽤 높게 평가할 수도 있다. 라힘이 우리 선생님과 꼭 닮은 개구리를 그린 적이 있는데, 축 처진 얼굴에 눈 주위에 뚜렷한 다크서클까지 정말 똑같았다. 숱이 적은 머리에 희끗희끗한 머리카락까지지도. 다만 망친 부분이 하나 있었는데, 선생님이 항상 들고 다니는 커피 컵이 너무 크다는 거였다. 거의 쓰레기통만 하게 그려놓았으니. 중학교 졸업반 학생의 수준이 이 정도라면, 천재적이라고는 말할 수 없다. 게다가 라힘의 아빠가 록밴드 멤버라는 것도 문제다. 록밴드가 밤새 연습을 하는 탓에, 라힘은 하루 종일 몽롱한 상태로 졸기만 한다.

하루는 마테오가 나를 교실로 끌고 가면서 낮은 목소리로 헛기침까지 해대며 횡설수설했는데, 나는 마테오가 실수로 삼킨 벌레를 뱉어내려는 줄 알았다.

난 별로 엮이고 싶지 않았다. 뭘 가지고 그러는지 전혀 모를 땐 더더욱.

"뭐라고 한 거냐?" 나는 마테오한테 물었다.

"이건 클링온어* 인사야! '평안히 죽으소서'라는 뜻이지." 마테오가 신이 나서 설명했다.

"나보고 죽으라고?" 나는 깜짝 놀라서 눈이 휘둥그레졌다.

"클링온족은 전쟁을 사랑하는 종족이니까! 전투 중에 죽는 건 명예로운 일이야. 클링온족이 원하는 일이지!"

"난 아니거든! 지금부턴 나한테 말하려면 영어로 해. 말도 안 되는 가짜 언어 말고…."

"클링온어는 가짜가 아니야! 〈스타 트렉〉에서 처음 시작되긴 했지만, 엄연히 사전과 알파벳이 있는 진짜 언어라구. 심지어 어느 클링온 지역 출신인지에 따라 사투리도 있다니까. 가령, 네가 남부 출신이면…."

마테오는 쉬지 않고 계속 이야기했다. 이야기라기보다 강의에 가까웠다. 나는 피가 끓기 시작했다. 이 꼬맹이 자식이 나를 갖고 노

---

* Klingon. 영화 〈스타 트렉〉에 나오는 호전적 외계인들의 언어.

는 게 무지 재미있다는 듯, 다른 애들이 옆에서 낄낄대고 있었다!

"왜들 이래? 내 편은 아무도 없어?" 나는 애들을 향해 소리쳤다.

웃음을 억지로 참느라 애쓰면서 키아나가 다가오더니, 손을 뻗어 내 팔을 잡으며 말했다.

"알도…."

이게 최후의 결정타였다. 우리 동네도 아닌, 캘리포니아 출신 여자애까지 나를 갖고 놀다니.

번개를 동반한 짙은 먹구름이 내 머리 위에서 소용돌이치는 것 같았다. 곧 폭발할 것 같은 열기가 실제로 느껴졌다. 뼈가 가루가 되고 너덜너덜한 살갗이 파편처럼 117호 여기저기로 튀며 폭발하기 전에, 나는 이곳을 빠져나가야만 했다.

"*진짜 싫다, 이 반!*"

나는 책가방을 집어 들어 문을 향해 던졌다. 하필이면 커밋 선생님이 들어오는 순간에. 내 무거운 가방이 선생님 머리를 스치듯 지나갔다. 하지만 나는 너무나 화가 나서 신경도 쓰지 않았다. 머리 끝까지 분노가 치밀어 오른 상태라서, 선생님이 내 가방에 맞아 내가 정학을 당하든지, 퇴학을 당하든지, 아니면 동네에서 쫓겨나든지 상관없었다. 그런데 그렇게 화가 난 순간에도 내가 놀랐던 건, 선생님이 꿈쩍도 하지 않았다는 거다. 내가 복도로 뛰쳐나가면서 문이 부서질 만큼 세게 문을 닫았는데도 말이다.

나는 혼자 복도에 있었다. 어떻게 복도로 나왔는지 기억도 안 났다. 나는 사물함에 마구 주먹질을 해댔다. 주먹이 아팠지만, 사물함을 사정없이 망가뜨리고 싶었다. 사물함은 이 학교의 일부이고, 내가 이렇게 화난 건 모두 이 학교 탓이니까. 나는 조금 덜 아플까 싶어, 주먹 대신 손바닥으로 사물함을 몇 번 더 후려쳤다. 솔직히 말해서, 기분이 나아지지는 않았다. 다만 때릴 때마다 열이 빠져나가는지, 머릿속 압력이 좀 낮아지는 것 같은 기분은 들었다. 화가 모두 풀린 건 아니지만, 그래도 이제 참을 만했다. 나는 거친 숨을 몰아쉬며 사물함에 기대고 털썩 주저앉았다.

상담 선생님들은 나한테 분노 조절 장애가 있다고 했다. 무슨 말인지 알고나 그러는 건지 모르겠다. 이 세상에서 나보다 분노를 더 잘 조절하는 사람이 어디에 있다고. 난 아무 문제 없다.

115호 문이 열리더니, 어떤 여자가 나한테 다가왔다. 너무 어려 보여서, 처음에는 3학년 동급생인 줄 알았다. 하지만 어른이었다. 내 손목을 잡는, 부드럽지만 단호한 태도로 봐서 분명 선생님 같았다. 처음 보는데, 새로 오신 선생님인가?

"가자." 그녀가 나를 데리고 특자반-3의 문을 두드렸다. "커밋 선생님?"

나는 책가방을 어깨에 메고 그녀 뒤에 섰다. 우리는 문 앞에서 기다렸지만, 아무 대답도 들리지 않았다.

"아마 퍼즐 하고 계시는 중일 거예요." 나는 차분해진 목소리로 말했다.

"퍼즐?"

"십자말풀이요. 개굴, 아니, 커밋 선생님은 신문 십자말풀이에 푹 빠져 계시거든요."

그녀는 한 차례 더 두드린 후, 직접 문을 열었다. 문이 좀 뻑뻑해서 어깨로 밀며 문을 열어야 했다. 좀 전에 내가 너무 세게 문을 닫아서 그런가.

그녀는 나를 데리고 교실 안으로 들어갔다. 키아나가 나를 노려봤다. 다시 화가 치밀어 오르는 걸 느꼈지만, 아주 잠깐뿐이었다. 두 번 연속으로 화가 폭발하지는 않는다.

"커밋 선생님, 전 엠마 파운틴이에요. 옆 교실에서 가르치는." 그녀가 자기소개를 했다.

올해 들어 지금까지, 그 어떤 것에도 개굴 쌤은 전혀 반응이 없었다. 그런데 그 기록이 여기서 깨졌다. 십자말풀이 따윈 제쳐두고, 선생님이 그녀에게 시선을 고정한 채 천천히 일어섰다. 선생님의 두 눈이 밖으로 튀어나오기 일보 직전이었다!

"어디서 본 적 있는데!" 커밋 선생님이 불쑥 말했다.

그녀가 웃었다. 웃으니 더 어려 보였다.

"엄마가 가서 인사하라고 하셨는데. 그래서 온 건 아니고요. 저 애, 선생님 반 학생이죠?" 그녀가 나를 가리키며 말했다.

커밋 선생님은 그저 멀뚱멀뚱한 표정이었다. 정말 충격적이었다. 불과 90초 전에 내가 가방으로 선생님 머리를 날려버릴 뻔했는데도 나를 못 알아보다니! 내 담임선생님이!

"선생님 학생이잖아요! 알도요!" 키아나가 말했다.

"저 학생이 복도에서 너무 시끄럽게 굴더라고요. 버킷 필러가 아니라서." 엠마 선생님이 말했다.

커밋 선생님의 눈이 휘둥그레졌다.

"뭐라고요?"

"버킷 필러(bucket-filler)는 누구나 갖고 있는 보이지 않는 버킷, 그러니까 바구니를 애정이 담긴 축복의 말과 긍정적인 반응으로 채워주면서 상대방을 특별하다고 느끼게 만들어주는 사람이잖아요. 다른 학생들한테 방해가 되거나 공부를 할 수 없게 만드는 건 버킷 필러가 아니라 버킷 강도죠."

엠마 선생님이 알도를 못마땅하게 쳐다보며 설명했다.

그제야 나는 엠마 선생님이 무슨 말을 하는 건지 알아챘다. 사람들에게 친절하게 대해야 한다고 어린 꼬마들한테 가르칠 때 사용하는 그림책 내용이잖아. 초딩 1학년이 보는 무지 커다란 그림책.

"그건 초등학교 때 배운 거예요, 커밋 선생님." 키아나가 끼어들었다.

"여기가 중학교라고 해서, 서로를 존중하면 안 된다는 법은 없어요. 작년에 제가 가르쳤던 유치부 아이들한테 효과가 있었으니, 더 큰 학생들에겐 더 많이 기대가 돼요. 그렇죠, 커밋 선생님?" 엠마 선생님이 직설적으로 말했다.

나는 우리 선생님이 엠마 선생님을 가볍게 무시할 거라고 예상했다. 우리의 늙은 개굴 쌤은 제3차 세계대전도 가볍게 무시할 분이니까. 그런데 어찌 된 영문인지, 선생님은 그러지 않았다.

커밋 선생님이 나를 보며 물었다. "너, 교실을 나갔었니?"

"그럴걸요." 나는 바닥을 내려다보며 대답했다.

커밋 선생님이 다시 엠마 선생님에게 고개를 돌리고 말했다.

"어머니와 많이 닮았군."

"칭찬으로 들을게요, 커밋 선생님. 그리고 넌 반 친구들한테 사과해. 네 시간뿐만 아니라 네 친구들의 시간까지 네가 낭비했으니까." 엠마 선생님이 나한테 말했다.

"미안해. 그러니까, 수업 시간 빼앗아서 말이야." 나는 마지못해 중얼거렸다.

"걱정 마. 공부하는 사람이 누가 있다고." 라힘이 말했다.

"감사해요, 커밋 선생님. 엄마한테 안부 전해드릴게요."

엠마 선생님이 머뭇거리며 인사하더니 교실 밖으로 나가 조용히 문을 닫았다.

"정말 이상한 사람이네. 버킷 필러는 또 뭐야. 우리가 여섯 살짜리 애들인가." 반스톰이 경멸하듯 목발을 흔들어대며 끼어들었다.

"거기! 엠마 파운틴은 이상한 사람이 아니다. 선생님이야." 커밋 선생님이 반스톰을 노려보며 말했다.

"둘 다일 수도 있지 않나?" 라힘이 큰 소리로 중얼거렸다.

여기서 그냥 넘어갈 키아나가 아니지. 키아나는 대장 노릇만 하는 게 아니라, 말도 많다. 그 두 가지가 합쳐지니, 꼭 집요한 탐정 같다.

"뭐예요, 커밋 선생님? 선생님하고 엠마 선생님 사이에 무슨 일이 있었죠?"

올해 들어 처음으로, 커밋 선생님이 짜증난 표정을 지었다.

"내가 문제지 줬니, 안 줬니?"

종이비행기가 다시 선생님 눈앞에 날아다녔다. 모두들 함께 '개굴 개굴'을 불러댔다. 지하 세계에서나 들릴 법한 낮은 목소리로 일레인도 가세해서 말이다.

"인정하세요, 커밋 선생님. 학기가 시작되고 나서 선생님은 맨날 퍼즐만 보셨는데, 엠마 선생님이 나타나자마자 완전 흥분하셨잖아요." 파커가 눈치 없이 끼어들었다.

"엠마 선생님이 선생님의 크립토나이트*였네요." 마테오가 거들었다.

"엠마 선생님의 어머니, 맞죠? 선생님하고 엠마 선생님 어머니 사이에 뭔가가 있었던 거죠?" 키아나가 손가락을 딱 튕기며 말했다.

그런데 커밋 선생님이, 쓰레기통에서 치솟는 불길을 보고도 아무 반응 없던 분이, 갑자기 신문을 집어 들어 갈기갈기 찢어버리더니, 발로 밟고 밖으로 나가버렸다.

나는 원래 커밋 선생님 편이 아니지만, 그 순간만큼은 선생님이 조금 이해가 되었다. 세상에서 제일 별로인 선생님일지는 몰라도, 우린 뭔가 공통점이 있는 것 같았다.

커밋 선생님도 분노 조절 장애가 있구나.

---

* Kryptonite. 영화 〈슈퍼맨〉에 나오는 가상의 광물질로, 슈퍼맨의 힘을 치명적으로 약화시킨다.

5
커밋 선생

엠마 파운틴! 정말 믿고 싶지 않다. 많고 많은 학교들의 그 많은 교실들을 다 놔두고, 하필이면 왜 내 교실로 들어온단 말인가!

그녀는 타임머신이다. 그런 존재다. 엄마를 꼭 빼닮은 그녀 때문에 평생 잊었다고 생각했던 기억들이 모조리 소환되니까.

나는 아직도 신문에 난 우리의 약혼 공고를 기억한다. 피오나 버텔스만과 재커리 커밋. 서로 얼굴을 맞대고 있는 행복한 커플의 사진, 그리고 완벽하게 정돈된 눈썹. 어떤 일도 일어나지 않을 듯, 삶의 여정에 궂은 날 따윈 없을 것 같은 미소. 그때 우리는 얼마나 순수했던가. 얼마나 서로에게 눈이 멀고, 또 얼마나 바보 같았던가.

그 모든 것들이 한순간에 사라졌다. 그 시험. 소문. 그리고 파혼. 그후로, 나는 그 미소를 딱 두 번 봤다. 7개월쯤 지난 후, 피오나와 길 파운틴의 약혼 공고에 실린, 멋지게 꾸미고 찍은 사진 속에서. 그리고 그 둘의 딸인 엠마 파운틴이 117호 문을 열고 들어온 오늘.

불운은 연달아 온다. 오늘 아침이 그 두 번째였다. 하루하루 조기은퇴를 24시간씩 앞당겨주는 낙으로 버티던 나의 마지막 해를 더 이상 꽃길로 놔두지 않는 테디어스 박사와 언티처블스가 나의 첫 번째 불운. 그리고 두 번째는 옆 교실에서 살아 숨쉬는, 그리고 내가 잊고 살았던 버킷 필러를 다시 가르쳐주는, 피오나의 분신.

저 가여운 아이가 유치부에서 가르친 대로 중학생들을 가르치려 한다면, 아마 한 달도 못 가서 목소리가 다 쉬고 말 거다. 불러다 곁에 앉혀놓고 여러 가지를 설명해줘야 할 것 같은데, 그건 내가 '신경 쓴다'는 뜻이 되어버린다. 신경을 쓰면 문제가 시작된다. 처절한 경험으로 배운 진리다. 내가 조기은퇴를 목전에 두게 된 건 누구를 신경 써서가 아니라, 우등생이든 언티처블스든 아니면 이미 죽어버린 좀비든, 누구를 데려다놔도 상관하지 않고 쥐죽은 듯 버틴 덕분이다. 내가 할 일은 오직 버티는 것뿐이다.

물론 소소한 즐거움들도 있다. 학교 건물을 나갈 때, 내 뒤에서 문이 닫히면서 바람이 빠져나가는 소리. 주차장의 낡은 인도 위를 걸어갈 때 저벅저벅 들리는 내 구두 소리. 우리의 새로운 인생을 시작하면서 피오나와 내가 함께 샀던, 1992년식 크라이슬러 콩코드의 낡은 문을 열 때 어깨로 전해지는 뻐근함. 이제는 거의 녹슬어버린 하늘색 차체. 왜 이렇게 오래 타고 다녔는지는 나도 모르겠다. 돈 때문은 당연히 아니다. 이 똥차의 수리비만으로도 람보르기니를 사고 남았을 테니까.

열쇠를 꽂고 시동을 걸자, 엔진이 기침을 몇 번 하는가 싶더니 다시 꺼져버렸다. 차 보닛을 열고 이것저것 들여다보고 있는데, 타이어가 미끄러지는 소리가 들리더니, 픽업트럭이 엄청나게 빠른 속도로 주차장을 가로지르며 나를 향해 후진해 왔다. 그 순간 내 머릿속에 든 생각은 오직 하나였다. 만약 내가 여기서 지금 죽는다면, 테디어스 박사와 교육청은 내 조기은퇴 연금을 줄 필요가 없겠구나.

픽업트럭은 굉음을 내며, 내 앞 15센티미터쯤까지 와서야 멈췄다. 나는 눈에 쌍심지를 켜고 소리쳤다.

"미쳤소?"

문이 열리고 운전자가 밖으로 나왔다. 나는 말문이 막혔다. 운전자는 바로 우리 반 학생이었다! 언티처블스 애들이 거칠다는 건 익히 알고 있었지만, 트럭을 훔쳐서 나를 죽이려 할 줄이야!

"죄송해요, 선생님. 가속 페달이 가끔 잘 안 올라와서요. 저예요, 파커. 제가 좀 도와드릴까요?"

놀란 표정을 감추지 못하는 내게 녀석이 태연히 말했다.

"운전이 왜 그 따위야?" 나는 거칠게 쏘아붙였다.

할머니부터 시작해서 가족 농장, 그리고 임시면허증에 대해 구구절절 설명하는 녀석을 보니, 맨 앞줄에 앉아서 무슨 보석 감정사라도 되는 양 문제지를 빤히 노려보던 녀석의 모습이 떠올랐다.

"와, 엄청 오래된 차네요. 아니, 제 차는 낡은 똥차지만, 선생님

차는 그러니까, 정통 클래식이라고요." 그러더니 녀석이 눈을 가늘게 뜨고 차 뒤에 붙은 모델명을 읽었다. "코코 너드."

나는 곧장 수정해줬다. 아무도 이 녀석한테 글자 읽는 법을 가르치지 않았다는 말인가?

"콩코드다, 코코 너드가 아니라. 뭐 이름이야 아무래도 상관없다만. 혹시 시동을 다시 걸 줄 아니?"

파커의 말을 믿어보기로 했다. 글자는 몰라도 차는 잘 아는 녀석 같아서. 실제로 녀석이 보닛을 열고 이것저것 손을 좀 보자 금세 엔진이 돌아가기 시작했다. 주차장에 검은 매연을 잔뜩 내뿜긴 했지만.

"당장 멈춰요!"

은색 프리우스 한 대가 다가오더니 창문이 열렸다. 자욱하게 피어오르는 매연 사이로 엠마 파운틴 선생이 얼굴을 내밀었다.

"꺼! 얼른 끄라고!"

파커가 쏜살같이 운전석으로 뛰어가서 시동을 껐다.

엠마가 프리우스에서 내리더니 두 팔로 휘적거리며 연기를 걷어냈다.

"그 매연에 탄소가 얼마나 많은지 아세요?"

나는 일부러 그녀의 말을 잘못 알아들은 것처럼 대답했다.

"화학은 바달로스 선생이 가르치는 걸로 아는데. 내가 이 녀석 담임이오. 내가 무슨 학급을 맡고 있는지는 알고 있을 테고."

나는 고개를 까딱거리며 파커를 가리켰다.

"저는 버킷 필링 중이에요. 그러니까, 개굴, 아니 그게 아니라, 커 밋 선생님을 도와드리는…." 파커가 자랑스럽게 대답했다.

"커밋 선생님, 이 차가 얼마나 오래됐죠?" 그녀가 물었다.

"당신 어머니가 고른 차지."

나는 살짝 시비를 걸듯 미소를 날리며 알려줬다.

그녀의 눈이 휘둥그레졌다.

"어머, 세상에, 정말 오래된 차군요. 그 시절엔 배기가스에 대한 인식이 없었죠. 사람들이 환경에 대해 인식하기 전이니까요. 재활 용이나 쓰레기 매립, 태양 전지판 설치…."

머릿속에 긴 문장이 떠올랐다. 이 나라는 자유 국가이고, 누가 어떤 차를 타는지 혹은 얼마나 오래된 차인지, 혹은 공기 중에 무 슨 화학성분을 뿜어내든지 남이 상관할 일이 아니라는. 그런데 무 슨 연유인지 나는 아무 말도 하지 못했다. 그녀에게, 피오나를 너 무도 닮은 그 얼굴에 대고 말이다.

"음, 타셔도 되지만 꼭 촉매 변환기를 부착하셔야 해요." 그녀의 태도가 부드러워졌다.

"살 계획이었지. 뒷좌석 바닥만 새로 바꾸고 나서. 혹시 탑승자 가 생길 수도 있으니 말이오." 나는 그녀를 안심시켰다.

"혹시, 저 뒷좌석에 구멍이 뚫린 거예요?" 파커가 뒷자리를 힐끗 보고는 말했다.

"일종의 공기 조절 장치랄까. 구식이니까."

내가 입을 꾹 다물자, 엠마가 나를 안쓰러운 눈빛으로 쳐다봤다.

다행스러운 일은, 엠마와 파커가 엔진을 다시 살렸다는 거다. 매연도 없이.

"와, 엠마 선생님. 자동차에 대해 정말 잘 아시네요." 파커가 찬사를 보냈다.

"엄마한테 배웠어. 불량 차를 한 번 사신 이후로 정비 강좌를 들으셨거든…."

엠마가 낡은 콩코드를 살펴보다가 미간을 찌푸리며 이야기를 멈췄다. 뭔가를 알아챈 거다.

나는 남아 있는 자존심을 삼키며 엠마한테 말했다.

"도와줘서 고맙소."

집으로 돌아가자마자 자기 엄마한테 전화를 걸어 뭐라고 할지 빤하다. 엄마, 글쎄, 커밋 아저씨가 아직도 그 차를 가지고 있더라….

달력이 떠올랐다. 금색 사인펜으로 동그라미 쳐놓은 6월의 그 마법 같은 날짜.

172일만 더 버티면 된다.

6

마테오 헨드릭슨

나는 따분할 때마다, 물론 매일 그렇지만, 내가 아는 사람들을 TV나 영화 속 캐릭터들과 비교해본다. 예를 들어, 내 여동생 로렌은 〈스파이더맨〉에 나오는 베놈 같다. 악독한 데다 침을 뱉으니까.

나만의 비공식 분류 시스템을 만든 후부터, 나는 누가 어떤 캐릭터와 닮았는지 집어내게 되었다. 우리 엄마만 모르면 된다. 엄마는 〈해리 포터〉에 나오는 맥고나걸 교수 같다. 똑똑하고 그럭저럭 괜찮은 편이지만, 엄마 맘에 들지 않는 행동을 하면 바로 무섭게 변하니까.

이 분류 시스템은 학교에서도 먹힌다. 파커는 운전할 줄 아는 유일한 애니까 라이트닝 맥퀸*, 다쳐서 목발을 짚고 다니기 전까지 굉장한 운동선수였으니까 반스톰은 플래시** 같다. 라힘은 약간 애매하긴 하지만, 그래도 버드맨 같다고 생각한다. 방사능 물질을 뿜어내는 카나리아한테 물리면 자유자재로 펼쳐지는 엄청 큰 귀를 가진 버드맨 말이다. 말도 안 된다는 건 나도 잘 안다. 하지만 만화 속에서는 그런 말도 안 되는 일들이 항상 일어난다. 어쨌든, 라힘은 잠자는 숲 속의 미녀로 바꿔줄 수도 있다. 아름답지는 않지만, 그만큼 많이 자니까.

일레인은 추바카***와 로이스 레인****의 중간쯤이다. 나는 어떻게든 일레인 근처에는 가지 않으려고 노력한다. 일레인은 언젠가 어느 애 허리띠를 잡고 들어 올려서 그 애 머리로 깜빡거리는 형광등을 친 적도 있다.

키아나는 블론드 팬텀.***** 키아나의 머리는 밝은 갈색이지만 캘리포니아 출신이니까. 그리고 알도? 그건 쉽다. 화가 나면 헐크로 변하는 브루스 배너 박사.

그리고 나는 〈반지의 제왕〉의 호빗족과 〈스타 트렉〉의 벌컨족이 반씩 섞였다고나 할까. 작은 몸집에 굉장히 논리 정연한 스타일이다.

이제 우리 담임선생님, 커밋 선생님 차례다. 선생님은 하나로 정의하기가 어렵다. 일단 징징이로 가야겠다. 아침에 교실로 들어오는 선생님을 보면 〈스펀지 밥〉에서 집게리아 식당으로 출근하는,

---

* Lighting McQueen. 애니메이션 영화 〈카〉의 주인공 자동차.
** Flash. DC 코믹스의 슈퍼히어로 시리즈 〈플래시〉 주인공.
*** Chewbacca. 〈스타워즈〉에 나오는, 키가 크고 털이 많으며 두 발로 걷는 동물 종족.
**** Lois Lane. 슈퍼맨의 여자친구.
***** Blond Phantom. 마블 코믹스의 슈퍼히어로 시리즈에 나오는 금발의 여전사.

따분하고 시큰둥한 표정의 징징이가 떠오른다. 우리를 미워하는 건 아니지만, 선생님은 우리가 어딘가로 사라져버리기를 바란다. 징징이처럼 클라리넷을 부는 취미도 없는 걸 보면, 징징이보다 성격이 더 나쁜 게 확실하다. 온종일 십자말풀이와 어마어마한 양의 커피밖에 모르니까.

교사라고 불리기엔, 커밋 선생님은 가르치는 게 거의 없다. 늘 문제지만 나눠준다. 누군가가 질문을 해야만 입을 연다. 질문하는 사람은 주로 나다.

"커밋 선생님, 왜 자기극이 바뀌죠?"

선생님이 가까스로 십자말풀이에서 눈을 뗐다.

"뭐라고?"

"25만 년마다, 지구의 자기극이 바뀌잖아요. 왜 그러는지 알고 싶어요."

"아. 그런데 단어를 사용해 문장을 완성하는 문제와 그게 무슨 상관이 있지?"

"매그니토*로 문장을 만들고 싶은데, 매그니토의 초능력이 자기력과 전하잖아요. 초능력에 영향을 받을 것 같아서요."

이럴 때 커밋 선생님의 또 다른 특징이 나온다. 선생님은 학생이 궁금해하는 것에 거의 도움을 주지 않는다.

교실에서 질문이 나오는 또 다른 경우는, 바로 파커가 단어를 읽

---

* Magneto. 〈엑스맨〉 등의 마블 코믹스 시리즈에 등장하는 슈퍼히어로.

을 때다. 파커가 읽은 '속공금학'이 실은 '금속공학'이었던 것처럼, 파커가 읽으려는 단어 알아맞히기는 이제 특자반-3만의 게임이 되었다. 모든 아이들이 맞혀보려고 달려들 때도 있다. 학교에서 유일하게 재미있는 시간이다. 파커를 놀리며 왁자지껄 웃는 소리가 엄청 커져도 커밋 선생님은 대부분 그냥 넘어간다. 하지만 엠마 선생님이 수업에 방해된다며 항의하러 오면, 그땐 우리한테 엄청 뭐라고 한다. 커밋 선생님은 사실 우리한테 화를 내는 게 아니라, 엠마 선생님의 불평을 참지 못하는 것 같다.

한번은 반스톰이 목발로 책상을 마구 찍어대며 소란을 피운 적이 있었다. 미식축구부의 첫 응원식이 열리는데, 자기는 다른 선수들과 함께 준비할 수 없다는 게 이유였다.

"불공평하잖아! 부상을 당했다고 골든 이글스 선수가 아니란 거야?" 반스톰이 고함을 질러댔다.

커밋 선생님의 호기심이 발동했다.

"응원식 준비에 합류하려면, 지금 출발해야 하지 않나?"

반스톰이 고개를 끄덕였다.

"팀 전체가 오후 내내 준비할 텐데 말이죠. 하지만 저는 여기서 이렇게 문제지나 풀고 있고…."

"맞는 말이다. 부상을 당한 건 네 잘못이 아닌데. 네가 그 때문에 손해를 볼 이유는 없지."

나는 커밋 선생님이 반스톰이 당한 불공정함에 대해 신경 쓰는 게 아니라는 걸 알았다. 커밋 선생님은 저 망나니가 목발 하나를 벽으로 집어 던지기 전에 117호 밖으로 내보내고 싶은 게 분명했다. 엠마 선생님 귀에 분명 들릴 테니까.

커밋 선생님은 인터폰으로 반스톰이 응원식에 합류할 수 있게 해달라고 요구했다. 행정실 직원을 세 명이나 거치고 교감선생님과도 실랑이를 벌이면서 말이다. 우리는 깜짝 놀랐다. 우리 중 어느 누구도 선생님의 저런 면을 본 적이 없으니까. 우리가 여기 있는 걸 선생님이 아는지 모르는지를 놓고 돈내기나 하곤 했는데, 그런 우리를 위해 선생님이 대신 싸우고 있다니.

"슬래터리 코치를 연결해주세요." 선생님이 말했다.

"지금 수업 중인데요." 스피커를 통해 대답이 들렸다.

"그럼, 수업 중단하고 받으라고 해요. 정의와 공정함은 사회 교과서에만 나오는 단어들이 아니잖아요. 우리 사회 전체를 구성하는 기본 요소란 말입니다."

누구보다도 반스톰이 가장 놀랐다. 그 애는 만족스러운 목소리로 이렇게 말했다.

"내가 말하려던 게 바로 저거야."

체육 교실에 전화가 연결되었을 때, 커밋 선생님은 정말로 흥분했다.

"부끄러운 줄 아세요! 애들한테 태클이나 걸게 하고, 팔꿈치로 밀고, 하키 스틱으로 치라고 가르쳐놓고선. 그러다 부상을 당하면 그냥 내치는 게 말이 됩니까?"

선생님은 슬래터리 코치에게 마구 비난을 퍼부었고, 결국 코치는 항복하고 말았다.

"뭐, 알겠습니다. 반스톰을 보내세요."

우리는 일제히 박수를 보냈다.

"선생님 정말 최고예요!" 키아나가 소리쳤다.

"저스티스 리그*에 들어가셔도 될 것 같아요." 나도 거들었다.

우리가 통화 내용을 듣고 있었다는 사실을 몰랐는지, 커밋 선생님은 깜짝 놀란 표정이었다.

"가라. 가서 즐겁게…." 선생님의 목소리가 점점 작아졌다.

"응원식을 즐겨." 나머지 말은 내가 마무리했다.

반스톰은 이미 문을 향해 쿵쿵거리며 나가고 있었다.

"감사합니다, 커밋 선생님!"

오후 내내, 선생님은 비어 있는 반스톰의 자리를 자꾸 쳐다보며 미소를 지었다. 저것도 처음 보는 모습인데. 마지막 교시에 학생들 모두 응원식에 참석하러 강당으로 갈 때도, 선생님은 내내 미소를 잃지 않았다. 우리 반 애들이 복도에서 요란스레 법석댔는데도 말이다. 알도는 사물함을 발로 마구 찼고, 라힘은 정수기를 차지하고는 애들한테 물을 뿌려댔다. 어떤 2학년 남자애가 왜 계단을 막고 있냐며 누군지 확인하지도 않고 일레인한테 투덜대다가, 일레인을 알아보고는 바로 그만뒀다. 그 애는 급히 사과하고 자리를 피하려다가 그만 파커와 부딪혔다. 결국 그 애와 파커가 계단을

---

* Justice League. 배트맨, 슈퍼맨, 플래시 등의 슈퍼히어로들이 악당들과 맞서 싸우는 영화.

막은 꼴이 되었다.

그래도 커밋 선생님의 기분은 망가지지 않았다. 이러면 곤란한데. 징징이라고 부르기엔 선생님이 너무 행복해 보이잖아.

하지만 그건 강당에 도착하기 전까지였다. 강당 앞에서 입장 순서를 기다리며 서 있는데, 우리 바로 뒤에서 귀가 떨어져 나갈 듯 큰 소리가 났다. 커밋 선생님은 너무 놀라서 머리가 천장에 닿을 만큼 펄쩍 뛰었다. 선생님이 뒤를 돌아보니 한 아이가 밝은 초록색 부부젤라를 들고 있었다. 기다란 플라스틱 트럼펫처럼 생긴 소음 도구 말이다. 골든 이글스 경기엔 이 부부젤라를 부는 것이 일종의 전통이다. 우리 학교 이사진 중 한 명이 부부젤라가 만들어진 남아프리카공화국 출신이라서 그렇다.

아무 말 없이, 커밋 선생님은 그 애가 들고 있던 부부젤라를 빼앗아 바닥에 내동댕이치고는 발로 밟아버렸다.

그 애는 입술을 파르르 떨면서 선생님을 올려다봤다.

"응원식이잖아요."

"응원식에서 조용히 하면 안 된다고 누가 그랬지? 불 생각일랑 마라."

선생님은 화가 난 눈으로, 보라색 부부젤라를 들고 있던 또 다른 여자애를 노려봤다. 그러자 그 애는 잔뜩 겁을 먹고 부부젤라를 재빨리 등 뒤로 숨겼다.

"그렇지." 선생님이 고개를 끄덕이며 말했다.

문제 해결. 선생님이 다시 징징이로 돌아왔다. 부부젤라에 관해서는, 선생님은 렉스 루서* 같다.

응원식에서 우리는 맨 뒤에 앉았다. 쫓겨나야 하는 상황을 대비해서다. 우리 반은 항상 맨 뒤에 앉는다. 구내식당에서도 마찬가지다. 선생님들은 절대 우리를 음료수 자판기 근처에 못 앉게 한다. 선생님들은 우리에게 당분이 들어 있는 음식을 주는 건 그렘린** 에게 물을 뿌리는 것과 같다고 생각하니까.

반스톰이 소개될 때, 나는 환호성을 질렀다. 학교 대표팀에 아는 애가 있는 건 처음이기 때문이다. 반스톰이 우리를 향해 목발을 흔들었고, 많은 애들이 박수를 보냈다.

그때 라힘이 잠에 빠져버렸다. 고개가 툭 떨어지면서 옆에 앉은 여자애의 머리와 세게 부딪쳤다.

우리는 쫓겨났다.

---

* Lex Luthor. DC 코믹스의 슈퍼히어로 시리즈에 나오는 악당.
** Gremlin. 영화 〈그렘린〉에 등장하는 가상의 괴물로, 물에 닿으면 기하급수적으로 증식한다.

7
키아나 루비니

나는 아직 특자반-3에 있다.

엄밀히 따지면, 나는 어느 곳에도 없는 셈이다. 학교에 정식으로 등록하지 않았으니까. 새 학기 첫날, 천시는 장염에 걸린 거였다. 그래서 토했구나. 동네를 온통 토사물로 물들일 기세로. 결국 새엄마는 나를 등록시켜주러 학교에 나타나지 못했다.

그날 저녁, 배달 피자로 저녁을 먹고 있는데, 작은 약병에 담긴 약을 천시한테 먹이면서 새엄마가 물었다.

"키아나, 행정실에서 모두 제대로 했니?"

"아이고, 루이스! 그건 당신이 해줬어야지." 아빠가 말했다.

"천시가 갑자기 아파서…." 새엄마가 변명을 시작했다.

"괜찮아요. 다 해결됐으니까." 내가 끼어들었다.

내가 왜 그렇게 말했는지 모르겠다. 해결된 건 아무것도 없는데.

그리니치 중학교에 키아나 루비니라는 학생은 없다. 담임이 커밋 선생님이 아니라 다른 분이었다면, 첫날 바로 걸렸을 텐데.

게다가, 나는 지금 언티처블스에 있다. 아, 아니, 이름이 특별 자율 수업 뭐라던데. 뭐가 됐든 그냥 피곤한 애들, 멍청이들, 불량아들, 문제아들을 모아둔 반이라는 뜻이다. 아, 그리고 잘못 들어온 캘리포니아 출신 전학생도 포함된.

어느 반에도 배정받지 못했다는 말을 차마 하지 못하고 대화가 다른 방향으로 흘러갔다. 나는 약간 애매한 상황에 놓였다. 한 번도 반을 배정받은 적이 없으니, 반을 바꾸는 건 어렵지 않을 거다. 하지만 그러려면 새엄마가 와서 정말로 등록을 해줘야 한다. 그리고 지난 2주 동안 어디서 뭘 하고 지냈는지 설명도 해야 한다.

그렇게까지 할 필요가 뭐 있어. 어차피 나는 단기 전학생인데. 나는 주소도 아직 로스앤젤레스로 되어 있어서, 학교에 다니지 않는 애가 이 동네에 있다는 걸 아무도 알 수 없을 거다. 그리고 장담하건대, 커밋 선생님은 자기 반에 학생이 한 명 더 있다는 사실을 절대 모를 거다. 본인이 수업 중이라는 것도 거의 대부분 모르는 분인데 뭐.

나는 아무것도 배우는 게 없다. 하지만 내가 영재반에 들어갔다 한들, 이 작은 학교의 영재반에서 고작 두 달 동안 뭘 얼마나 배우겠어. 게다가 그 기간은 더 짧아질 수도 있다. 촬영이 굉장히 잘 진행되고 있다고 엄마가 말했는데, 그건 내 예상보다 더 빨리 캘리포니아로 돌아갈 수도 있다는 뜻이니까. 그렇게 되기를 두 손 모아,

두 발도 모아 빈다.

그럼에도, 내가 특자반-3에 홀딱 반했다는 사실을 인정하지 않을 수 없다. 절대 좋은 반은 아니다. 근처에도 못 간다. 하지만 재미있는 반이긴 하다. 나는 그동안 이런 반에 들어오는 애들은 그냥 멍청한 애들일 거라고 생각했다. 그런데 이 애들은 아니다. 물론 모두들 별난 부분이 있지만, 가르칠 수 없는 애들이라고'? 다른 학생들과 함께 두면 안 될 만큼 끔찍한 면이 있는 애는 아무도 없다. 음, 알도는 그런 애일지도 모른다. 사물함에 대고 엄청 성질을 내니까. 하지만 그게 전부다. 알도의 눈동자를 들여다보면, 알도 눈동자는 초록색인데, 그렇게까지 심하게 화를 내고 싶어 하지 않는 마음이 보인다.

그리고, 애들이 아무리 이상하다 해도 선생님에 비하면 아무것도 아니다. 선생님이라는 단어의 의미를 굉장히 일반적으로 사용한다면 말이다. 그래서 우리 반을 언티처블스라고 부르는 건 문제가 있다고 생각한다. 아무도 우리를 가르치려는 시도도 하지 않으면서, 가르칠 수 없는 애들이라는 걸 어떻게 알지?

커밋 선생님이 아무것도 가르치지 않은 지 2주가 되었다. 선생님은 좀처럼 입을 열지 않는다. 애들을 좋아하는 것도 아니고, 어른들을 좋아하는 것 같지도 않다. 물론 선생님에게 괜찮은 부분도 있다. 선생님은 부부젤라만 아니면 화를 내지 않는다. 쓰레기통에서 치솟는 불길을 마시던 커피로 끄고서도 아무 말을 하지 않는 사람이니, 선생님은 혈관에 얼음물이 흐르는 사람이 분명하다.

그렇게 선생님에 대해 파악했다고 생각했을 때, 선생님의 새로운 모습이 나타났다. 이를테면 엠마 선생님의 어머니와의 비밀스러운 과거나, 응원식 때 반스톰을 미식축구부에 다시 합류시켜주려고 호랑이처럼 싸우던 모습 말이다. 반스톰은 골든 이글스로 완전히 복귀했다. 심지어 경기 때 라인 밖에 목발을 짚고 서서 선수들에게 조언을 해주기도 한다. 반스톰은 커밋 선생님께 굉장히 고마워하고 있다.

어느 날, 반스톰이 미식축구부 팀 미팅을 하러 갔을 때, 엠마 선생님이 교실 문을 열고 얼굴을 빼꼼 내밀었다.

"커밋 선생님, 저희 반 아이들이 서클 타임을 가지려고 하는데, 선생님과 선생님 반 학생들도 함께할 수 있을지 여쭤보러 왔어요."

"서클 타임?" 커밋 선생님이 황당하다는 듯 말했다.

나는 우리 선생님을 째려봤다. 아니, 학교에서 일하는 사람이 어떻게 서클 타임을 모를 수가 있지? 내가 나서서 설명했다.

"있잖아요, 어린애들이 모여서 하는 거."

"어린 학생들만 하는 건 아니야." 엠마 선생님이 말했다. "모두가 할 수 있지. 긍정적인 칭찬은 연령이 높아져도 반드시 필요하단다. 나라의 지도자들이 친절하고 정중한 태도로 서로 둥글게 모여 앉아 있기만 해도 우리 사회가 얼마나 더 좋아질지 상상해보렴."

그리하여 우리는 모두 115호 교실로 이동했다. 그 교실에 있는 어느 누구도 우리가 들어오는 걸 반기지 않았다고 나는 확신한다. 그 반은 2학년, 그러니까 우리보다 1년밖에 어리지 않은 애들이지만, 보통 2학년과 3학년 사이에 몸이 많이 크기 때문에, 그 애들은 정말 작고 여려 보였다. 게다가, 우리는 이미 소문이 자자한 학생들이 아닌가. 응원식 때도 우리는 VIP 전용 좌석에 앉았고, 문제가 될 낌새가 보이자마자 빛의 속도로 쫓겨났으니, 모를 리가 없지.

엠마 선생님 반 학생들은 우리 모두에게 겁을 먹고 있어서, 억지로 교과서를 먹게 하거나, 뿌리째 뽑은 무화과나무로 구타한다는 이 학교의 전설적 주인공, 일레인에 대해 어떻게 느끼고 있을지는 물어볼 필요도 없었다. 게다가, 몸집이 큰 일레인은 혼자서 서클의 12분의 1을 차지했다. 교실 바닥에 실제로 노란 테이프로 표시된, 한가운데에 역시 노란 테이프로 웃는 얼굴이 표시된 서클 타임용 원 말이다. LA에 있는 친구들이 이 모습을 봐야 하는데. 다시 생각해보니, 그런 일은 절대 일어나면 안 된다. 운전하는 애, 언터처블스, 그리고 서클 타임이라니. 그리니치는 정말 대단한 곳이다.

커밋 선생님은 아이들과 함께 바닥에 앉는 걸 원치 않았지만, 엠마 선생님이 바닥에 앉는 걸 보고 하는 수 없이 따라 앉았다. 선생님은 바닥에 앉으면서 끙 소리를 정말 많이 냈다. 고관절에서 우두둑 소리도 났고. 그 와중에도 대형 커피 컵은 아주 조심스럽게 무릎 위에 올려놓았다.

교실은 마치 몸집 큰 어린애들이 모인 유치부 같았다. 벽면은 밝은 색으로 꾸며져 있었고, 형형색색의 칭찬 별 스티커가 붙어 있는 학생 이름표도 있었다. 모든 정보는 행복한 표정의 동물 그림에 그려진 말풍선에 쓰여 있었다. '뱀 과학자, 수지', '무사통과 하마, 하비' 등등. 내가 천시의 나이라면 좋아할 환경이었다. 하지만 마테오는 정말 좋아했다. 그 애는 만화나 영화 캐릭터에 푹 빠져서 사는 애니까. 마테오는 커다란 포스터 앞에 서서, 활기찬 표정의 캐리커처들이 알려주는 정보들을 읽어나갔다.

커밋 선생님이 와서 원 안에 앉으라며 마테오를 불렀다.

엠마 선생님은 심지어 진짜 동물도 키우고 있었다. 교실 한쪽 구석의 유리병 안에, 길이가 20센티미터쯤 되는 블라디미르라는 이름의 도마뱀이 살고 있었다.

"미니어처 곤이다!" 마테오가 불쑥 소리쳤다.

"게코야." 2학년 애가 제대로 알려주었다.

"TV 광고에 나오는 도마뱀같이 생겼네." 손가락으로 딱딱 소리를 내며 파커가 말했다.

"이건 골드 더스트 데이 게코란다. 비늘 사이로 드문드문 보이는 노란 얼룩으로 구별할 수 있어." 엠마 선생님이 설명했다.

"곤족은 영화 〈스타 트렉〉에 나오는데, 타우 라세르타 9구역 출신 파충류예요. 우주여행을 할 만큼 충분히 진화됐죠." 물어본 사람도 없는데, 마테오가 나서서 설명했다.

2학년 애들 사이에서 낄낄대는 소리가 들렸다.

"자, 서클 타임에 온 새 친구들을 환영해주자. 칭찬할 이야기가 있는 사람?" 엠마 선생님이 말했다.

"누군지 발 냄새가 지독하게 나요." 알도가 불평했다.

"그건 칭찬이 아니지!" 커밋 선생님이 알도를 노려보며 말했다.

"네, 알아요. 하지만 진짜 여기서 뭔가 썩은 냄새가 난다고요."

"곤 우리에서 나는 냄새일지도 몰라." 마테오가 끼어들었다.

아무 말도 못 들었다는 듯, 엠마 선생님이 입을 열었다.

"칭찬이란 긍정적인 의견을 말하는 거야. '잘했어!'처럼 듣는 사람을 기분 좋게 만드는 말. 다시 해봐, 알도."

알도는 칭찬거리에 대해 인상까지 써가며 곰곰이 생각하기 시작했다. 마치 천사가 기저귀에 똥을 쌀 때처럼. 알도는 주변을 빙 둘러봤지만, 결국 아무 말도 생각해내지 못했다.

나는 단기 전학생이고, 엄마의 영화 촬영만 끝나면 평생 다시는 볼 일 없는 애들한테 굳이 신경 쓸 필요가 없었다. 그래도 왠지 알도한테 마음이 쓰였다. 늘 헝클어져 있는 빨간색 머리카락을 가진 이 녀석한테 말이다. 뭔가 좋은 말을 생각해낸 것이 고작 누군가의 발 냄새라니.

반대편에서, 낮은 목소리가 들려왔다. "예쁜 색이네요."

우리는 모두 목을 길게 빼고 목소리의 주인공을 확인했다. 세상에, 일레인이었다!

"뭐라고?" 한눈팔던 엠마 선생님이 물었다.

"선생님 셔츠요. 선생님께 잘 어울려요." 일레인이 말했다.

"정말 듣기 좋은 말이구나. 고마워!" 그러고는 엠마 선생님이 일레인을 향해 미안한 표정을 지었다. "네 이름을 내가 모르는 것 같구나."

"모르실 거예요." 일레인이 낮은 목소리로 대답했다.

엠마 선생님이 커밋 선생님을 향해 학생 이름을 알려달라는 듯한 표정을 지었지만, 커밋 선생님은 자기도 모른다는 듯 그저 어깨만 들썩였다.

"일레인이에요!" 결국 내가 나섰다.

아니, 2주 동안 함께 같은 교실에서 수업을 했는데. 커밋 선생님은 과연 우리 반에 이름을 아는 애가 있을까?

그때 교실 밖 복도에서 누군가의 목소리가 들렸다.

"모두들 어디 간 거야?"

잠시 후, 반스톰이 목발로 문을 밀고 들어왔다. 팀 미팅이 끝나자마자 온 거였다.

"다들 어디 갔나 했네. 아니, 이게 뭐야! 서클 타임이잖아!"

"너도 와서 함께 하자. 다친 다리 이야기를 나눠주면 어떨까? 미식축구 하다가 입은 부상 같은데 말이야." 엠마 선생님이 말했다.

"그럴 리가요." 반스톰이 콧방귀를 뀌며 대답했다. "저를 따라잡아 태클 걸 수 있는 사람은 이 세상에 존재하지 않을걸요? 화장실 전구를 갈다가 변기에서 미끄러진 거예요."

나는 무슨 일이 일어날지 뻔히 눈에 보였지만, 멈추게 할 능력은 없었다. 반스톰이 알도 옆자리에 털썩 주저앉으면서 목발로 빨간 머리의 옆통수를 쳤다.

"아오!"

열 받은 알도가 즉시 목발을 집어 들어 구석으로 냅다 던졌다. 목발 끝 고무가 도마뱀이 사는 유리병을 스치면서 병뚜껑을 교실

반대편으로 날려버렸다.

"곤!" 마테오가 소리쳤다.

"블라디미르!" 2학년 아이들이 외쳤다.

게코는 총알처럼 우리를 빠져나가서 빠른 속도로 교실을 한 바퀴 돌더니 곧장 문을 찾아 나가버렸다.

"〈스타 트렉〉에서 곤족은 천천히, 터벅터벅 움직이는데." 마테오가 인상을 찡그리며 말했다.

"〈스타 트렉〉이 실제와는 많이 다른 것 같다." 지켜보던 파커가 말했다.

맞는 말이다. 블라디미르는 절대 느리지도, 게으르지도 않았다. 2학년 아이가 복도로 따라 나갔을 때, 이 학급의 애완동물은 이미 모습을 감춘 뒤였다.

나는 엠마 선생님의 침착함에 놀랐다. 엠마 선생님은 즉시 인터폰으로 관리실에 연락해서 우리를 빠져나간 도마뱀의 생김새에 대해 설명했다.

"무척 즐거운, 아, 서클 타임에 초대해줘서 고맙소. 우린 이제 그만 가봐야 할 것 같군." 커밋 선생님이 사무적으로 말했다.

117호로 돌아온 후, 나는 우리 반도 계속 서클 타임을 하게 될 거라고 기대했다. 하지만 커밋 선생님은 문제지를 나눠주고는 아까 하던 십자말풀이에 조용히 몰두했다.

8
커밋 선생

머스터드소스를 바른 토스트로 아침을 먹고 있다는 건, 장을 보러 가야 한다는 뜻이다. 버터도, 크림치즈도, 잼도 다 먹었다는 뜻이고, 먹고 남은 맥도날드 소스에 빵을 찍어 먹고 있다는 뜻이다. 생각해보니, 지금 이 빵도 마지막 조각이다. 신선함 같은 건 당연히 기대할 수 없다.

이 아파트는 다 쓰러져간다. 깨끗하게 청소는 되어 있지만, 고대 유적만큼이나 낡았다. 더 나은 곳으로 이사할 수도 있었지만, 집을 단장하는 것도 관심 없고, 이사하는 것도 귀찮다. 이곳은 아무 관심 없고 게으른 인간이 아침으로 토스트에 머스터드소스나 발라 먹기에 딱 맞는 장소다. 가끔씩 그러는 것처럼, 나는 피오나의 집을 상상해본다. 뾰족한 창살로 울타리가 둘러진 푸른 정원의 집. 이젠 제법 구체적으로 그려본다. 엠마가 그 집 마당에서 그네를 타

72

고, 진입로를 따라 세발자전거를 타고, 애완용 도마뱀을 키우는 모습까지. 언티처블스 때문에 벌어진 엠마의 도마뱀 사건은 떠올리고 싶지 않다. 블라디미르가 어떻게 되었는지는 하느님만 아시겠지. 아마 학교 어딘가 벽 속에 끼어 굶어 죽었을 거다. 학교 건물 밖으로 나갔다 해도, 차에 치여 죽었을 테고.

어쨌든 나는 코코 너드에 올라, 검은 매연 구름을 피우며 시동을 걸었다. 파커 덕분에 내 차를 이렇게 부르고 있다. 무슨 이유에선지, 이 이름이 머리에서 떠나질 않는다. 언티처블스에 발을 담갔다는 증거인가.

6월이 이렇게 멀리 느껴진 적은 없었다.

학교로 가는 길 중간쯤에, 그 간판이 있다.

> **트라이 카운티 지역에서 가장 많은
> 새 차와 중고차를 경험해보세요**

예전의 그 천박한 중고차 딜러에서 무슨 서커스 배우로 변신이라도 한 듯, 불타는 고리들 사이로 삐죽 내민 그의 웃는 얼굴이 그 옆에 붙어 있다. 바로 '발로 뛰는 제이크 테라노바', 당신의 완벽한 새 차와 중고차를 위해서라면 어떤 노력도 아끼지 않을 사람.

매일 이 간판을 지나가는데도, 저 위에 붙어 있는 제이크의 얼굴을 보는 것은 여전히 힘들다. 중학 2학년 때 얼굴과 별로 다르지 않다. 마치 모두 해결했다는 듯, 언제나 이를 드러내고 웃는다. 그리고 여전히 뭔가를 판다. 전국 수학능력평가 시험지 복사본 대신, 지금은 자동차를 팔고 있다. 그리고 지금도 잘 판다. 테라노바 모터스는 우리 주(州)에서 세 번째로 큰 자동차 딜러 숍이다. 대단한 성공인 셈이다. 담임선생의 인생을 망쳐놓은 게 제일 큰 성공이었던 중2 때에 비하면, 발로 뛰는 제이크는 정말 출세했다.

아니지, 테디어스 박사가 망쳤지. 내 학생들을 믿은 것, 전국 최고 점수가 그 아이들의 진짜 실력이라고 믿은 건 물론 전적으로 내 잘못이지만.

절대로 용서받을 수 없는 진짜 내 잘못은, 테디어스의 이미지를 나쁘게 만들었다는 점이었다. 지금은 교육감이 된 그 시절 테디어스 교장의 복수는 그때부터 시작되었다. 제이크 테라노바는 무너지는 도미노의 시작일 뿐이었다.

커다란 전시장이 왼편에 나타났다. 나는 견디기 힘들었다. 그 큰 전시장과 쇼룸들을 지나는 데 얼마나 걸리는지 재봤다. 도로에 차가 많으니 14초나 걸렸다. 중2 때 친 사기로 테라노바는 부자가 되는 공식을 배웠던 거다. 자기 담임선생은 빵에 머스터드소스나 발라 먹으며 코코 너드를 타는데, 제이크 테라노바는 돈에 파묻혀 지내고 있다. 물론, 내가 차를 바꾸지 않은 진짜 이유는 제이크 테라노바 때문에 자동차 딜러라면 모두 적대시하기 때문이지만.

학교 주차장에 들어서니, 파커의 픽업트럭이 마지막 남은 자리 두 칸에 아무렇게나 주차돼 있었다. 그래, 중학생들에게도 운전면허증을 줘야지. 무슨 큰일이야 나겠어. 짜증이 난 나는 그 픽업트럭이 나가지 못하게 막고 주차했다. 방과 후에 야단을 쳐줘야겠다고 다짐하면서.

점심을 싸 오지 않았지만, 며칠 전에 사다 놓고 먹지 않은 크로켓이 기억났다. 조수석 위에 없어서 그 밑 사물함을 뒤졌다. 여기도 없네. 그렇다면 차가 덜컹거릴 때 바닥에 떨어졌겠구나. 코코너드는 무게 중심을 잡아주는 서스펜션이 거의 없으니까.

조수석 바닥을 더듬어 종이봉투를 찾기는 했는데, 찢어져서 구멍이 나 있었다. 그리고 누군가 바닥에 떨어트렸는지, 가죽 지갑이 보였다. 그런데 순간 그 가죽 지갑이 튀어 오르더니, 두 눈을 반짝이며 나를 노려봤다.

움찔 놀란 나는 그만 대시보드에 머리를 찧었다. 기괴한 소리를 내며 그 물체가 달아나기 시작했지만, 바닥 구멍 사이로 도망가기 전에 손으로 움켜잡았다.

나는 숨을 몰아쉬며, 이 작은 녀석을 들어 가슴팍에 안았다.

"블라디미르, 맞지?"

도망쳤던 도마뱀이 건물 밖으로 나간 거였구나. 행정실 직원들이 학교를 샅샅이 뒤진 지난 18시간 내내, 이 녀석은 바닥에 구멍난 차를 용케도 찾아서 이 안에 있었던 거구나.

나는 이 작은 괴물을 안고 차에서 내렸다. 주인에게 어서 데려다주고 싶었다. 음, 내가 너무 신경을 쓰는 건 아닐까. 하지만 엠마는 피오나의 딸이고, 나의 상상 속에서는 거의 내 딸이나 다름없는걸. 이 어린 선생은 이미 내 반이 미개인들의 집합소라고 생각한다. 사실 대부분 미개인이 맞다. 그러니 내 책임이 아니라고 생각하고 있을 수도 있다.

115호가 가까워지자, 엠마의 목소리가 들렸다.

"교사들이 지치는 건 나도 알지, 엄마. 그래도 이건 좀 다르다니까? 내가 그 선생님 바로 옆 반에서 가르치는데, 하루 종일 말 한마디를 안 해! 교사가 가르치질 않으니, 그 불쌍한 애들은 아무것도 배우는 게 없을 거야. 부끄러운 일이지…."

엠마는 한쪽 어깨로 휴대폰을 귀에 고정한 채 통화하면서 게시판에 금색 별들을 새로 붙이고 있었다. 누구와 통화하는지 알기 때문에, 나는 엠마의 말에 더 상처를 받았다.

억울함이 밀려왔다. 엠마 파운틴이 지친다는 게 뭔지나 알까? 자기 학생들보다 그렇게 많지도 않은 나이. 중학생들에게 금색 별스티커를 주고, 교실에서 애완동물을 키우고, 버킷 필러에 대해 설교를 늘어놓는 게 교육이라고 생각하는 분께서 말이다. 학생들을 얼마나 가르쳐봤다고. 한 10분이나 되려나? 언티처블스를 맡자마자 아이들이 서클 타임을 망치고 도마뱀을 풀어놓지 않았는가.

이런 이야기를 피오나는 절대 들을 기회가 없겠지.

하비 이름표의 하마 콧구멍을 바로잡으며 엠마가 말했다.

"알았어요, 알았어. 훌륭한 교사였던 적도 있겠지. 중요한 건 지금이라니까! 솔직히 말해서, 엄마가 저런 사람하고 약혼을 했었다는 걸 믿을 수가 없어…."

화가 나서 나도 모르게, 도마뱀을 쥔 손에 힘이 들어갔다. 짧고 날카로운 비명 소리가 녀석의 작은 입에서 새어 나왔다.

엠마가 돌아보는 바람에, 그녀 어깨에서 휴대폰이 떨어졌다.

"블라디미르! 어디서 찾으셨어요?"

엠마가 내 팔에 안겨 있던 도마뱀을 받아 들고서 그 밋밋한 머리통에 키스를 퍼부었다.

"근처에서." 나는 퉁명스럽게 대답했다.

"여기 얼마나 서 계셨어요, 커밋 선생님?"

그녀의 얼굴은 빨갛게 상기되어 있었다.

나는 '한참 동안', 아니면 뭔가 다른 말로 그녀가 미안한 마음을 갖게 만들고 싶었다. 그녀가 휴대폰에 대고 한 말들이 버킷 필러는 절대 아니라는 걸 스스로 알아야 하니 말이다. 하지만 나는 입을 꾹 닫았다.

원래 이 시간은 내가 제일 좋아하는 시간이다. 학생들이 등교해서 내 하루를 망치기 전 시간. 학생들이 등교하면, 그 이후로는 대부분 기분이 나빠진다.

아침으로 먹은 머스터드소스가 목구멍을 타고 트림으로 나와버렸다. 멋진 퇴장도 물 건너갔군.

커피가 필요하다. 교무실 선반 위, 콩알만 한 머그잔들 기를 팍팍 죽이고 있을 내 변기통을 떠올리면서, 나는 기운을 차렸다.

9

파커 엘리아스

할아버지가 돌아가시기 전까지, 할머니와 할아버지는 버스 정류장에서 작은 식당을 운영하셨다. **분식점**이라는, 내겐 **식점분**이라고 보였던, 그 간판이 아직도 기억난다.

할아버지에 대한 기억은 많지 않은데 그래도 기억나는 건, 간판을 읽지 못하는 내게 '아주 복잡한 단어'라서 그렇다는, 내가 크면 잘 읽을 수 있을 거라는 말씀이었다.(물론, 그렇게 되진 않았지만.)

할머니는 나를 사탕 판매대 앞에 세워두곤 하셨는데, 그 시절 사탕 판매대는 내게 너무너무 높아 보였다. 그때 난 정말 작았으니까. "우리 꼬맹이, 뭐 먹을래?" 하고 물으시면, 나는 뭐든 원하는 걸 고를 수 있었다.

그때는 할머니가 내 이름을 정확히 아셨기 때문에, 할머니가 꼬맹이라고 부르셔도 나는 아무렇지 않았다. 단골손님들이 오면 "이

잘생긴 애가 내 손자, 파커랍니다!"라고 나를 소개하곤 하셨는데, 나를 자랑하고 싶어 하는 할머니 마음을 느낄 수 있었다.

매일 아침 차로 데려다주는 애가 예전에 단골손님들에게 자랑하던 그 꼬맹이라는 걸, 할머니는 알고 계실까? 할아버지가 돌아가시고 나서부터, 할머니는 많은 걸 잊어버리기 시작했다. 하지만 이 세상에서 제일 좋아하는 손자는 잊지 않으셨을 거라고 믿고 싶다.

할머니는 본인이 아침형 인간이 아니라서 제대로 행동하기가 어렵다고 주장하신다. 새벽 네 시면 기상하는 분이면서. 신발을 짝짝이로 신고 오시거나, 핸드백 대신 원더 식빵을 들고 오신 걸 노인복지관에 가는 도중에 발견하기 일쑤다. 포장지에 빨간 점, 노란 점, 파란 점이 찍힌, 내겐 **더원**처럼 보이는 원더 식빵이 나를 보고 웃을 때의 당혹감이란.

오늘은 1년에 두 번 있는 노인복지관 사회복지사와의 상담이 있는 날이라 엄마가 운전을 했다. 학교에서 하는 학부모 상담과 거의 비슷해서, 엄마는 교사 면담이라고 부른다.

"말이 나온 김에, 3학년 생활은 어때? 올해는 새로운 프로그램에 들어갔잖아." 엄마가 물었다.

나는 하마터면 "맞아요, 언티처블스 반" 하고 대답할 뻔했다. 그건 좋은 생각이 아니다. 그러면 엄마는 할머니의 교사 면담 내내, 내 담임선생님을 만날 생각에 사로잡힐 게 빤하다. 커밋 선생님과 이야기하는 부모님을 상상해봤다. 십자말풀이에서 절대 눈을 떼지 않는 분과 말이다. 특히 아빠는 조금도 기다려주지 않을 거다. 가

을은 추수할 게 너무나 많은, 농장에서 가장 바쁜 시기니까.

난 그래서 그냥 이렇게 대답했다. "다 좋아요, 평소처럼."

엄마가 의심이 가득한 눈초리로 나를 쳐다봤다. '평소처럼'이란 말은 하지 말았어야 했다. 엄마는 내 성적표의 학부모 확인란에 서명을 하는 사람인데 말이다. '평소처럼'이란 말이 어떤 의미인지, 어느 누구보다도 정확하게 알고 있는 사람.

"우리 반 선생님은 경험이 아주 많은 분이에요." 나는 한 마디 더 덧붙였다.

언티처블스 반으로 오기 전에 커밋 선생님은 검룡이나 익룡 같은 걸 가르치셨다. 물론 그때도 하루 종일 십자말풀이를 했을 테고 아무도 신경 쓰지 않았겠지.

엄마는 궁금한 게 더 있는 것 같았지만, 다행히 할머니가 아파트 밖에 나와서 기다리고 계셨다. 오늘은 옷도 제대로 입으시고, 양말도 짝 맞춰 잘 신으시고, 의료 정보가 적힌 팔찌 대신 커피메이커 고무 패킹을 손목에 차고 나오지도 않으셨다. 운전석 대신 조수석에 앉은 나를 의심하는 바람에, 할머니를 구슬려서 트럭에 태우느라 애를 먹었다. 픽업트럭에는 뒷좌석이 없어서, 할머니는 엄마와 내 좌석 사이에 불쑥 튀어나온 부분에 앉으셔야 했다.

"하고많은 차들 중에, 이런 차를 고르다니. 정말 미쳤다." 할머니가 말했다.

"몇 분만 가면 돼요. 파커를 학교에 내려주면, 자리는 충분해요." 엄마가 말했다.

"제가 파커예요." 내가 재빨리 말했다. 누굴 말하는지 몰라서 할머니가 차 안을 두리번거리셨기 때문이다.

"안녕, 꼬맹아. 아침 먹을래?" 할머니가 나를 보고 말했다.

"시간 없어요. 이제 곧 내리거든요."

엄마가 학교 앞에 차를 멈췄고, 나는 차에서 내렸다.

"재밌는 하루." 엄마가 손을 흔들었다.

네, 네. 재미라… 특자반-3에 가장 어울리지 않는 단어다. 하긴 할머니와 사회복지사 사이에 앉아 있는 것도 재밌지는 않겠구나. 그나마 내가 좀 나은 것 같네.

픽업트럭이 떠나는 순간, 뭔가가 찌그러지는 소리가 들렸다. 트럭 무게에 납작하게 눌려버린 부부젤라 하나가 길바닥에 놓여 있었다. 축제 기간이 가까워지면서, 갈수록 부부젤라가 더 많아지는 것 같았다. 이건 작년에 쓰고 남은 거였다. 바르가스 교장선생님이 2019년용 부부젤라 주문을 엄청 많이 넣었다고 했다. 올해 부부젤라는 우리 학교의 상징색인 밝은 노란색 바탕에 '가자, 가자, 골든 이글스'라고 새겨져 있을 거라고 했다. 학교에서 껌을 씹으면 방과 후에 남는 벌을 받는데, 사이렌만큼이나 시끄러운 부부젤라를 부는 건 학교 전통이라니. 이해할 수가 없다.

평상시엔 늘 지각하는데, 오늘은 정반대다. 너무 일찍 왔다. 스쿨버스는 도착하지도 않았다. 117호로 천천히 걸어갔지만, 아직 아무도 없었다. 특자반-3 아이들은 시작종이 울리기 10초 전에야 우르르 들어온다. 커밋 선생님은 그후에 오시고.

옆 반에서 유일하게 인기척이 들려왔다. 115호 교실이었다.

엠마 선생님이 게시판의 스마일 패치들을 정리하고 있었다. 이미 아이들 책상 위에는 허시 키스 초콜릿이 하나씩 놓여 있었고. 커밋 선생님이 매일 아침 학생들한테 뭘 주더라? 아무것도 안 준다. 썩은 표정만 안 보여줘도 땡큐다.

복도에 서 있는 나를 엠마 선생님이 발견했다.

"안녕, 파커. 오늘은 일찍 왔구나. 와서 키스 하나 받아가렴."

한참 동안 멍하니 선생님을 보고 나서야, 초콜릿을 가져가라는 뜻인 걸 알았다.

"어, 감사합니다."

입 안에서 녹는 초콜릿은 달콤했다. 엠마 선생님 교실에 하루 종일 있으면, 전혀 다른 하루를 보내는 117호 따윈 까맣게 잊을 것 같다.

그러다가 도마뱀 우리를 보게 되었다.

"어, 블라디미르가 돌아왔네요."

"커밋 선생님이 찾아다 주셨단다." 엠마 선생님이 활짝 웃으며 말했다.

"진짜로요?"

내가 아는 그분이? 절대 포도 한 알도 나눠줄 분이 아닌데.

갑자기, 책상다리를 하고 서클 타임 원 안에 털썩 주저앉고 싶은 강한 충동을 느꼈다. 엠마 선생님의 교육 방법이 우리 나이엔 좀 유치한 건 맞지만, 서클 타임은 내가 중학교에 와서 느껴본 가장 편안한 시간이었다. 그 원 안에 앉아 있으면, 아무도 나한테 절대 해독할 수 없는 암호들을 읽어보라고 시키지 않으니까. 알도에 대해선 좋은 말을 할 거리가 없을지도 모르겠지만, 그래도 시도는 해볼 것 같다. 일레인에 대해서도 좋은 말들이 생각날 것 같고.

2학년 아이들이 나타나기 시작하더니, 블라디미르를 발견하고 재회의 기쁨을 나눴다. 나도 그냥 잠시 함께 있었던 것뿐인데, 한 아이가 나를 발견하고 이렇게 말했다.

"우리 반 아니잖아."

그렇지. 나는 한숨을 쉬며 다시 정신을 차렸다. 이 반 학생이 아니지. 나는 가방을 메고 옆 교실로 향했다. 교실로 가기엔 여전히 이른 시간인데.

특자반-3 교실 밖 복도에서, 키아나가 뭔가에 엄청 집중하는 표정으로 몸을 웅크리고 있었다.

"뭐 하냐?"

"쉿!"

키아나가 입술에 손가락을 갖다 대고는 교실 안을 가리켰다.

커밋 선생님이 이야기를 하고 있었다. 처음엔 선생님이 누군가를 야단치는 줄 알았다. 반쯤 잠든 게으름뱅이 같은 평소 목소리가 아니라 훨씬 날카로운 목소리였기 때문이다. 곧이어 아주 가까이에서 의미 없는 대답이 들렸다. 문 바로 옆 인터폰에서 새어 나오는 목소리. 바로 바르가스 교장선생님이었다.

"오히려 좋아하실 줄 알았는데요, 재커리. 선생님이 부부젤라 소리를 못 참는 건 모두 다 아는 사실이니까 말이에요."

재커리는 우리 선생님의 이름이다.

"그걸 말하는 게 아니잖아요. 당신은 이미 우리 반을 이 학교에서 분리시켜놨어요. 그럴 만한 이유가 있었겠죠. 하지만 학교 축제에서 우리 반 아이들을 제외시키는 건 말이 안 되지. 아직 일어나지도 않은 일을 가지고 아이들한테 벌을 주는 게 말이 됩니까?"

"학교 축제를 굉장히 싫어하시잖아요."

"지금 내 얘기를 왜 꺼냅니까? 우리 반 아이들 얘기를 하고 있는데. 다른 건 다 제쳐두고, 난 우리 반 아이들의 유일한 선생입니다. 내가 아니면 누가 이 아이들을 위해 나서줍니까?"

옆에서 키아나가 주먹을 불끈 쥐고 속삭였다. "커밋 선생님, 잘한다!"

"지금 어떤 아이들 얘기를 하는 중인지 생각해보세요. 그 반 아이들 손에 부부젤라가 들려 있다고 상상해보시라니까요." 교장선생님이 반박했다.

"그건 내가 알아서 할 문제요." 선생님은 고집을 꺾지 않았다.

"학교 행사에서는 아무 문제도 생기지 않아야 합니다. 이건 이미 끝난 얘기예요, 재커리. 선생님 반 아이들은 학교 축제에 못 옵니다." 교장선생님이 강하게 못을 박았다.

행정실에서 인터폰 연결을 끊는 소리가 딸깍하고 들렸다. 문 안쪽에서 커밋 선생님이 뭐라고 중얼거렸지만 내겐 들리지 않았다.

"들었어? 선생님이 우릴 편들고 있어!" 키아나가 속삭였다.

"그런 말은 못 들었는데. 부부젤라 얘기만 했잖아. 우린 못 받을 거라고."

"제대로 안 들었지? 선생님이 우릴 위해 싸웠잖아!"

"이해가 안 된다. 커밋 선생님은 부부젤라 엄청 싫어하는데, 왜 우리한테 부부젤라를 구해주려고 하지? 부부젤라 부는 놈은 누구든 죽이려고 그러나?"

"모르겠어? 부부젤라 얘기가 아니었잖아. 선생님은 공정함에 대해 얘기했다고!" 키아나가 화를 냈다.

말이 안 된다고 생각한다. 인생이 공정하다면, 애초에 언티처블스 반 같은 건 없어야 하는 거 아닌가?

10
키아나 루비니

유타 주에서 안 좋은 소식이 들려왔다. 촬영 장비 차량이 벼락에 맞아서 엄마의 영화 촬영이 몇 주간 중단된다는 소식이었다.

"촬영 다시 시작할 때까지 우리 집에 가면 안 돼?"

"그럴 순 없지. 학교는 어쩌려고? 이제 막 전학 간 학교에서 어떻게 널 데려오겠어. 촬영이 재개되면 또 가서 재등록해? 그건 너무 타격이 크잖아." 엄마가 대답했다.

타격 입을 일 하나도 없어! 이 학교에 정식으로 다니는 게 아니라고! 새엄마라는 사람이 등록도 안 해줬어! 게다가 난 정식 교실에 있는 것도 아니야! 나는 이렇게 외치고 싶었다.

그만두자. 엄마는 분명히 아빠한테 전화해서 딱딱하게, 절대로 즐겁지 않은 대화를 나눌 거야. 나는 곧장 그 행정실에 다시 가서 하나로 통일된 과목 대신 8과목 수업을 모두 등록하느라 정신을 빼겠지. 진짜 문제지와 진짜 과제를 내주는 진짜 선생님 여덟 분에게 새로 적응해야 할 거야.

그건 싫어. 지금 이 학교에서의 생활이 완벽하진 않아도 그럭저럭 참을 만하니까. 일을 복잡하게 만들 필요가 뭐 있어? 어차피 단기 전학생인데. 내가 생각한 만큼 짧지 않을 뿐이지.

그리니치에서 두 주 더. 새엄마, 아빠와 두 주 더. 천시의 콧물과 미열과 발진과 구토도 두 주 더. 그리고 언티처블스도 두 주 더.

괜찮아. 견딜 수 있어. 모든 수단을 다 동원하면, 두 주 정도는 더 버틸 수 있어.

"학교 얘기 좀 해봐. 적응은 잘 했어? 엄마도 그리니치 고등학교를 다닌 거, 알지?"

"아주 좋아. 벌써 특별반에 뽑혔다니까."

"특별반?" 엄마가 환하게 웃었다.

내가 특별하다는 이야기를 절대 그냥 흘려보낼 엄마가 아니다.

"특자반-3이라는 학급이야. 들어가기 엄청 어려운 반이래. 선생님도 완전 끝내줘. 우리가 자발적으로 공부하는 법을 배워야 한다면서 우릴 완전 독립적으로 놔둬. 커밋 선생님은…."

"커밋? 시험지 유출 사건의 그 커밋?" 엄마가 물었다.

"시험지 유출 사건?"

"오래전에, 진짜 끔찍했던 사건이지. 내가 대학을 다니는 중에 그 일이 터졌지만, 분명 같은 사람일 거야. 커밋이 흔한 이름은 아니잖아." 엄마가 미간을 찡그리며 말했다.

"커밋 선생님이 뭘 했는데?"

나는 강한 호기심이 생겼다.

"자세한 건 엄마도 기억이 잘 안 나. 암튼 동네 전체가 난리 났었는데, 아직도 학교에 남아 가르치고 있다니 진짜 의외네. 정말 큰 오점인데."

와, 커밋 선생님에게 이런 과거가 있다니. 이야기가 점점 흥미로워진다.

"엄마가 학교에 전화해서, 어떻게 된 일인지 알아볼까?"

"아니! 내 말은, 지금 커밋 선생님은 진짜 좋은 선생님이라니까. 그게 중요한 거지, 안 그래? 아주 옛날에 일어난 일을 누가 신경 쓴다고."

"하지만, 키아나. 시험지 유출 사건이었어! 난 내 딸이 그런 일에 연루되는 건 원치 않아."

"진정해, 엄마. 우리 특자반에 시험지 유출 같은 건 없어."

나는 엄마를 안심시켰다. 완전히, 확실하게 장담할 수 있다. 아무것도 안 하는데, 시험지 유출은 무슨. 게다가 커밋 선생님은 우리 문제지를 보시지도 않는데, 부정행위를 뭐하러 하겠어.

결국 엄마는 그 이야기를 더 꺼내지 않았다. 영상통화를 끝내고 나니, 머릿속이 빠르게 돌아갔다. 내가 파커의 시간표를 들고 117호에 왔던 그날부터 풀리지 않던 미스터리가 결국 풀리는구나. 바로, 커밋 선생님이 언티처블스 같은 학급을 가르치게 된 이유.

정답: 커밋 선생님은 원해서 온 게 아니다. 1990년대에 일어났던

일 때문에 매년 나쁜 학급만 배정받았던 거지. 그렇게나 오래전에 했던 실수의 대가를 아직까지 치르고 있다는 게 말이 되지 않지만, 엄마가 기억한다는 건 다른 사람들도 기억한다는 뜻이니까.

특자반-3은 학교가 거부한 학생들이 버려지는 곳만은 아니었구나. 거부당한 교사도 함께 섞인 곳이었어.

커밋 선생님은 유명한 분이었다. 1990년대의 일을 엄마도 기억하고 있으니 유명한 게 맞다. 나쁜 일로 유명한 거지만, 뭐 어때? 리얼리티 프로그램에서도 나쁜 놈이 제일 인기가 좋잖아.

게다가, 시험지 유출이든 뭐든 상관없이, 나는 커밋 선생님이 우리를 위해 바르가스 교장선생님에게 따지던 모습을 잊을 수가 없다. 반스톰이 미식축구부에 남을 권리가 있다며 대신 싸워준 것도. 좋은 선생님은 아닐지 몰라도, 좋은 사람인 건 확실하다.

나는 너무너무 학교에 가고 싶었다. 백일해에 걸려 집 안이 떠나갈 듯 기침을 해대는 천시 때문은 아니었다. 그런데 학교에 도착해 보니, 커밋 선생님이 결근을 했다. 그래서 오늘 하루는 란스만 선생님이 대신 가르치게 되었다.

커밋 선생님도 그다지 젊은 건 아니지만, 란스만 선생님은 정말 늙은 선생님이다. 라힘은 종말의 시대에 좀비가 무덤에서 일어나는 모습으로 금세 란스만 선생님을 스케치했다. 녀석은 진짜 천재가 분명하다. 아이들은 그 그림으로 종이비행기를 접어 교실 이리저리로 날렸다.

"새벽의 저주*!" 책상 위에 떨어진 종이비행기를 보고 마테오가 속삭이듯 말했다.

"잡담 금지!" 란스만 선생님이 명령하듯 말했다.

이미 늦었네요, 선생님. 별명이 이미 탄생했는걸요. 새벽의 저주.

란스만 선생님은 투덜대는 스타일이지만, 투덜이 올림픽의 금메달리스트를 담임으로 둔 우리에겐 아무 문제도 되지 않았다. 하지만 살짝 차이가 있다. 새벽의 저주는 우리한테 직접 불만이 있는 거지만, 커밋 선생님은 불만이 그냥 삶의 일부라서 투덜대는 거니까. 그래서 커밋 선생님이 불평을 하면 우리는 기분 나쁘게 받아들이지 않는다. 선생님이 불평을 할 때 우연히 그 장소에 우리가 있는 것뿐이니까.

새벽의 저주가 게티즈버그 전투에 대해 떠들고 있을 때, 어디선가 웅웅거리는 소리가 들려왔다. 낮게 진동하는 웅웅 소리. 처음에는 학교 건물이 무너져버리는 건가 싶어서 겁이 났다. 그런데 곧 그 소리가 바로 내 옆, 알도한테서 나는 소리라는 걸 알아차렸다. 소리를 일정하게 유지하느라 알도의 얼굴은 자기 머리카락 색깔만큼이나 붉게 변해 있었다.

웅웅 소리는 이제 내 뒤에서도 들려왔다. 살짝 높이가 다른 소리였다. 뒤돌아보니, 사악한 웃음을 띤 채 반스톰도 똑같이 소리를 내고 있었다. 그리고 그 옆자리에서는 한 옥타브는 족히 낮은, 바

---

* Dawn Of The Dead. 좀비 영화의 고전으로 불리는 조지 로메로 감독의 영화(1987) 제목.

순 같은 소리로 일레인도 거들고 있었다.

우리 캘리포니아 사람들도 사람을 골탕 먹이는 데는 일가견이 있지. 나도 바로 합류했다. 금세 교실 전체가 진동으로 울렸다.

위험을 느낀 새벽의 저주께서 관리실에 전화를 걸었다. 곧 카스테어 씨가 교실로 들어왔고, 우리는 바로 웅웅 소리를 멈췄다.

"몇 초 전까지도 계속 들렸어요. 전기선에서 나는 소리 같은데."

"학생들 짓이에요, 선생님. 선생님을 골탕 먹이는 거라고요. 대리로 들어오시는 선생님들께는 늘 이런 장난을 치죠." 카스테어 씨가 암담한 표정으로 우리를 보며 말했다.

새벽의 저주는 아주 불쾌해했다. 잠깐이지만 나는 곧 진짜 좀비를 눈앞에서 만나게 될까 봐 두려웠다. 하지만 우리한테 소리치는 것 말고 뭘 더 하시겠어? 실제로 소리를 엄청 지르기는 했다. 하루종일 거의 한 마디도 하지 않는 커밋 선생님에게 길들여진 우리에겐 정말 생소한 일이었다.

우리도 가만히 당하고만 있지는 않았다. 일부러 책을 바닥에 떨어트리는 장난을 스무 번은 넘게 했다. 반스톰은 목발로 바닥을 쿵쿵 내리찍었고, 말똥말똥 깨어 있는 라힘 대신에 일레인이 일부러 조는 척했고, 마테오는 도스라키어*로 말하는가 하면 고대 게르만족의 룬 문자를 문제지에 가득 적기도 했다.

새벽의 저주는 우리한테 진짜 수업을 시도했다. 대체 무슨 자신

---

* Dothraki, 미국 드라마 〈왕좌의 게임〉에 나오는 가상 언어.

감으로 저러시는 거지?

"수학 교과서 펴라." 선생님이 말했다.

"무슨 수학 교과서요?" 반스톰이 되물었다.

"수학 교과서 있을 거 아니니. 수학을 어떻게 배웠어?"

선생님의 분노가 점점 커지는 게 보였다.

"문제지를 풀었는데요." 마테오가 대답했다.

"무슨 문제지? 문제지 같은 건 여기 없는데! 수업계획서가 여기 어디 있을 텐데…."

당연히 있겠지, 보통의 선생님이라면 말이다. 하지만 새벽의 저주는 커밋 선생님을 모른다. 아마 자신이 교실에 오기 전에 우리가 수업에 필요한 자료들을 모두 치워버렸다고 생각하는 것 같았다. 이유가 뭐건 간에, 선생님의 화가 점점 커져갔다.

수업계획서를 찾지 못하자, 새벽의 저주는 아무 책이나 집어 들고 영어 수업을 하려고 했다. 그런데 하필이면 파커를 일으켜 세워 문장을 읽으라고 시키는 게 아닌가. 알다시피 파커는 첫 단어를 읽는 데만도 백만 년이 걸리는데. 우리한테 하루 종일 힘들게 당한 선생님은 자신을 괴롭히는 학생으로 파커를 지목한 거였다. 파커는 오늘 아무 짓도 안 했는데 말이다.

화가 난 선생님은 파커를 교장실로 보냈다. 60초쯤 후, 덜덜거리며 픽업트럭이 주차장을 빠져나가는 소리가 들렸다.

"있잖아요, 파커는 일부러 그런 게 아니거든요." 내가 나서서 설명했다. "문자를 읽는 데 어려움이 있는 애라고요. 파커도 굉장히 민감하게 생각하는데."

엠마 선생님이 우리 교실로 와서는, 자기 반에서 함께 서클 타임을 갖자며 우리를 진정시켜보려 했다.

"서클 타임?" 새벽의 저주가 화난 목소리로 말했다. "이 학생들은 서클 타임을 하기엔 학년이 너무 높죠. 엠마 선생 반 학생들도 그렇고."

엠마 선생님은 긍정적인 칭찬은 나이와 상관없다며 일장 연설을 시작하려 했다. 하지만 곧 분노가 폭발할 것 같은 새벽의 저주의 표정을 보고는 급히 자기 교실로 돌아갔다.

3시 반, 드디어 모든 수업의 끝을 알리는 종이 울렸다. 새벽의 저주는 우리 반이 자신의 긴 교사 생활에서 가장 무례한 학급이었다고, 스스로 부끄러운 줄 알라고 말했다.

"내 아들도 이 학교를 다녔다. 지금은 성공한 저널리스트인데, 자기가 교육받은 곳이 이렇게 변한 줄 알면 정말 충격을 받을 거다. 너희는 최악의 기록을 갱신한 애들이다. 커밋 선생님에겐 오늘 나한테 한 것처럼 행동하지 않겠지."

일부러 또각거리며 걷는 란스만 선생님의 하이힐 소리가 복도를 울리는 가운데, 낯선 정적이 117호에 흐르기 시작했다.

"당연하지. 커밋 선생님은 란스만 선생님처럼 괴팍한 늙은이가 아니니까." 란스만 선생님이 충분히 멀리 가신 걸 확인하고서 알도가 말했다.

"그런데, 란스만 선생님 말이 맞긴 해. 개굴 쌤한테는 이렇게 안

하잖아. 왜 그렇지?" 라힘이 혼잣말하듯 중얼거렸다.

나는 그 답을 알고 있는 것 같다. 커밋 선생님이 우리를 무시하는 건 맞지만, 우리가 자기 학생들이라는 걸 알고 있고, 그래서 필요하면 우리를 대신해 나서주신다. 선생님은, 선생님의 방식으로, 우리를 아끼고 있는 거다. 그리고 절대 말로 설명할 수는 없지만, 내가 보기엔 우리도, 우리만의 방식으로, 선생님을 좋아하기 시작한 거고.

다음 날 아침 커밋 선생님이 교실로 들어왔을 때, 선생님은 한 번도 본 적 없는 광경을 목격하게 되었다. 우리 일곱 명이, 차분히 집중하는 자세로, 각자 자리에 앉아, 두 손을 모으고, 시선을 정면에 두고 있는 낯선 모습을 말이다. 새벽의 저주가 어제 우리에 대해 좋은 말을 했을 리가 절대 없다. 결코 누구도 기대하지 않았던, 우리의 행동에 대한 대가를 치를 시간이 온 거다. 선생님의 보복을 기다리며, 교실은 긴장감으로 가득 찼다.

신문과 커피 컵을 책상 위에 내려놓고, 커밋 선생님이 우리 얼굴을 쳐다보며 말했다.

"뭐지?"

아무도 대답이 없자, 선생님은 오늘의 첫 문제지를 나눠주기 시작했다. 책상 위에 문제지가 놓이자마자, 모두들 펜을 손에 쥐고 고개를 숙였다.

힐끔 쳐다보니, 반쯤 일어서서 인상을 쓰고 있는 선생님 모습이 보였다. 이것도 처음 있는 일이다. 모든 애들이 열심히 공부를 하다니. 날아다니는 종이비행기도 없고, 잡담도 없이. 선생님은 영문을 모르겠다는 듯 어깨를 한 번 들썩이고는, 책상으로 돌아가 십자말풀이를 보기 시작했다.

나는 선생님이 나눠주신 문제지에 집중했다. 시사에 관한 주제어서, 최근에 뉴스나 인터넷, 소셜 미디어에서 봤던 것들을 열심히 생각해냈다.

그때 인터폰이 울렸다. 교장선생님의 비서였다.

"커밋 선생님, 어제 선생님 반을 맡으셨던 란스만 선생님의 보고서에 대해 바르가스 교장선생님과 의논하고 싶으시면, 오늘 오전에 가능하십니다."

레코드판을 바늘로 긁는 것 같은 소리가 들렸다. 우리는 모두 얼음처럼 굳은 채, 선생님을 바라봤다. 새벽의 저주가 작성한 보고서라면, 십중팔구 최악 중에서도 최악일 게 빤하다.

"필요 없어요. 고맙소." 커밋 선생님이 대답했다.

그 순간 모두의 시선이 선생님에게 집중되었다. 선생님이 현실과 너무 동떨어진 삶을 살아서, 어제의 일이 그다지 나쁘지 않다고 생각하시나? 아니면 우리 과제물을 절대 읽지 않는 것처럼 새벽의 저주의 보고서도 읽지 않은 건가? 117호의 분위기가 살짝 가벼워졌다. 이유가 뭔지는 몰라도, 우리가 곤경을 면한 것 같았다.

언티처블스 아이들이 제출한 과제물이 읽을 만한 가치가 있었던 적이 한 번도 없어서 커밋 선생님이 우리 과제물을 읽지 않는 것인지도 모른다는 생각이 문득 들었다. 그렇다면 방법은 간단하지. 오늘의 문제지 뒷면에 있는 에세이 주제를 보고, 나는 선생님의 기대 이상으로 아주 잘 해내야겠다는 생각이 들었다. 주제는 전철, 버스, 경전철 같은 대중교통이었다. 나는 대중교통에 대해 대찬성이다. 대중교통이 엉망인 LA 출신으로서, 대중교통이 없으면 우리가 얻는 건 교통정체와 공해뿐이라는 걸 아주 잘 알고 있으니까. 에세이의 서론밖에 안 썼는데도 한 페이지가 금세 가득 찼다.

나는 커밋 선생님의 책상 앞으로 나아갔다. 선생님은 십자말풀이를 옆으로 밀어두고, 행정실에서 보낸 메모를 읽고 있었다. 슬쩍 보니, **대리 교사의 보고서**라는 제목이 쓰여 있었다. 선생님이 내가 온 걸 알고 나를 쳐다봤을 때, 나는 언티처블스 미개인들과의 수업이 얼마나 끔찍했는지 낱낱이 적힌 보고서를 모두 읽었을 선생님 표정을 살폈다.

"저희한테 화나셨어요?" 나는 작은 소리로 물었다.

한 번도 생각해본 적 없는 질문이라는 표정으로 선생님이 대답했다.

"언제나 양쪽 이야기를 다 들어봐야 하는 거니까."

그러고는 보고서를 쓱 밀어서 쓰레기통으로 떨어트렸다.

"무슨 일이냐?"

내가 어서 돌아갔으면 좋겠다는 말투였다.

"종이가 더 필요해서요."

"왜?"

선생님의 눈썹이 일그러졌다.

"에세이 때문에요. 종이가 모자라서."

우리 반에서는 있을 수 없는 일이었다. 특자반-3 학생들은 언제나 너무 적게 써서 문제였지, 더 많이 쓰는 경우는 없었으니까.

커밋 선생님이 다시 십자말풀이를 시작했다. 내가 요청한 걸 스스로 잊어버리고 그냥 돌아가기를 바라는 것 같았다.

"더 가져가도 되나요?"

선생님이 영문을 모르겠다는 표정으로 나를 바라봤다.

"종이 말이에요."

"아, 그래."

"어디서 가져가요?"

선생님이 자리에서 일어나서 교실을 둘러봤다. 한 번도 와본 적 없는, 낯설고 이국적인 장소에 갑자기 떨어지기라도 한 것처럼. 선생님은 나를 보관함으로 데리고 가서 문을 열었지만 거미줄 말고는 아무것도 없었다.

어쩔 수 없다는 듯한 표정으로 선생님이 나를 쳐다봤다.

"엠마 선생님께 여분의 종이가 있지 않을까요?" 내가 물었다.

"제가 가져올게요!"

그 말과 함께 파커가 번개처럼 일어나 문을 향해 뛰다가, 책상을 엎으며 풀썩 떨어졌다. 바닥에 얼굴을 박았지만, 파커는 벌떡 일어나서 교실 밖으로 사라졌다.

잠시 후 엠마 선생님의 목소리가 들려왔다.

"파커! 너, 코피 난다!"

"파커는 운전면허증이 있잖아? 그래서 걷는 법을 몰라." 반스톰이 비웃으며 말했다.

몇 분 후, 벌겋게 피가 밴 휴지 뭉치로 코를 틀어막은 파커가 돌아왔다. 그리고 나한테 종이를 건넸다. 코피가 묻어 있는 종이.

결론에 이르기도 전에 나는 넉 장이나 빼곡히 채웠다. 꽤 뿌듯했다. 물론 단기 전학생이긴 하지만, 이곳에 와 있다고 나의 원래 공부 습관을 완전히 망가뜨릴 수는 없다. 캘리포니아로 돌아갔을 때 무리 없이 잘 이어나가려면, 여기서부터 준비를 하는 게 맞지.

나는 다 끝낸 에세이를 제출하러 커밋 선생님 자리로 나아갔다. 마치 내가 살아 있는 새끼 전갈을 접시에 담아 건네기라도 한 듯, 선생님이 나를 쳐다봤다.

"에세이요. 선생님이 읽고 뭐라고 하실지 엄청 기대가 돼요."

분명 물어보지도 않을 테니, 내가 그냥 말해버렸다.

선생님은 내 에세이를 받아서 책상 한쪽에 놔두고는, 다시 십자말풀이에 몰두했다.

"안 읽으실 거예요?"

"당연히 읽지."

선생님은 나를 보지도 않고 대답했다.

3일이 지났다. 내 에세이는 아직도 선생님 책상 위에 그대로 있다. 파커의 코피 자국은 갈색으로 변해 있었다.

11

반스톰 앤더슨

개굴 쌤 덕분에, 나는 여전히 골든 이글스 팀에 있다. 어떤 선생님도 나한테 이렇게 잘해준 적이 없다. 나는 선생님들을 사랑하지 않는다. 내가 특자반-3에 온 건 모두 선생님들 때문이니까.

나는 원래 가르치기 힘든 애가 아니다. 절대 멍청하지도 않다. 다른 애들과 똑같이 배우는 데에 전혀 지장이 없다. 그저 배우지 않아도 되는 선택권이 주어졌을 때 기꺼이 그걸 선택했을 뿐. 우승 트로피를 가져오면 선생님들은 얼마든지 수업에서 나를 빼주었다. 하지만 다리를 다쳐서 경기를 뛸 수 없게 되자, 순식간에 내 성적이 수준 미달의 걸림돌로 전락했다. 세 종목에서 모두 우승했던 작년에는 하나도 문제가 되지 않았던 성적이 말이다. 웃기는 일이다.

나는 식판에 음식을 담고, 다리를 절뚝거리며 빈자리로 향했다. 목발을 짚은 채로 무거운 식판을 들고 균형을 유지하는 건 쉬운 일이 아니다. 테이블들을 쭉 둘러보는데, 내가 모르는, 진짜 귀엽게 생긴 2학년 여자애가 나를 향해 미소 지으며 손을 흔들었다. 운동선수들에겐 자주 있는 일이다. 학교에서는 우리가 일종의 연예인 같은 존재니까.

목발도 식판도 떨어트리지 않고 손을 흔들어줄 방법을 생각해보고 있는데, 그 여자애의 시선이 내 왼편으로 이동했다. 나를 보고 있던 게 아니네! 내 옆으로 오고 있는 골든 이글스 팀원, 카노스키를 향해 손을 흔든 거였어!

한 방 제대로 맞은 기분이었다. 카노스키는 내가 부상자 명단에 들기 전까지 벤치 신세였던 애인데! 그런 애가 이젠 인기인이 되고, 난 그저 지나치는 사람으로 전락하다니.

"어이, 앤더슨."

카노스키가 내 앞으로 오면서 웅얼거렸다. 그러더니 그 여자애와 손을 잡고는 바로 앞 테이블에 비어 있는 두 자리에 앉았다. 거기가 제일 좋은 자리인데! 작년엔 애들이 몰려와서 이 반스톰 앤더슨을 위해 자리를 마련해줬는데, 이제 그런 일은 없다.

뭔지 알겠다. 내가 골든 이글스 팀에 속해 있긴 하지만, 진짜는 아닌 거다. 내가 최근에 팀을 위해 한 일이 뭐가 있나? 내가 점수를 내지 못하면, 난 그들에게 아무 의미도 없는 존재일 뿐이다.

이건 개굴 쌤도 도와줄 수가 없는 부분이다.

나는 고개를 빳빳이 들고 절뚝거리며 계속 걸었다. 내가 신경 쓰고 있다는 걸 저 둘에게 들키지 않으려고 죽어라 애쓰면서. 구내식당을 가로질러 가는 게 이렇게 힘든 일이라니. 그동안 내가 어떤 존재인지는 나의 활약으로 보여줬었다. 다시 말하면, 지금 난 아무 것도 아닌 존재라는 뜻이다. 적어도 내년까지는.

또 다른 문제가 있었다. 너무 오랫동안 운동선수들하고만 지내서, 지금은 아무 데도 끼어들 곳이 없다는 거였다. 그래서 어쩔 수 없이 나는 알도와 라힘 옆자리에 내 식판을 내려놓았다. 그리고 목발을 테이블 옆에 세워뒀는데, 그중 하나가 쓰러지면서 알도의 어깨를 쳤다.

"야!" 알도가 소리쳤다.

"진정해! 우연이잖아."

우연은 아니었다.

운동선수 시절에는 언제나 상대방을 속이거나 가로채는 몸놀림을 머릿속으로 그리느라 마음이 온통 필드에, 혹은 농구장에 가 있었다. 지금은 경기를 직접 뛰지 않기 때문에 더 이상 그런 상상은 하지 않는다. 애처롭게도 내 마음은 집중할 곳을 잃었다. 그래서 나는 알도를 건드리는 방법을 생각하는 데 시간을 쓴다. 그리고 그건 언제나 너무 쉽다.

알도는 완두콩 수프를 먹는 둥 마는 둥 하면서, 몇 테이블 건너에 마테오, 파커와 함께 앉아 있는 키아나를 쳐다보고 있었다. 일레인을 빼면 이게 우리 특자반-3 학생 전부다. 일레인은 빈 테이블들이 완충지대처럼 둘러싸인 곳에서 혼자 먹는다. 일레인이 어떤 애를 샐러드 바에 던진 후부터, 모두들 일레인한테서 거리를 둔다.

알도가 키아나를 보고 있는 동안, 나는 손을 뻗다가 후추 반통을 알도의 수프에 쏟아 부었다. 어쩔 수 없었다. 내 실수라고도 볼 수 없었다.

라힘이 옆에서 낄낄거리면서, 귀에서 연기가 뿜어져 나오는 알도의 모습을 잽싸게 냅킨에 그렸다.

그런데, 알도가 자기를 쳐다보고 있다는 걸 키아나가 알아차렸다. 당황한 알도는 수프 그릇을 들고 남아 있는 걸 모두, 쏟아진 후추도 함께 입에 털어 넣었다. 그리고 0.5초 만에 괴성과 함께 초록색 완두콩 수프가 온천수처럼 사방으로 뿜어져 나왔다.

"대체 나한테 왜 이러는 거야?" 알도가 거친 숨을 몰아쉬며 겨우 말했다.

나는 너무 웃느라 대답을 할 수가 없었다. 라힘도 마찬가지였다.

라힘이 자기 모습을 그린 냅킨을 발견하고, 알도가 포크로 사정없이 그걸 내리 찍어 갈기갈기 찢어버렸다.

그 바람에 구내식당 모니터에 경고 표시가 뜨면서 입구에 있는 정숙 경고 표시등이 초록색에서 황색으로 바뀌었다.

"소리 좀 죽여, 짜샤. 아무것도 아닌 일로 뭘 그렇게 버럭 화를 내냐?" 나는 웃음을 참으려고 안간힘 쓰며 알도한테 말했다.

"아니거든!" 알도가 내 얼굴에 대고 고함을 쳤다.

그 바람에 경고 표시등이 빨간색으로 바뀌었다.

이제는 어느 누구도 점심시간이 끝날 때까지 한 마디도 해서는 안 된다. 이게 다 알도 때문이다. 나와 라힘은 테이블 밑에서 주먹

인사를 나눴다.

점심시간이 끝나고 117호 교실로 걸어가면서, 나는 알도의 상처에 소금을 더 문지르고 싶은 마음을 떨쳐버릴 수가 없었다.

"키아나가 내내 널 쳐다보더라." 나는 확신하듯 말했다. "널 미친놈이나 뭐 그 비슷한 부류로 생각하겠지."

"내 수프에 후추 한 사발 부어달라고 내가 너한테 부탁한 적 있냐?" 알도가 따지고 들었다.

"없지. 근데 키아나 때문에 화낼 필요는 없어. 넌 나한테 화가 난 거잖아. 라힘한테 화가 난 거고, 치킨 너깃 요리법을 바꾼 구내식당에 화가 난 거고, 개굴 쌤한테 화가 난 거고…."

"난 개굴 쌤한테 화 안 났어." 알도가 중얼거렸다.

"지난번엔 화났다며."

"그랬지. 근데 맘이 바뀌었어."

"좋아. 개굴 쌤만 빼고 모든 게 널 화나게 하지."

알도를 약 올리는 건 이쯤에서 멈췄다. 응원식 때 나를 합류시키려고 행정실과 싸우던 커밋 선생님이 계속 떠올랐기 때문이다.

117호로 돌아온 우리는 선생님의 쓰레기통에 반으로 접힌 채 처박혀 있는 밝은 초록색 부부젤라를 발견했다.

"부부젤라를 한 번에 한 개씩 없애려면, 개굴 쌤은 학교 축제 내내 정말 힘들겠다." 라힘이 말했다.

"왜 저러시는지 모르겠어. 언제나 입을 꾹 다물고 있다가, 부부젤라만 불면 무섭게 소리를 지르시잖아." 키아나가 말했다.

"부부젤라가 커밋 선생님 화를 폭발시키는 거지." 나는 알도한테 윙크를 날리며 말했다.

"그린치*같이!" 마테오가 갑자기 큰 소리로 외쳤다.

"커밋 선생님은 징징이 아니었어?" 파커가 말했다.

마테오가 고개를 저었다.

"시끄러운 소음을 못 견뎌서 크리스마스를 싫어하는 그린치랑 완전 똑같아. 커밋 선생님은 부부젤라 소음 때문에 학교 축제를 싫어하니까."

"누구나 싫어하는 게 있잖아. 난 라이머콩을 싫어하는데, 그럼 나도 그린치야?" 내가 반박했다.

"뭘 싫어하는지가 중요한 게 아니고, 왜 싫어하는지가 중요한 거야." 마테오가 진지하게 설명했다. "인디애나 존스는 뱀이 무섭기 때문에 싫어하지. 슈퍼맨은 크립토나이트가 자기 약점이기 때문에 싫어해. 사악한 서쪽 마녀는 물에 닿으면 몸이 녹으니까 물을 싫어하는 거고. 하지만 커밋 선생님과 그린치는 똑같은 이유로 싫어하잖아. 바로 소음."

교실로 들어온 커밋 선생님은 아이들이 부러진 부부젤라가 담긴 쓰레기통을 쳐다보고 있는 걸 발견했다. 처음엔 짜증이 나는 것 같더니, 선생님의 표정이 연민으로 바뀌었다.

"학교 축제에 관해 좋지 않은 소식을 전할 게 있는데…."

* Grinch. 닥터 수스 원작의 영화 〈그린치〉(2000)에 나오는, 산속 절벽에 숨어 사는 털 많은 초록색 동물.

"괜찮아요, 선생님." 키아나가 끼어들었다. "우릴 축제에 참여하게 하려고 최선을 다해 교장선생님을 설득하신 건 우리도 알고 있어요."

선생님이 다시 혈색을 찾더니, 우리 모두와 눈을 맞추며 이야기하기 시작했다.

"학교 축제의 목적인 애교심에 대해 말해주겠다. 어느 누구도 너희들에게 애교심을 갖추라고 명령할 수 없어. 교장도, 정치인도, 심지어 왕도 못 하지. 애교심을 켜고 끄는 스위치가 머릿속에 있는 게 아니니까. 학교 축제 기간을 그저 달력에 표시한다고 애교심이 생기진 않는다. 포스터나 리본 장식, 웃긴 모자를 쓰는 이벤트 같은 걸로 생기지도 않지. 오직 평화를 깨부수려고 만들어진 싸구려 플라스틱 소음 기구로 사악한 소음을 만들어낸다고 생기는 것도 당연히 아니고!"

한 해 동안 우리에게 할 말을 거의 다 해버리신 것 같았다. 뭐라고 설명하긴 어려운데, 뭔가 뻥 뚫린 돌파구를 찾은 기분이 들었다. 물론 우리가 무엇을 헤쳐 나가고 있는지는 잘 모르겠지만.

내 학창시절 내내, 저렇게 완전히, 솔직하게 말하는 선생님을 처음 봐서 그런가 보다.

12

파커 엘리아스

학교 축제가 시작되는 날, 나는 체포되었다.

월요일 아침에 할머니를 모시러 가는데, 후미등이 들어오지 않는
다며 경찰이 내 차를 세웠다. 그런데 문제는, 새로 온 경찰이라서
내가 보여준 임시면허증을 가짜 신분증이라고 생각했다는 거다.
나를 경찰서로 연행해 갔다가 내근 경찰이 제대로 알려줘서 해결
은 됐지만, 할머니를 모시러 가기엔 이미 늦어버렸다.

할머니는 아파트 건물 앞에 계시지 않았다. 할머니 아파트로 올
라가서 문을 두드렸지만, 아무 대답도 들리지 않았다. 나는 차를
타고 주변을 돌다가 큰길을 따라 걷고 있는 할머니를 발견했다.

나는 차를 한쪽에 세우고 창문을 내렸다.

"할머니, 어디 가세요? 어서 트럭에 타세요!"

할머니는 내 쪽으로 시선조차 돌리지 않은 채 계속 걷기만 했다.

할머니가 아주 오래전 이스라엘에서 자랄 때, 낯선 차에 절대로 타면 안 된다고 할머니의 어머니한테 배웠다고 했다. 다른 건 거의 다 잊어버리셨으면서. 심지어 제일 좋아하는 손자마저도 잊어버리셨지만, 뭐 어쩔 수 없는 일이다. 나는 반 블록 정도 앞으로 가서 차를 세우고 내린 다음, 길에서 '우연히' 할머니를 만났다. 그제야 할머니는 나를 알아보셨다. 그것보다는 할머니를 찾은 것이 몇 배는 더 기뻤다.(할머니가 버스를 타고 어디론가 가버리셨다면, 할머니를 정말로 잊어버렸을 수도 있으니까.)

"좀 마른 것 같네. 뭐 좀 먹었니, 꼬맹아?"

내 이름까지 기억나신 건 아니었다.

"아, 우릴 데리러 온 차가 여기 있네요. 타세요."

나는 우연히 차를 발견한 것처럼 행동했다.

할머니를 노인복지관에 모셔다드리고 나니, 이미 너무 늦어버렸다. 설상가상으로, 학교 진입로에서 엄청 큰 트럭이 앞을 가로막았다. 자세히 보니 **엔리 탈이오 딩 레트**라고 쓰여 있었다. 물론 그럴 리 없지만. 인터넷에서 본 적이 있는 로고였다. 바로 '오리엔탈 트레이딩'. 장난감 안경이나 불이 들어오는 목걸이, 파티 용품 같은 물건들을 대량으로 주문할 수 있는 웹사이트.

지나가게 해달라고 경적을 울렸지만, 이미 덩치 큰 아저씨 두 명이 트럭에서 내린 후였다. 그들은 트럭 뒷문을 열고 엄청 큰 상자들을 꺼내서 학교 하역장에 내리기 시작했다. 상자에 글자 대신 그림이 그려져 있어서, 내용물을 정확히 알 수 있었다. 학교 축제에 쓸 부부젤라. 학교에서 정말 우리 빼고 모든 학급에 지급할 양이라면, 적어도 천 개쯤 되겠지.

나는 운전대를 세게 잡았다. 무슨 상관이람. 학교에서 특자반-3을 제외했다면, 지구상의 모든 아이들에게 부부젤라를 나눠준다 한들 내 알 바 아닌데.

갑자기 커밋 선생님이 떠올랐다. 부부젤라를 혐오하면서도 우리를 위해 교장선생님의 마음을 바꿔보려고 애쓰던 그 모습이. 부부젤라 한 개만 불어도 무섭게 돌변하는 분인데, 저 상자들 속에는 코끼리 떼를 쓰러트리고도 남을 만큼 부부젤라가 가득했다.

나는 트럭을 돌려서 진입로를 넘어 주차장 중앙에 있는 잔디밭을 가로질러 달렸다.(임시면허증으로 이렇게 하는 건 위반이지만, 지금은 응급상황이니까.) 빈자리에 주차하면서 그만 오넌타 선생님의 미니 쿠퍼 사이드 미러를 아주 살짝 긁었다. 나는 차에서 내려 긁힘 보호제를 바르지도 않고, 곧바로 학교를 향해 뛰었다. 정문에 들어갈 즈음엔 거의 날아가는 수준이었다.

나는 학교를 곧장 가로질러, 체육관을 지나 117호로 들어갔다. 다행히 커밋 선생님은 아직 도착 전이었다. 커밋 선생님은 지각을 별로 대수롭지 않게 생각한다. 학생뿐 아니라 본인의 지각도. 만약 학교에서 교사들에게도 지각 경고장을 준다면, 커밋 선생님은 아마 벌을 받느라 평생 학교에 남아야 할 거다.(십자말풀이를 너무너무 좋아하는 누군가에겐 그리 심한 벌로 여겨지지 않을 수 있겠지만.)

"부부젤라가 도착했어!" 나는 가쁜 숨을 몰아쉬며 아이들한테 말했다. "오리엔탈 트레이딩 트럭이 지금 물건을 내리고 있어."

"커밋 선생님 또 이성을 잃으시겠네." 키아나가 뻔한 일이라는 듯 말했다.

"남는 거라도 얻기 힘들겠지?" 라힘이 하품을 하며 말했다.

"우리만 빼고 모두 받는 건 정말 불공평해. 뭐, 그깟 부부젤라 따윌 갖고 싶은 건 아니지만, 그래도 짜증은 나네." 알도가 불평을 쏟아냈다.

"개굴 쌤 말이 맞아. 교장선생님이 정한 대로 축제를 한다? 그게 무슨 축제냐?" 반스톰이 말했다.

"대체 부부젤라가 학교 축제에 왜 있어야 하는 거지?" 나도 불만을 터트렸다. 사실 나는 이 부분에 대해 꽤 많이 생각했다. "소리가 크게 나서? 자동차 사고가 나도 소리는 크게 나."

"불쌍한 커밋 선생님. 소음 참기 정말 힘드실 텐데. 우리가 뭐라도 해드릴 수 있는 게 있으면 좋겠다." 키아나가 말했다.

"있을 것도 같은데." 마테오가 혼잣말처럼 중얼거렸다. "선생님은 그린치잖아. 그린치는 크리스마스가 싫어서 그냥 통째로 훔쳐 버렸어. 후빌 마을에 있는 크리스마스 용품을 몽땅 다."

"부부젤라를 훔친다?" 반스톰이 눈을 동그랗게 뜨고 말했다. "어디 보자, 우린 모두 일곱 명인데 난 목발 신세고. 그 많은 부부젤라를 우리가 어떻게 옮기지?"

"부부젤라는 커다란 상자들에 들어 있었어. 그런데 그렇게 무거워 보이진 않더라구." 내가 말했다.

"훔친다 해도 어디다 두지? 우리 사물함?" 알도가 물었다.

"그린치는 후빌 마을의 크리스마스 용품들을 썰매에 싣고 크럼 핏 산꼭대기에다 버렸는데…." 마테오는 여전히 휴일 특선 영화에 푹 빠져 있었다.

"하지만 여긴 그렇게 높은 낭떠러지가 없잖아." 그때, 갑자기 내 머릿속에 어떤 생각이 떠올랐다. "아, 얘들아. 그럼 강은 어떨까?"

운동장을 따라 학교 부지 끝까지 가면, 우리 마을 한가운데를 흐르는 그리니치 강이 있다.

키아나가 속상한 듯 고개를 저었다. "그건 실현 불가능해. 커다 란 상자들을 거기까지 어떻게 옮겨?"

"내 차로 옮기면 되지. 내 트럭에 싣기만 하면 돼."

나도 모르게 불쑥 튀어나온 말이었다. 내 기분을 어떻게 설명하 면 좋을지… 갑자기 해볼 만하다는 생각이 들었다. 실현 가능한 계획이라는 걸 알게 되니, 꼭 해야 할 것만 같은 기분이 들었다.

라힘이 낙서하다 말고 고개를 들었다. "골치 아파질 텐데."

그건 그렇지. 만약 걸리면, 수많은 부부젤라를 가로챈 애들을 학교가 가만히 놔둘 리 없지.

해답은 일레인이 말해줬다.

"우린 이미 문제아인데 뭐." 교실 뒤편에 앉아 있던 일레인이 낮 은 목소리로 말했다. "이 반 자체가 골칫덩어리잖아. 문제가 생겨 봤자 우릴 특자반에 두 번 등교시키진 않겠지, 안 그래?"

"하자." 키아나가 손을 뻗으며 말했다. "커밋 선생님을 위해."

"학교 축제를 어떻게 즐기는 건지 보여주자." 반스톰이 손을 뻗어 키아나의 손에 얹으며 말했다.

"뭣 때문에 이러는지 잘 모르겠다만, 뭐." 알도도 손을 뻗었다.

"가즈아!" 마테오가 외쳤다.

그렇게 일곱 명 모두 합류했다. 라힘이 지금처럼 완전히 깨어 있는 건 처음 봤다.

"서둘러야 해. 관리실에서 상자를 뜯기 시작하면, 끝장이야."

우리는 교직원 휴게실 앞을 지나지 않으려고, 멀찌감치 둘러서 하역장으로 이동했다. 혹시라도 커밋 선생님을 만나서, 우리가 어디 가는지 대답해야 하는 상황을 만들면 안 되니까.

다행스럽게도 복도가 붐비고 있어서, 중앙 현관을 지나 하역장으로 연결되는 창고 쪽으로 가는 우리를 아무도 이상하게 쳐다보지 않았다.

키아나가 입구 안을 살짝 들여다보더니 짧게 외쳤다.

"이런."

나도 창고 안을 들여다봤다. 하역장의 문이 여전히 진입로를 향해 열려 있었지만, 커다란 상자들을 남겨놓은 채 트럭은 이미 떠나고 없었다. 전부 일곱 상자였다. 셋, 둘, 둘, 각각 이렇게 쌓여 있었다. 그리고 한 손에 운송장을, 다른 손에 반쯤 먹은 베이글을 든 카스테어 씨가 상자들 옆에 서 있었다.

"상자를 왜 옮기지 않지?" 내가 중얼거렸다.

"누군가 도와줄 사람을 기다리는 거 같은데. 그럼 다른 직원이 여기로 곧 오겠다." 키아나가 속삭였다.

"카스테어 씨가 저렇게 버티고 있는데 어떻게 상자를 들고 가냐?" 알도가 김빠지는 소리를 했다.

"주의를 좀 끌어보자." 마테오가 아이디어를 냈다.

"어떻게?" 키아나가 물었다.

"내가 가서 〈반지의 제왕〉 얘기를 해볼게. 그 영화를 싫어하는 사람은 없으니까." 마테오가 설명했다.

"지금까지 들어본 것 중에 제일 멍청한 소리다. 좀 더 그럴듯한 계획으로 꼬셔내야지." 반스톰이 화를 내며 속삭였다.

"맞아." 일레인이 무표정한 얼굴로 말했다. 그러고는 무거운 검정 부츠를 신은 발로 반스톰의 운동화를 힘껏 내리찍었다.

부부젤라만큼이나 큰 반스톰의 비명 소리에 복도에 있던 모든 사람이 깜짝 놀랐다. 카스테어 씨가 뛰쳐나왔다가 목발을 짚은 채 고통에 몸부림치는 스포츠 스타와 마주쳤다. 카스테어 씨는 서둘러 반스톰을 부축하고는 함께 절뚝거리며 양호실로 데리고 갔다.

"그렇게까지 할 필요는 없었어! 그냥 시늉만 하게 했어도 되잖아." 키아나가 일레인을 향해 비난하듯 말했다.

"그랬으면 저렇게까지 실감나진 않았겠지." 알도가 깔깔거리며 말했다.

우리는 곧장 하역장으로 들어갔다.

각 상자에는 1그로스라고 표시되어 있었다.

"1그로스는 144개니까…" 마테오가 머릿속으로 계산했다. "그럼

총 1,008개네. 난 딱 천 개만 주문한 줄 알았는데."

"그게 뭐가 중요해! 가서 얼른 트럭 가지고 올게."

그렇게 외치고 나는 재빨리 하역장 밖으로 뛰어나갔다. 주차장에 도착해서 픽업트럭에 올라탄 후, 차 소리가 크게 들리지 않게 하려고 신경을 곤두세웠다. 학교에 있는 어른들의 주의를 끌면 안 되니까.

하역장에 트럭을 세우고 나도 차에서 내려서 함께 상자를 옮겼다. 부부젤라는 가벼운 물건이지만, 144개가 한 상자에 담겨 있을 때는 이야기가 달라진다. 하지만 다행히도 우리에겐 어쩌면 트럭도 들 수 있을지 모를 일레인이 있었다.

키아나와 마테오가 내 옆자리에 앉고, 알도와 라힘과 일레인은 픽업트럭을 따라 옆에서 뛰어야 했다. 나는 학교 옆으로 빙 돌아 잔디밭을 따라 천천히 운전했다. 백미러로 보니, 일레인이 두 엄지를 치켜세우고 있었다. 평상시에 나는 일레인과 마주치지 않으려고 노력하는 편인데, 지금은 일레인 덕분에 자신감을 얻었다. 솔직히 말해서, 굉장히 겁이 났기 때문이다.

우리가 미쳤다고? 그럴지도 모르지. 하지만 내가 걱정하는 건 그게 아니다. 중요한 건, 지금 이런 일들은 내 임시면허증으로는 허가받은 일들이 아니라는 거다. 혹시 내 임시면허증이 취소되기라도 하면, 아침마다 할머니를 누가 노인복지관에 모셔다드리지?

13
커밋 선생

나는 지쳤지만, 아직 끝난 건 없다.

그중 하나는 매년 10월에 열리는 학교 축제다. 죽음과 세금처럼, 어김없이 찾아온다. 올해 106세인 우리 할아버지는 다가오는 죽음을 잘도 미루고 있는데, 나는 이렇게 맥없이 학교 축제를 기다리고 있다. 절대로 피할 수 없다는 표현이 딱 맞다.

오리엔탈 트레이딩 트럭을 보자마자, 나는 곧장 교직원 휴게실로 가서 컵에 커피를 가득 채운 다음, 앞으로 일어날 일에 대해 단단히 각오하면서 구석 자리에 앉았다. 동료들은 내 쪽으로 동정 어린 시선을 보내면서도, 누구 하나 직접 다가오는 사람은 없었다. 해줄 말이 없다는 걸 자기들도 아는 거지. 이미 죽음의 신 하데스가 보낸 남아프리카 나팔이 복도에서 울리기 시작했다. 저걸 전교생이 모두 받으면, 소음은 상상 이상이겠지.

귀에 거슬리는 소음이 시작되자, 나는 눈을 감고 내년 6월의 조기은퇴와, 이 건물 밖에서 펼쳐질 나의 새 인생에 집중했다. 모든 긴장을 풀고 아마도 전 세계로 여행을 다니겠지. 물론 저놈의 부부젤라가 혹시라도 나타날 만한 남아프리카는 제외하고. 이런 상상이라도 해야 그나마 이 시간을 견딜 수 있다.

117호에 들어섰는데, 교실이 텅 비어 있었다. 아주 잠시 동안, 모든 학생이 같은 날 동시에 결석하는 나의 바람이 이뤄질 가능성에 대해 생각했다. 서로에게 바이러스를 옮긴 건지도 모르지. 진짜라면 난 학교 축제 전체를 빠져도 된다는 소리다!

하지만 인터폰 소리에 기분 좋은 상상이 깨져버렸다.

"커밋 선생님? 저는 양호실의 보니 폭스인데요. 여기 버나드 앤더슨이 와 있어요."

"버나드요?"

내가 아는 이름이 아니다.

"애들이 반스톰이라고 부르는 학생요. 누군가한테 발을 밟혔는데, 아무리 이름을 물어도 입을 열지 않네요. 혹시 왕따 문제와 관련 있는 건 아닌지 걱정이 됩니다."

다른 아이들이 혹시 반스톰과 함께 있는지 하마터면 물어볼 뻔했다. 그럴 리도 없지만, 만약 함께 있었다고 해도 돌려보냈겠지.

"이미 목발을 착용하고 있는데, 그것과 관련 있어 보이진 않아요. 제가 발에 얼음찜질을 좀 해주고 있는데, 버나드가 부모님께 연락드리지 못하게 하네요. 축제를 조금도 놓치고 싶지 않다고."

"학교 축제라."

학교에서 일부러 제외시킨 학생들도 이 정신없는 행사를 중요하게 여기고 있다니. 나는 인터폰에 대고 말했다.

"알려주셔서 고맙습니다. 무리해서 교실로 일찍 돌려보내실 필요는 없어요. 천천히 하셔도 됩니다. 더 다치면 안 되니까."

나는 인터폰을 끊었다. 한 명의 행방을 확인했고, 이제 나머지 여섯 명만 확인하면 된다. 확인해야 할 만큼 정말로 궁금한 건가? 결석이라는 사실만으로도 나는 충분하다.

그 순간, 교내방송이 흘러나왔다. 평소보다 높고 날카로운, 뭔가 스트레스를 받은 교장의 목소리였다.

"주목하시기 바랍니다. 바르가스 교장입니다. 교내 하역장에서 커다란 상자 일곱 개가 분실되었습니다. 학교 축제를 위한 부부젤라가 들어 있는 상자들입니다. 누군가가 장난을 친 것 같은데, 절대 장난으로 넘어갈 일이 아니라고 경고합니다. 이건 도둑질이니까요. 즉시 되돌려놓지 않으면, 이 사건을 경찰서로 넘기겠습니다."

나는 책상에 앉아 신문을 펼치고 십자말풀이를 찾았다. 이런 희망적인 분위기에서 학교 축제를 시작하리라고 과연 상상이나 했겠는가? 첫째, 학생 없음. 둘째, 부부젤라 없음. 여기서 더 좋으려면 뭐가 필요하려나… 테디어스 교육감이 외계인에게 납치당한다든지, 뭐 그런 거?

나도 모르게 불안감이 엄습하며 얼굴이 일그러졌다. 학생들이 사라지고… 부부젤라가 사라지고….

엠마 선생이 갑자기 교실로 들어왔다. 텅 빈 책상들을 보고 그녀가 외쳤다.

"커밋 선생님, 학생들 모두 어디 갔어요?"

"쉿. 행운 달아나겠소." 나는 장난치듯 대답했다.

"저기… 저기…."

완전히 좌절한 표정으로 엠마 선생이 교실을 가로질러 들어오더니 블라인드를 홱 올렸다.

창밖에는 끔찍한 광경이 나를 기다리고 있었다. 픽업트럭 한 대가 덜컹거리며 학교 잔디밭을 따라 달리고 있었다. 보통 픽업트럭이 아니라, 파커의 픽업트럭이. 짐칸에 상자들을 높이 쌓은 채로. 파커와 두 아이는 앞좌석에 다닥다닥 붙어 앉아 있었고, 나머지 세 명은 트럭 옆에서 열심히 달리고 있었다.

"내가 정말 싫은가 보군!"

"선생님을 싫어하는 게 당연히 아니죠. 그런 말씀을 왜 하세요?"

"내가 부부젤라를 얼마나 끔찍이 싫어하는지 저 애들은 잘 알거든. 그러니 저 많은 걸 다 가져다가 나를 괴롭히려는 속셈이겠지."

"어서 가요! 가서 애들을 막아야 한다고요. 경찰이 알게 되면 애들이 정말 곤란해져요."

엠마 선생이 내 팔을 잡고 가장 가까운 출구로 나를 끌고 나갔다.

밖으로 나가자마자 엠마 선생이 애들을 향해 달렸고, 나도 따라 뛰었다. 15년간 달리기라곤 해본 적이 없어서, 나는 여섯 걸음 만에 숨이 턱 찼다. 가쁜 숨을 몰아쉬며 온 힘을 다해 따라가는 동안, 엠마 파운틴이 그녀의 어머니를 얼마나 많이 닮았는지 새삼 다시 확인했다. 위기의 순간에서도 그녀가 가장 중요하게 생각하는 건 아이들이 곤란해지면 안 된다는 거였다. 안 될 게 뭐람? 이런 일을 저지르는 청소년 범죄자들을 위해 만들어진 단어가 바로 '곤란'인데. 엠마는 피오나를 똑 닮았다. 피오나의 옛 약혼자 역시 그렇게 순수했었지. 제이크 테라노바라는 학생 덕분에 진짜 세상이 어떻게 돌아가는지 알게 되기 전까지는 말이다.

뒤를 돌아보니, 언티처블스 아이들을 쫓고 있는 건 나와 엠마만이 아니었다. 전체 교직원의 반이 잔디밭을 가로질러 달리고 있었다. 바르가스 교장을 선두로. 그런데, 잠깐. 교장 바로 뒤에 있는 사람은 누구지? 아, 이런. 테디어스 박사였다! 그의 얼굴은 벌겋게 상기되었고, 맞춤 실크 셔츠는 온통 땀으로 젖어 있었다. 그 둘 뒤로 반스톰이 목발을 짚고 절룩거리면서도 능숙하게 달리고 있었다. 저 녀석 운동신경 하나는 정말 끝내주는구나. 저 상태로 양호 선생과 관리자들을 아무렇지도 않게 따돌리다니. 심지어 급식실 아주머니들도 우르르 따라 뛰고 있었다.

저 멀리서, 픽업트럭이 흙먼지와 풀잎을 날리며 멈춰 섰다. 언티처블스 아이들이 짐칸에 실려 있던 상자들을 잡아당겨서 내리기 시작했다.

"이게 무슨 소리죠?" 엠마가 어깨 너머로 물었다.

나도 들었다. 나지막하게 진동하며 쉭쉭거리는 소리. 바로 그리니치 강이었다.

아이들은 상자를 뜯어 강기슭에 나란히 내려놓았다. 마치 곧….

명치 한가운데를 얻어맞은 것 같았다. 몸속의 공기가 다 빠져나가는 것 같았다. 전력을 다해 뛰느라 폐에 남은 공기가 얼마 없어서 그렇게 느껴졌는지도 모르겠다.

저 애들은 지금 부부젤라를 훔치는 게 아니라, 버리려는 거구나!

나는 아주 오래전에, 절대로 꼴통 아이들의 행동을 이해하기 위해 내 머리를 쓰지 않겠다고 결심했었다. 하지만 지금 저건 그냥 넘어갈 수가 없는 행동이다. 배송된 부부젤라를 가로채서 버린다? 아니, 대체 왜?

강둑에서 알도의 목소리가 들렸다. "개굴 쌤이다!"

정말 어처구니없는 이 상황에서도 더욱 이해할 수 없는 일이 뒤이어 벌어졌다. 말도 안 되게 멍청한 짓을 현장에서 딱 걸린 언티처블스 아이들이, 모두들 환호성을 지르기 시작한 거다.

이런데 이해해보려는 마음이 어찌 생기지 않을 수 있겠는가?

나는 숨을 헐떡이며 아이들한테 다가갔다.

"다들 미쳤냐? 이러는 이유가 대체 뭐…."

내게 남은 숨은 거기까지였다. 나는 허벅지에 손을 짚고서 헉헉거렸다.

"우리가 해냈어요, 커밋 선생님! 우리가 부부젤라를 가로챘다고요! 천 개 전부 다!" 파커가 자랑스럽게 외쳤다.

"1,008개야!" 마테오가 말했다.

모두들 정신없이 떠들어대기 시작했다.

"하역장에 쌓여 있는 걸 보고…."

"일레인이 반스톰의 발을 일부러 밟아서 주의를 분산시키…."

"그린치에서 아이디어를 얻어서…."

나는 팔을 뻗어 상자를 들다가 척추 디스크가 파열될 뻔했다. 나팔이 들어 있는 상자가 그렇게 무거울 거라고 누가 상상이나 하겠는가? 상자를 어깨 위로 올리기 위해서는 정말 엄청난 힘이 필요했다.

"지금 당장 학교로 도로 갖다 놔! 대체 무슨 생각들을 하고 있는 거냐?" 나는 긴장한 목소리로 아이들한테 소리쳤다.

"학교 축제에 대해 어떻게 생각하시는지 알아요, 커밋 선생님. 선생님이 너무 싫어하시는 걸 알고 우리가 부부젤라를 가져온 거예요." 키아나가 말했다.

무거운 상자를 위태롭게 어깨 위에 올려둔 채로, 나는 그 자리에 얼어붙어버렸다. 아이들이 나를 위해 이 일을 한 거라니!

"*커밋! 학생들을 통제하세요!*" 화가 머리끝까지 난 테디어스 박사가 소리쳤다.

하지만 내 귀에 그의 목소리는 들리지 않았다. 감정의 소용돌이에 이끌려, 나는 아주 오래전으로, 제이크 테라노바와 시험지 유출 사건 이전의 시간으로 돌아갔다. 내가 지금 엠마의 나이였던 때, 어린 학생들에 대한 큰 희망을 가지고 매일 아침 교실 문을 들어서던 그때 그 시절로.

교사로서의 예전 태도를 기억하는 것만으로도 내 몸은 곧게 세워졌다. 그 탓에 어깨에 아슬아슬하게 걸쳐져 있던 거대한 부부젤라 상자의 균형이 깨져버렸다. 상자가 떨어지고, 나도 외마디 비명과 함께 넘어졌다. 내가 넘어지면서 '가자, 가자, 골든 이글스' 구호가 적힌 144개의 부부젤라가 강물 속으로 떨어져버렸다. 그와 동시에, 나도 강물 속으로 빠졌다. 결코 우아하지 않은 백조의 잠수처럼 고꾸라지듯 머리부터 물속으로.

차가운 강물이 내 중추신경을 마비시키고, 심장박동은 세 배쯤 빨라졌다. 온몸을 덜덜 떨면서 수면 위로 고개를 내민 순간, 녀석들의 모습이 눈에 들어왔다. 나를 구하겠다고 앞다퉈 허둥대는 녀석, 고꾸라지는 녀석, 무작정 강물에 뛰어드는 녀석. 심지어 반스톰마저도 목발을 내던지고 물속으로 뛰어들어 구출 작전에 합류했다. 그 와중에 아이들은 다른 상자들을 뒤집어 남은 부부젤라들도 모조리 강물 속으로 차버렸다.

이럴 땐 어떻게 해야 하는지 대학에서 가르쳐주지 않았는데. 1,008개의 부부젤라가 떠내려가는 동안, 나는 가슴팍 깊이의 물속에 학생들과 함께 서 있었다. 부부젤라와 함께 떠내려갈까 봐, 일레인은 마테오의 옷깃을 잡아주고 있었다.

몇 년 동안 학교 축제에서 내게 일어났던 끔찍한 일들 중에서, 오늘의 이 소란이 6위쯤 되는 것 같다.

14
테디어스 박사

도난당한 나팔로 학교 행사를 망치다
그리니치 텔레그래프, 마틴 란스만 기자

올해 그리니치 중학교의 연중행사인 학교 축제는 배송된 전통 부부젤라를 빼돌려 강물에 내던진 장난질 때문에 망치고 말았다. 다행히 반 이상의 부부젤라가 회수되었지만, 교내에서 부부젤라를 불며 환호하는 소리는 거의 들을 수 없었다. "저는 입에 대지 않았어요. 물고기들이 배설한 강물에 빠졌던 거니까요." 한 학생이 말했다.

학교 관계자는 이 장난을 친 범인들의 신원을 밝히지 않은 채, "적절한 훈계"가 이루어졌고, 그 학생들의 담당 교사가 "베테랑 교사"라고 발표했다. 하지만 본 신문사는 베일에 가려진 그 교사의 이름이 재커리 커밋이라는 사실을 확인했다. 1992년 시험지 유출 사건으로 그리니치 교육청에 심각한 오명을 남기고, 지금까지도 잊히지 않는 그 교사와 동일인으로 (…)

바르가스 교장이 그 기사를 끝까지 읽고는 다시 내 책상으로 밀었다.

"27년 전에 일어났던 일로 아직까지 재커리 커밋한테 화가 나신 건 확실히 아니죠?"

"내가 그러면 안 되는 이유라도 있소? 모든 사람들이 그 사건을 기억하고 있어요. 이 기사에 난 걸 보면 모릅니까?" 나는 짜증을 잔뜩 담아 대꾸했다.

"제이크 테라노바가 문제의 장본인이란 건 박사님도 아시고 저도 알죠. 시험지를 훔친 것도, 그걸 다른 학생들한테 팔아넘긴 것도 그 애였잖아요. 그때가 아마 2학년 무렵일 텐데, 자동차 판매를 하는 지금이나 그때나 장사 수완이 아주 좋네요. 재커리는 다른 사람들처럼 속은 죄밖에 없는데. 저나 박사님도 그렇고요."

나도 모르게 미간이 찌푸려졌다. 교육감은 막강한 권력만큼이나 외로운 자리다. 중요한 결정을 내려야 할 때, 그 누구의 눈치도 볼 필요가 없는, 한마디로 법 그 자체다. 교장의 말이 맞다. 1992년 테라노바 사건에 대해 재커리 커밋은 아무 잘못이 없었다. 하지만 총책임자로서 최종 결정을 내려야 하는 시점에서, 그런 것까지 고려해줄 여유는 없다. 중요한 건 대중의 시선이니까. 이 사건이 대중에게 어떻게 보일 것인가?

1992년 당시, 그 사건에 대한 대중의 시선은 매우 좋지 않았다. 사건 당시에는 태어나지도 않았을 기자가 쓴 신문 기사에 재커리 커밋이라는 이름이 언급된 것만으로도 그 옛날의 상처가 되살아

났고, 대중의 시선은 아무것도 달라진 것이 없었다. 코끼리는 절대 잊지 않는다.* 그리니치 사람들은 아직도 기억하고 있었다.

"시험지 유출 사건이 터졌을 때, 학교도 교육청도 전혀 편을 들어주지 않았죠. 모두에게 버림받았다고 재커리가 느낄 수밖에 없었어요. 지칠 법도 했죠." 교장이 말했다.

"그럼 이번 일은 뭐지?"

"이것도 재커리의 잘못이 아니죠. 언티처블스 애들을 맡긴 건 우리잖아요. 뭘 기대하셨어요?"

"고작 학생 일곱 명을 관리해주길 기대한 것뿐이오. 그게 그렇게 과한 기대인가? 커밋이 그 애들을 대통령감으로, 아니 정상적인 시민으로 바꿔놓기를 바란 게 아니란 말입니다. 그게 그렇게 힘든 부탁인가?"

교장은 할 말이 없을 거다. 아무리 동정심 많은 교장이라 해도 지난 월요일에 있었던 학교 기물 절도 및 파손에 대해 용납할 수는 없을 테니까.

"커밋 선생이 아이들을 멈추려고 했을 때 무슨 일이 일어났는지 보세요. 모두 강물에 빠졌지. 방금 보험사와 통화했어요. 선택할 수 있는 몇 가지가 있는데, 알려드리지." 나는 권위로 밀어붙였다.

바르가스 교장이 짧게 한숨을 쉬었다.

"저는 재커리가 좋아요. 저와 함께 교사 생활을 시작했죠. 굉장

---

* An elephant never forget. 한번 들으면 절대 잊지 않고 기억한다는 뜻의 서양 속담.

히 뛰어나고 헌신적인 교사였어요. 하지만 1992년 사건으로 재커리는 자신감을 잃었죠. 자책하지 않도록 우리가 나서줬어야 했는데. 신문에서 그 사건을 떠들어댈 때 우리한테 불똥이 튀지 않을까 그것만 신경 썼잖아요. 그래서 재커리의 교사 경력이 망가진 거라고요."

교장과 교육감의 차이가 여기서도 나타난다. 그래, 교장은 친절해도 되는 자리지.

"그는 스스로 경력을 망가뜨린 거요. 과거에 좋은 교사였던 적이 있는지 몰라도, 지금은 절대 아니지. 우리가 다루기 쉽지 않은 학생들을 맡긴 건 맞아요. 하지만 커밋이 그 아이들을 더 망쳐놓았소."

"우리 눈앞에서 사라질 날도 얼마 안 남았어요. 재커리가 조기은퇴를 준비한다는 사실을 우리 둘 다 알고 있잖아요."

나는 움찔했다. 교육 행정을 맡으면, 작은 부분을 신경 쓰지 않고는 총책임자의 자리에 오를 수 없다. 커밋 가문의 건강과 장수는 아주 끔찍하다. 재커리의 아버지는 80세 생일 기념으로 스카이다이빙을 갔고, 할아버지는 얼마 전 106세가 되었다. 재커리 커밋도 같은 유전자를 가지고 있다면, 은퇴 후 적어도 50년 동안이나 교육청에서 연금을 받아 간다는 소리다!

"세금을 내는 그리니치 시민들에게 형편없는 교사를 책임지게 해선 안 됩니다. 해임당하면 연금은 한 푼도 받지 못하지."

교장은 이 말이 싫었던 모양이다.

"명분도 없이요? 시끄러운 응원 도구 몇 개 없어진 걸로, 아니면

27년 전에 일어났던 일로 해임할 수는 없어요."

"아직까지는 그렇지. 하지만 내가 명분을 찾아낼 거요. 재커리 커밋은 신뢰할 수도 없고 능력도 없어. 당신 친구인 건 알겠는데, 상급자로서 정말 재커리 커밋을 편들 수 있소?"

그녀는 대답하지 않았다. 교장이란 교사들 중에서 정리할 필요가 있는 무용지물을 아는 법이니까.

나는 속으로 고소했다. 총책임자로서 부적절한 태도지만, 나는 적절한 대답을 생각해내느라 당혹스러워하는 교장의 모습을 즐기고 있었다.

마침내 교장이 웅얼거렸다.

"제가 궁금한 건 말이죠. 재커리가 강물에 빠졌을 때… 학생들 모두 강물로 뛰어들었어요. 선생님을 구해야 한다고 생각한 거죠. 우리가 얘기하던 아이들이 어떤 존재들인가요? 가장 다루기 어렵고 반사회적인 아이들이잖아요. 그런데 커밋 선생에겐 의리를 지켰어요. 왜 그랬을까요?"

12시간이 지난 지금, 나는 잠을 청하려고 침대에 누워 있다. 하지만 그녀가 말한 '왜?'라는 질문은 여전히 내 머릿속을 맴돌고 있다.

15
마테오 헨드릭슨

우리 반은 학교 축제 기간에 정학 처분을 받았다. 벌이 아니라 오히려 잘된 일이라고 생각한다면, 애들이 혼자 집에 있지 않도록 모든 일정을 조율해야 하는 부모님들을 생각해보라. 다른 집들은 모르겠지만, 우리 부모님은 화가 단단히 나셨다.

"별일 아니에요. 케이블 방송에서 이번 주 내내 〈배틀스타 갤럭티카〉*를 몰아서 틀어주거든요. 목요일까지는 그거 보면 돼요."

우리 아빠는 영화 〈퍼시 잭슨〉 시리즈에 나오는 제우스 신 같다. 제우스처럼 번개가 있는 건 아니지만, 기분이 좋지 않을 땐 근처에 어슬렁거리지 않는 게 신상에 이롭다.

"정학이 무슨 방학인 줄 착각하나 본데, 당치도 않은 오해다. 네

---

* Battlestar Galactica. 우주에서의 전쟁을 배경으로 한 미국의 SF 드라마.

방에 처박혀서 도둑질이 왜 나쁜 건지 곰곰이 생각해."

"도둑질 아니었어요. 우린 그린치였어요. 그린치보다 훨씬 낫죠. 그린치는 크리스마스를 훔치려다 실패했지만, 우린 학교 축제를 훔쳤잖아요."

"학교 축제를 훔치다니. 다들 그걸 즐기는데."

"우린 정학 당하기 전에 이미 학교 축제에서 제외됐는데요, 뭐. 거기다 커밋 선생님 말씀이 맞아요. 달력에 적혀 있는 대로 학교 축제에 참가한다고 해서, 부부젤라를 불어댄다고 해서 애교심이 생기는 건 아니에요."

"그 사람에 관한 이야기는 듣고 싶지 않다."

아빠의 표정이 일그러졌다.

"커밋 선생님은 진짜 좋은 선생님인데요."

커밋 선생님이 뭐라도 실제로 가르치셨다면 정말로 좋은 선생님이 되셨을 거다. 요다*를 봐도 그렇다. 엉터리 문법을 사용하는 괴물처럼 보여도, 그는 은하계에서 가장 훌륭한 스승이다. 그러고 보니, 커밋 선생님을 그린치가 아니라 요다로 바꿔야 할 것 같다. 그리고 반스톰도 플래시에서 아쿠아맨**으로 바꿔야겠다. 무릎을 다친 데다 일레인한테 발까지 밟혔는데도 그렇게 수영을 잘하다니.

그러고 보니, 우리 반 아이들이 모두 정학을 당했는데도 커밋 선생님은 학교에 출근하실까? 가르칠 학생도 없는데. 어쩌면 이 상

---

* Yoda. 영화 〈스타워즈〉에서 전설적 제다이이자 주인공 루크 스카이워커의 스승.
** Aquaman. DC 코믹스 시리즈의 캐릭터로, 심해 세계인 아틀란티스의 수호자.

황을 더 좋아하실지도 모르겠다. 하지만 선생님도 정학 당하셨을 수도 있다. 테디어스 박사님이 엄청 화가 나신 것 같으니까.

"아니. 개굴 쌤은 정학 안 당했어. 선생님 차가 이번 주 내내 학교 주차장에 있었거든."

시장으로 배달 가는 파커를 우연히 만났을 때 그 애가 나한테 말해줬다.

"그걸 네가 어떻게 알아?"

"일 때문에 학교 근처를 지날 때마다 내가 좀 둘러봤지."

"일?"

"농장 일 말이야. 슈퍼마켓에 감자를 배달하고, 푸드트럭에 멜론을 배달하고, 로컬푸드 매장에 순무도 갖다 줘야 하거든. 우리 아빠가 그러시는데, 로컬푸드 매장은 반경 32킬로미터 안에서만 식재료를 구해야 해서 거기가 제일 값을 잘 쳐준대."

그다음 월요일에 우리가 등교했을 때는 학교 축제가 끝난 후였다. 물론 부부젤라도 없었다. 모든 게 예전과 똑같았는데, 117호만 달라져 있었다. 너무 많이 변해서, 들어갔다가 복도로 다시 나가 출입문에 적힌 교실 번호를 한 번 더 확인할 정도였다. 117호가 맞았다. 특자반-3 애들은 평상시처럼 자기 자리에 앉아 있었다. 하지만 모두들 놀란 눈으로 교실을 두리번거리고 있었다.

교실 뒷벽에는 커다란 세계지도가 걸려 있었다. 그리고 그 옆에는 북반구와 남반구 별자리표가 있었다. 교실 앞에는 수학, 과학, 영어, 사회 과목이 적힌 시간표가 붙어 있었다. 책꽂이에는 책들이 채워져 있었고, 늘 비어 있던 준비물 선반에도 종이, 연필, 가위, 미술 도구 등이 가득 쌓여 있었다.

달라진 건 그뿐만이 아니었다. 커밋 선생님이 먼저 와 계셨다. 선생님은 과학 게시판에 커다란 원소 주기율표를 핀으로 고정하는 중이었다. 보통 수업 시작종이 울린 후 적어도 10분은 지나고 선생님이 들어오셔야, 거기에 맞춰 우리가 '개굴 개굴'을 외칠 텐데. 몇 명이 그러려고 시도했지만, 뜬금없기도 하고 별로 내키지도 않았다.

"커밋 선생님?" 키아나가 선생님을 불렀다.

선생님이 게시판에서 몸을 돌려 마치 우리를 처음 보는 것처럼 말했다.

"아! 그래, 모두들 왔구나. 수업을 시작하기 전에, 지난 월요일 강에서 있었던 일을 좀 얘기하고 싶은데. 너희들은 그저 나를 돕고 싶었을 뿐일 테니, 그냥 잠시 판단력을 잃었던 걸로 생각하자. 그리고, 음, 고맙다. 하지만 다음번엔, 이런 일이 또 있어선 안 되겠지만, 꼭 누군가에게 도움을 요청해라."

"그런데, 선생님. 이게 다 무슨 일이에요?" 파커가 불쑥 끼어들었다.

"그게 말이지, 지난주에 내가 시간이 좀 많았다. 학생들이 모두, 음, 결석을 해서 말이지. 그래서 교실을 새롭게 꾸몄다."

커밋 선생님은 어딘가 불편해 보이는 눈치였다.

뭔가 불안한 듯한 아이들의 웅성거림이 117호에 번지기 시작했다. 확실하게 말할 수는 없지만 '교실을 새롭게 꾸몄다'는 말이 너무 학교처럼 느껴져서 그런 것 같았다. 교실뿐 아니라 선생님도, 예전의 개굴 쌤이 아니었다. 대체 왜 이렇게 된 거지?

그때 교실 문을 열고 엠마 선생님이 환하게 웃으며 들어왔다.

"모두들 어떻게 생각해? 멋지지 않니?"

"내가 깜빡하고 말 안 했는데," 커밋 선생님이 말했다. "엠마 선생님이 많이 도와주셨다."

우리는 모두 입을 꾹 다물고 있었다.

"아, 엠마 선생님. 교실로 빨리 돌아가셔야 하지 않나요…."

커밋 선생님이 어딘가 불편한 듯 서성거렸다.

"그런데, 어디다 두셨어요?" 엠마 선생님이 주변을 둘러보더니 걱정스러운 표정으로 물었다.

커밋 선생님이 허둥대기 시작했다.

"아, 그게, 공간이 별로 없어서…."

그러더니 체념한 듯 보관함으로 걸어가서 문을 활짝 열었다. 우리 이름이 적혀 있는 차트가 그 안에서 나왔는데, 맨 위에 이렇게 쓰여 있었다. **착한 토끼들.**

엠마 선생님이 인상을 찌푸리며 말했다.

"이렇게 두면 효과가 없어요. 모두가 볼 수 있는 곳에 걸어둬야 한다니까요."

그러고는 차트가 그려진 포스터를 꺼내서 커밋 선생님 책상 바로 뒷벽에 걸었다.

"훨씬 낫네요."

"착한 토끼들이 뭔데요?" 내가 손을 들고 질문했다.

"너희들." 엠마 선생님이 설명했다. "너희가 착한 토끼야. 너희가 도움이 되는 일을 할 때마다, 이를테면 착한 일을 하거나 좋은 점수를 받거나 하면 말이지, 털꼬리를 하나씩 받는 거야. 그렇게 모은 털꼬리 그래프가 당근 바구니까지 닿으면, 상을 받는 거지."

"난 당근 별로인데." 반스톰이 투덜거렸다.

"당근이 아니라, 선물을 받는 거야. 그 선물은 피자 파티가 될 수도 있고, 케이크가 될 수도 있지."

"당근 케이크요?" 반스톰이 미심쩍은 듯 물었다.

"당근은 그냥 상징일 뿐이야. 자, 내가 시작해볼게."

엠마 선생님이 포스터 아래에 있는 작은 봉지에서 벨크로 테이프가 붙은 약솜 일곱 개를 꺼내더니 우리 이름 옆에 하나씩 붙였다.

왜 그런지 몰라도, 나는 뭔가를 성취한 기분이 들었다. 아직 한 주가 제대로 시작되지도 않았는데.

알도가 비아냥거리듯 혀를 내밀고 큰 소리로 비웃었다.

"진짜 바보 같다! 우리가 뭐, 다섯 살인가요? 토끼 꼬리나 모으면서 내 시간을 낭비하긴 싫은데요."

그러자 커밋 선생님이 짜증을 냈다.

"좋아, 똑똑이. 넌 방금 토끼 꼬리 하나를 잃었어."

그러고는 얼굴을 찡그리며 벨크로 테이프가 붙은 꼬리 하나를 떼서 봉지에 다시 넣었다.

"불공평해요." 알도가 툴툴거렸다.

엠마 선생님이 자기 교실로 돌아가려는 순간, 누군가 문을 두드리고 들어왔다. 처음 보는 남자였다. 우리 학교 선생님은 아닌데, 어디서 봤는지 기억나지 않지만 어쩐지 낯이 익었다.

커밋 선생님은 누군지 확실히 아시는 것 같았다. 그런데 이상하게 선생님 얼굴이 새하얗게 질려 있었다.

"저를 기억하실지 모르겠네요, 커밋 선생님." 그 남자가 말했다.

그 목소리를 듣자마자 나는 그가 누구인지 알아챘다.

"짜샤, 제이크 테라노바잖아!" 반스톰이 주먹으로 나를 치며 말했다.

16
파커 엘리아스

제이크 테라노바!

당신에게 가장 좋은 가격으로 새 차, 혹은 중고차를 전해주기 위해 어떤 노력도 아끼지 않는 '발로 뛰는 제이크 테라노바'를 모르는 사람은 없다. 그의 간판이 없는 곳이 없으니까. 물론 내 눈에는 **테라노바 모터스**라는 간판이 **노테바 라스 터모**라고 보이지만. 그래도 나는 얼굴은 절대 헷갈리지 않는다. 저 사람은 유명한 사람인데! 저 사람이 우리 교실에 왜 왔지?

커밋 선생님은 엄청 나쁜 냄새를 맡은 표정이었다. 저건 부부젤라 소리를 들으면 나타나는 표정인데. 부부젤라는 모두 사라졌으니, 이유는 단 하나다. 커밋 선생님은 제이크 테라노바가 싫은 게 분명하다.

엠마 선생님이 앞으로 나섰다.

"제가 설명해드릴게요. 제이크, 그러니까 테라노바 씨를 부모님이 하시는 컨트리클럽에서 우연히 만났는데, 저를 기억하고 있는지 알고 싶었죠. 작년에 테라노바 씨한테 프리우스를 샀거든요."

테라노바 씨가 치아를 한껏 드러내며 웃었다.

"정말 좋은 차죠. 새 차에 관심이 있으신가요, 커밋 선생님? 엠마도 굉장히 만족스러워해요."

"운전할 때마다 내가 환경을 지키는 일에 동참하고 있다는 사실에 기분이 좋아져요." 엠마 선생님이 어깨 너머로 커밋 선생님에게 의미심장한 미소를 보내며 말했다.

커밋 선생님은 눈을 너무 가늘게 뜨고 째려본 나머지, 눈이 거의 감길 지경이었다.

"서로 얘기를 나누다가 커밋 선생님 얘기를 하게 됐어요. 신문 기사에 나온 얘기를 하다가…."

자동차 딜러가 엠마 선생님의 말을 가로채고는 커밋 선생님을 향해 말했다.

"제가 말씀드리는 게 좋을 것 같습니다. 부부젤라 사건에 대한 기사를 읽었어요. 그런데 오래전 사건, 그러니까 제가 관련된 사건을 언급했더군요."

커밋 선생님이 이를 악물고는 우리한테 말했다.

"테라노바 씨는 내 학생 중 하나였다. 아주 오래전에."

"그 정도로는 충분치 않아요. 아이들도 사건의 진실을 알아야 합니다." 테라노바 씨가 말했다. "여러분 모두 시험지 유출 사건에 대해 들어봤겠죠? 커밋 선생님은 그 사건과 아무 관련이 없어요. 범인은 나였으니까요. 신문에서 그 오래된 얘기를 언급하다니, 믿을 수가 없네요."

"걱정 마세요, 테라노바 씨. 여기에 신문 읽는 애는 아무도 없거든요." 내가 테라노바 씨를 안심시켰다.

"난 읽어." 마테오가 끼어들었다. "주간 〈중간계〉. 솔직히 뉴스보다는 팬픽이 더 많지만."

자동차 딜러가 뜬금없다는 표정으로 마테오를 쳐다봤다.

"내가 말하고 싶은 건, 커밋 선생님께 잘못이 있다고 생각하는 사람이 없기를 바란다는 겁니다. 그건 내 실수였으니까요. 잡힌 것도 나고, 정학을 당한 것도 나였어요."

"말도 안 돼." 알도가 끼어들었다. "우리도 전부 정학 당했다가 오늘 등교했어요. 아저씨처럼 부자에 유명한 사람은 정학 같은 거 안 받을 줄 알았는데."

"정학 당했을 때는 유명 인사가 아니었잖아, 이 멍청아. 우리 같은 애였다구." 반스톰이 코웃음 치며 말했다.

자동차 딜러가 커밋 선생님을 보며 다시 말을 이었다.

"그래서, 용서를 구하러 왔습니다. 진작 했어야 했는데. 지금이라도 제가 도움이 될 수 있다면, 그러니까, 학생들한테 말입니다. 뭐든 말씀해주세요, 선생님."

커밋 선생님이 아주 딱딱한 태도로 대답했다.

"제안은 고맙지만, 그럴 필요는 없…"

"당연히 당신 도움이 필요하죠!" 엠마 선생님이 소리쳤다.

누가 봐도 이건 전부 엠마 선생님의 계획임이 분명했다.

"선생과 내가 테라노바 씨 사무실에 가서 차를 팔아보려 한다면, 테라노바 씨가 고마워하겠소? 마찬가지로, 테라노바 씨가 내 학생들을 가르치려 해봤자 헛수고일 거요."

커밋 선생님의 표정이 더 냉랭해졌다.

"이성적으로 생각해보세요." 엠마 선생님이 반박했다. "저분은 사업을 세운 분이에요. 수입과 지출에 대한 수학 단원이나 대출금을 분할 상환하는 법에 대해 알려줄 수 있을 거예요. 자동차 정비 센터를 견학시켜줄 수도 있고, 자동차 정비에 관한 기본 지식을 알려줄 수도 있잖아요."

"스포츠카를 운전하게 해주실지도 몰라요. 저는 면허증이 있으니까." 나도 거들었다.

테라노바 씨는 대답 대신 엠마 선생님을 향해 활짝 웃었다. 간판에서 본 모습과 똑같았다. 그러자 엠마 선생님의 볼이 빨갛게 달아올랐다. 교실은 전혀 덥지 않은데 말이다.

"뭐, 그럴 수도 있겠지. 교과 과정과 맞다면야." 커밋 선생님도 인정했다.

"우린 교과 과정 같은 건 없잖아요. 선생님이 십자말풀이 하시는 동안 우린 그냥 문제지만 받는데." 마테오가 지적했다.

그 탓에 마테오는 털꼬리 한 개를 뺏겼다.

17
커밋 선생

착한 토끼들 차트가 나를 가지고 논다.

교실 어느 위치에 있든, 내 시선은 흰 털꼬리들이 붙어 있는 옅은 핑크색 포스터로 끌려간다. 심지어 내 자리에서는 포스터가 보이지 않는데도, 등 뒤에서 그 존재감이 느껴진다. 보이지 않는 존재감을 느끼는 것도 그 포스터에 시선을 빼앗기는 것만큼이나 불쾌하다.

그 강렬한 존재감만큼 포스터를 치워버리고 싶은 마음도 크지만, 그럴 수가 없다. 엠마가 무슨 이유든 만들어 내 교실로 찾아와서 포스터의 존재를 확인하기 때문이다. 털꼬리를 아무도 얻지 못한 날에는 자기가 더 실망한다. 엠마는 작년에 유치부에서 통했던 교육 방법을 고수하기로 마음먹었나 보다. 옳다고 믿으면 무조건 밀고 나가던 어머니와 정말 닮았다. 저런 유아적인 보상 방법으로 중학생들을 움직일 수는 없는데. 게다가 나의 특별한 중학생들은 발바닥을 만 볼트의 전류로 자극해도 꼼짝하지 않을 위인들인데 말이다. 이 녀석들을 움직이게 만든 건, 유일하게, 엄청난 양의 부부젤라를 강물 속으로 던지는 계획밖에 없었다.

물론 이건 완전히 다른 이야기이긴 하다. 특이한 일이었다는 표현이 더 맞지. 지금은 그 일을 생각하고 싶지 않다. 절대 해답을 찾을 수 없는 질문들이 꼬리를 물 테니까.

내겐 새로운 취미가 생겼다. 학생들보다 먼저 등교하는 것이다. 그러면 아이들이 도착하기 전에 〈뉴욕타임스〉 신문의 십자말풀이를 끝낼 수 있다. 학교에서 내게 최악의 반을 맡겼다고 해서, 나까지 이 반 아이들을 함부로 대해야 할 이유는 없다. 훨씬 나은 대접을 받아야 마땅한 아이들이다. 중요한 건, 자기 담임선생이 물에 빠지자 아이들 모두가 강물 속으로 뛰어들었다는 사실이다. 생각해볼 부분이 분명히 있다.

그게 뭔지는 아직 모르겠지만.

신문을 펼치면서 커피 컵을 책상 끝으로 밀다가 종이 뭉치를 바닥으로 떨어트렸다. 몇 주 전이었으면 인식도 못했을 테지만, 제법 정상적인 교실다워진 지금은 조금만 노력해도 깔끔한 상태가 유지된다. 안 그랬다가는 엠마가 내 이름까지 적힌 **청결 토끼** 포스터를 가져다가 교실 벽에 붙여놓을 게 빤하다.

떨어진 종이 뭉치를 던져놓으려다가 맨 앞장을 보게 되었다. 오래전 아이들한테 나눠준 문제지였는데, 손글씨로 빼곡히 적힌 종

이 네 장이 추가되어 있었다. 키아나 루비니, 맨 위에 이름이 적혀
있었다. 이런 걸 내게 제출했던 기억이 났다. 생각해보니, 키아나는
다른 아이들처럼 특이한 행동을 하지는 않는다.

대충 몇 줄을 훑어봤다. 시사에 관한 에세이였는데, 꽤 괜찮게
쓴 것처럼 보였다. 대중교통에 대해 서술한 설득력 있는 문장들과
잘 짜인 구조에 이끌려, 나는 쉬지 않고 읽어 내려갔다. 주제에 관
해 열정적으로 서술하고, 자기 의견을 매우 훌륭하게 전달하고 있
었다. 아니, 이 녀석은 왜 특자반-3에 와 있는 거지? 이건 정말 뛰
어난 에세이인데!

이런 에세이를 읽는다면 어떤 교사라도 기쁘지 않을 수 없을 것
이다. 아, 내가 처음 시작했을 때….

나의 시야가 흐릿해졌다. 아주 오래전이었다. 가르친다는 것을
단순한 직업 이상의, 신성한 사명으로 여겼던 시절. 나는 어렸고
또 멍청했기에, 다시는 학생에게 관심을 쏟는 실수는 범하지 않겠
노라고 굳게 맹세했었다. 제이크 테라노바에게 관심을 쏟은 결과
로 내가 무엇을 얻었는지 보라.

하지만, 테라노바가 유출한 시험지로 장사를 한 것이 키아나의
잘못은 아니다. 이렇게 훌륭한 에세이를 쓴 키아나는 교사의 피드
백을 받을 자격이 있고, 그 피드백을 준다고 해서 나의 맹세를 어
기는 것도 아니다.

잠시 후 학생들이 등교했을 때, 나는 키아나한테 에세이를 돌려
줬다. 맨 위에 이렇게 표시해서. A++

처음에는 놀란 기색이던 키아나는 곧 흥분을 감추지 못했다. 아주 오랫동안 감추고 있던 기억이 되살아났다. 받을 자격이 충분한 칭찬, 자부심, 그리고 만족감. 의욕 넘치는 교사와 동기 부여가 된 학생.

키아나가 전혀 예상치 못한 질문을 던졌다.

"그러면 저 털꼬리 받아요?"

이런 최상급의 에세이를 쓸 수 있는 학생이 대체 왜 털꼬리를 받고 싶어 하는 거지?

"그럼, 당연하지."

내가 벨크로가 붙은 털꼬리를 착한 토끼들 차트의 키아나 이름 옆에 붙이는 모습을, 교실의 모든 아이들이 집중해서 지켜봤다. 내가 검을 꺼내 키아나한테 기사 작위를 수여했어도, 이것만큼 주목을 끄는 이벤트는 아니었을 거다.

반스톰이 목발을 치켜들고 물었다.

"왜 키아나만 털꼬리를 받아요? 우린 왜 안 줘요?"

"키아나는 에세이를 썼어." 나는 차분히 설명해줬다. "털꼬리를 받고 싶으면, 받을 만한 일을 해야지."

파커가 나서서 떠들어대기 시작했다.

"꼭 그런 건 아니죠. 엠마 선생님이 도움을 주는 토끼도 털꼬리를 받을 수 있다고 하셨잖아요. 전 매일 할머니를 노인복지관에 모셔다드려요. 이런 일이 도움이 아니면 뭐죠?"

그래서 파커도 털꼬리를 받았다. 그 덕분에 물꼬가 터졌다.

"전 어제 저녁을 먹고 나서 그릇들을 세척기에 넣었어요!"

"전 아바타 대회 때 사람들 얼굴에 파란색 물감을 칠해줬어요!"

"전 세 종목에서 신기록을 갱신했다고요!"

"전 쓰레기를 내다 버렸어요!"

난 아무렇게나 털꼬리를 상으로 나눠줘버렸다. 아이들이 말한 '성취'는 대단한 것들이 아니었다. 하지만 별 의미도 없는 털꼬리를 받는 기준을 까다롭게 높여가며 위선을 떨 이유도 없지 않은가.

라힘은 털꼬리를 받을 만큼 오랫동안 깨어 있었다는 이유로 털꼬리를 받았다.

알도만 상을 받을 만한 거리가 없었다.

"오늘 스쿨버스에서, 어떤 애가 제 책가방에 붙은 껌 위로 넘어졌어요."

나는 한숨을 내쉬고 말했다.

"그건, 음, 도움을 준 행동 같지 않은데."

"껌이 그 애 머리카락에 붙었는데, 완전 얼간이 같았어요!"

"야, 이 멍청아. 네 가방을 미리 치워줬어야지. 그래야 도움 준 토끼가 되는 거지. 반대로 사고를 쳤으니 넌 털꼬리 한 개를 떼야 해." 반스톰이 말했다.

"알도는 뗄 꼬리도 없어." 마테오가 말했다.

"한 개도 없는 게 훨씬 낫지. 토끼 꼬리라니, 너무 유치해!" 알도가 버럭 화를 냈다.

"한 개도 없으니까 그렇게 말하는 거겠지." 반스톰이 알도의 신경을 건드렸다.

"잘 생각해봐, 알도. 뭔가 좋은 일을 한 게 분명 있을 거야." 키아나가 속삭이듯 알도한테 말했다.

하지만 알도는 뭔가 내세울 거리를 찾지 못해 쩔쩔맸고, 그후로도 내내 부루퉁해 있었다.

점심시간 직전, 엠마가 우리 교실을 들여다보다가 포스터에 새로 붙은 털꼬리가 많아진 것을 발견하고는 환하게 미소 지었다.

내가 정식으로 스쿨버스 요청서를 제출하자, 바르가스 교장이 매우 의심스럽다는 눈초리로 나를 쏘아봤다.

"현장학습용으로요."

"현장학습요? 선생님 반 아이들을 데리고? 어디로요?"

바르가스 교장은 무척이나 놀란 눈치였다.

"테라노바 모터스. 정비 센터에 초대를 받아서…."

테라노바는 생각보다 훨씬 입으로 내뱉기 어려운 단어였다. 나는 엠마가 나를 설득할 때 했던 말들을 교장에게 고스란히 되풀이했다.

"잠시만, 재커리. 난 당신과 아주 오랫동안 알고 지냈어요. 대체 왜 제이크 테라노바 근처에 가려는 거죠?"

나는 한숨을 내쉬며 말했다.

"엠마가 무슨 컨트리클럽 파티에서 제이크 테라노바를 만났답니다. 엠마가 워낙 참견하기 좋아하는 스타일이잖아요. 그래서 제이크한테 학교 축제에 있었던 소동에 대해 얘기한 모양이에요. 제이크 테라노바는 이제라도 바로잡고 싶은 거고."

교장이 팔짱을 낀 채로 물었다.

"그래서 제이크한테 양심의 가책을 덜어낼 기회를 주고 싶다는 거예요, 지금?"

"내가 아니라, 애들 때문이에요. 제이크 테라노바가 교실로 들어오자마자 아이들한테 생기가 돌더군요. 무슨 연예인쯤으로 생각하더군. 들어봐요, 크리스티나. 그 녀석들이 끔찍한 건 나도 알아요. 하지만 그 애들한테 우리가 한 짓 역시 끔찍했어요. 정말로 그 애들을 감옥살이 시키듯 교실에 가둬놨다가 고등학교로 고스란히 올려 보낼 셈이에요? 제대로 된 교육을 받을 기회가 있다면, 당연히 해줘야 하지 않겠어요? 그게 제이크 테라노바라 할지라도, 아이들한테 도움이 된다면 말예요."

"이런 말을 마지막으로 들었던 건, 예전에 내가 함께 일했던 젊은 교사로부터였어요. 재커리 커밋이라는 이름의 교사."

교장이 약간 불편할 만큼 차분히 나를 바라봤다.

"그 사람은 영영 가고 없어요. 절대로 다시 돌아오지도 않을 거고. 다행스러운 일이지. 아주 멍청이였으니까."

나는 교장에게 다시 한 번 확인시켰다.

교장은 요청서에 사인을 대충 휘갈긴 후, 의자에 다시 기대앉아 진지한 표정으로 말했다.

"좋아요. 스쿨버스 내드릴게요. 한 가지만 더요, 재커리. 이미 눈치챘겠지만, 테디어스 박사님이 당신을 좋아하지 않아요. 부부젤라 사건도 있었고 말이죠."

"그 양반이 뭐라고 생각하든 내가 밤잠 설쳐가며 고민할 일은 아니지."

어차피 불면증 덕분에 더 줄일 잠도 없다. 물론 불면증 이야기는 크리스티나에게 하지 않았다.

"저한테 들었단 말 하지 마세요. 테디어스 박사님이 당신의 조기 은퇴를 방해할 것 같아요."

"이미 방해했는걸. 나한테 언티처블스를 맡긴 속셈이 뭐겠어요. 그 양반은 내가 스스로 그만두길 원하는 거지. 그렇게는 안 될걸!"

"방법은 또 있어요. 당신이 한 발만 삐끗해도 박사님이 당신을 해고할 거예요. 그러니 절대 빌미를 제공하지 말아요. 제가 최선을 다해 당신을 보호하겠지만, 총책임자는 제가 아니잖아요. 그분이 가진 권력의 힘을 절대 깔보지 말아요."

나는 고개를 끄덕인 뒤, 스쿨버스 허가 서류를 들고 교장실을 나왔다. 시험지 유출 사건이 그렇게 오랜 시간이 지났어도 아직까지 내 발목을 붙들고 있구나. 테디어스는 끝까지 나를 용서하지 않겠구나.

나는 제이크 테라노바가 내 인생에서 떠났다고 생각했었다. 정정한다. 그는 나를 떠난 적이 없었다.

18

키아나 루비니

천시 때문에 새엄마가 정신없고 산만해서 좋은 점도 있었다. 천시가 아니었으면 분명 학교에 전화해서 내가 어떻게 지내고 있는지 물었다가, "키아나 누구라고요?"라는 말을 들었을 테니. 일반 학급으로 배정받아서 8과목의 새로운 선생님들을 만나야 하는 건, 내가 제일 원하지 않는 일이다. 커밋 선생님과 이제 겨우 잘 지내고 있는 이 시점에 말이다.

커밋 선생님은 요즘 진짜 수업을 하신다. 아빠와 새엄마가 "학교 생활은 어때?" 하고 물어보실 때, 거짓말할 필요 없이 말씀드릴 거리가 생겼다는 뜻이다. 117호에서도 뭔가를 배운다. 문제지와 십자말풀이밖에 없던 이 교실에서 말이다.

"잠깐만. 멈춰봐. 지금 계속 얘기하는 털꼬리가 대체 뭐야? 과학 단원이야?" 저녁을 먹다가 아빠가 물었다.

"맞아요. 동물 해부요." 나는 대충 얼버무렸다.

"작은 토끼를 해부하는 가슴 아픈 얘기라면, 난 듣고 싶지 않은데." 천시 입에 으깬 바나나를 떠 넣어주며 새엄마가 말했다.

"아, 그리고 내일 현장학습 가요." 나는 재빨리 화제를 돌렸다.

"토끼 연구소로?" 아빠가 물었다.

"아뇨. 이건 다른 과목이에요."

우리는 제이크 테라노바의 손님 자격으로 테라노바 모터스에 간다. 거기서 뭘 배우는지는 잘 모르지만, 반 아이들 모두 엄청 흥분하고 있다. 모두들 알고 있는 특자반-3의 단점에 한 가지를 더한다면, 하루 종일 한 교실에만 머물러야 한다는 거다. 장소가 바뀌는 것만으로도 우리에겐 좋은 일이다.

커밋 선생님과 엠마 선생님이 우리의 인솔 교사였다. 커밋 선생님이야 선택의 여지가 없으셨을 테고, 엠마 선생님이 도와주시는 건 정말 감사한 일이다. 엠마 선생님 반 아이들은 오늘 대리 교사와 지내야 하니까. 알고 보니, 우리가 새벽의 저주라는 별명을 붙여준 란스만 선생님이 들어가신단다. 불쌍한 블라디미르. 큰 소리로 찍 했다가는 란스만 선생님이 구워 먹어버릴지도 모른다.

작은 버스는 꽤 불편했다. 덩치 큰 일레인은 한쪽 자리를 다 차지하고 앉았다. 알도는 반스톰이 목발로 의자 등받이를 계속 쳐대는 바람에 화를 냈고, 라힘은 늘 그렇듯 버스가 학교를 나오자마자 잠들어버렸다. 마테오는 통로에 서서 무릎을 살짝 구부린 채 〈스파이

더맨〉에 나오는 악당, 실버 서퍼를 흉내 내느라 바빴다.

엠마 선생님은 아이들의 좋지 않은 태도를 불편해했는데, 커밋 선생님이 아무 주의도 주지 않는 것을 더 못마땅하게 여기는 것 같았다. 그래서 분위기를 전환하려는 듯, 특자반-3이 과학경진대회에 참가해야 한다는 이야기를 꺼냈다. 엠마 선생님은 언제나 우리 반에 뭔가를 제시한다. 착한 토끼들 차트도 그렇고, 서클 타임에 초대한 것도, 블라디미르를 돌보게 허락한 것도 그렇고.

가끔 커밋 선생님은 엠마 선생님이 주도하는 대로 내버려두신다. 하지만 오늘은 아니었다. "안 돼요." 커밋 선생님은 단호하게 대답했다. 내가 보기엔 현장학습 때문에 기분이 언짢으신 것 같았다. 제이크 테라노바를 좋아하지 않는 건 너무나 당연한 사실이니까.

"하지만, 너무나 좋은 경진대회잖아요. 우리 지역의 모든 학교에서 참가하고, 상도 주고, 일등을 한 팀은 과학 평가에서 10퍼센트의 가산점도 얻을 수 있어요."

엠마 선생님이 주장을 굽히지 않았지만, 커밋 선생님의 대답은 여전히 단호했다.

"우린 안 돼요."

선생님의 표정이 모든 것을 대신 설명하고 있었다. *이런 애들이 뭔가에서 일등을 할 수 있다고 진심으로 생각하는 거요?*

나는 살짝 기분이 상했다. 과학경진대회에 참가하지 못해서가 아니다. 어차피 난 단기 전학생이니까. 하지만 커밋 선생님이 우리 편이 돼주시는 것에 익숙해져 있었는데, 우리를 실패한 존재들로 보고 계시다니. 기분이 안 좋으셔서 그런 건가.

다른 아이들은 제이크 테라노바가 무슨 슈퍼스타라도 되는 양 떠들어댔다. 테라노바 모터스에 도착해서야 나는 그 이유를 알았다. 그렇게 큰 자동차 판매점은 처음 봤다. 모든 것이 대형인 LA까지 포함해도, 여기가 제일 컸다. 커밋 선생님의 옛 제자가 이곳 대표라고? 좀 멋졌다. 특히 제이크 테라노바가 직접 나와서 우리를 기다리고 있는 부분이.

"어이, 안녕! 모두들 와줘서 반갑구나! 안으로 들어가자!"

일개 중학교 학생들이 아니라, 마치 오랜 친구를 대하듯 그는 우리를 반겼다.

우리는 전시장을 먼저 구경했다. 꽤 재미있었다. 전시되어 있는 자동차들은 모두 반짝반짝 빛이 났고, 새 차였고, 최고 옵션의 모델이었다. 우리는 모든 차들에 한 번씩 앉아봤다. 앞자리, 뒷자리, 세 번째 열, 심지어 픽업트럭의 짐칸에도 올라가봤다. 엉겁결에 특자반-3에 섞여 들어간 이후 처음으로 내가 골치 아픈 언티처블스가 아닌, 평범한 중학생이 된 기분이 들었다.

커밋 선생님도 곁에서 전시장을 둘러봤다. 벌겋게 충혈된 상태에, 평상시처럼 겨우 뜬 수준이 아니라 반쯤 뜬 눈으로. 어쩌면 여기는 테라노바가 있는 적진이라서 경계태세 중인 건지도 모른다.

작은 프리우스를 소유한 엠마 선생님이 전시장을 대부분 차지하고 있는 커다란 SUV와 트럭 들을 못마땅한 표정으로 둘러보고 있는데, 테라노바 씨가 다가갔다.

나는 엠마 선생님이 환경에 대해 연설을 늘어놓을지 궁금했다.
하지만 아니었다.

"정말 대단한 일을 하시네요. 제가 이런 얘기를 해도 되는지 모
르겠지만, 여기 아이들 중 몇몇은 특별한 문제를 가지고 있어요."

"그렇군요. 실은 방금 이곳 담당 매니저가 캐딜락 트렁크에서 잠
든 녀석을 끌어냈어요." 테라노바 씨가 웃으며 말했다.

"그 애는 라힘이에요." 엠마 선생님이 설명했다. "집에서 충분히
잠을 못 자서 그래요. 대신 그림에 굉장한 소질이 있어요. 감각 있
고 관찰력도 좋죠. 모두들 별난 점들이 있지만, 좋은 아이들이에
요. 아, '좋은'이란 단어는 조금 과한 표현인 것 같⋯."

"딱 걸렸네요." 목발로 바퀴들을 찌르고 있는 반스톰을 보며 테
라노바 씨가 말했다.

"저기요, 테라노바 씨. 저기 있는 빨간 머스탱을 시험 운전해보
고 싶은데요." 파커가 다가와서 말했다.

"그래? 농담도 잘하는구나, 꼬마야."

"아니, 진짜로요. 전 면허증이 있거든요."

파커가 청바지 주머니에서 다 찢어진 면허증을 꺼내 들었다.

"그건 임시면허증이잖니." 엠마 선생님이 부드럽게 타일렀다.

"다름 아니라, 농장 일 때문에 그래요. 방금 생각났는데, 지금
당장 집에 들러서 슈퍼마켓에 순무를 배달해야 하거든요."

구원투수를 찾듯, 엠마 선생님이 외쳤다.

"커밋 선생님, 점심시간이에요!"

이 모든 걸 커밋 선생님은 어떻게 생각하고 계실지 감이 오지 않았다. 예전에 저지른 일을 생각하면 아무리 옛 제자라고 해도 용서할 수 없겠지. 하지만 또 다르게 생각해보면, 그건 굉장히 오래전 일이다. 무려 테라노바 씨가 중2 때, 그러니까 지금 우리보다도 어렸을 때의 일. 그는 지금 어른이 되었고, 커다란 사업체를 성공적으로 운영하고 있고, 무엇보다 예전의 실수를 만회해보려 애쓰고 있다. 커밋 선생님은 그걸 왜 보지 못하시지?

우리는 각자 점심을 싸 왔지만, 테라노바 씨가 우리를 위해 회사 식당에 피자를 주문해놓았다. 커밋 선생님만 거절했다. 오랜 원수가 제공한 피자가 입에 들어가자마자 독으로 변하기라도 할까 봐.

직원들도 모두 친절해서, 우리는 자유롭게 궁금한 것들을 물어봤다. 나는 연료 효율 표준이 알고 싶었다. 반스톰은 '차를 팔면 그 돈을 직원들이 갖는지' 궁금해했고, 알도는 리스 담당 직원에게 '수염을 그렇게 기르려면 얼마나 걸리는지' 물어봤다. 일레인은 고객 감사 주간을 위해 준비해둔 쿠키 접시에 관심이 있었다.

점심 식사 후, 우리는 서비스 센터를 견학했다. 현장학습은 여기서부터 진짜 재미있어졌다. 자동차는 일상생활에서 큰 부분을 차지하는 물건이다. 특히 LA 같은 도시에서는 어딜 가든 꽤 많은 시간을 운전에 할애해야 한다. 자동차가 문제없이 작동할 때는 당연하게 여긴다. 마치 무슨 마법의 힘이라도 얻은 듯이 말이다. 보닛 아래에 그런 마법을 가능하게 해주는 기계 장치들을 우리가 언제 들여다봤겠는가?

테라노바 씨와 함께, 우리는 높이 설치되어 있는 보행자 통로를 따라 걸었다. 이 위에서는 12대쯤 되는 차들이 각기 다른 높이의 리프트 위에 얹힌 상태로 분해되고 재조립되는 모습을 모두 볼 수 있었다. 엔진 소리, 공구 소리, 금속과 금속이 부딪히는 불협화음이 실내를 가득 채웠다. 그리고 자동차 연료와 윤활유 냄새, 배기가스 냄새가 났다. 하지만 거기엔 일종의 품위와, 거부할 수 없는 리듬이 존재하고 있었다. 꼭 필요한 작업이 이루어지고 있는 것 같은, 생산적인 분위기였다.

파커는 침을 흘리며 바라보고 있었다. 알도마저도 난간 밖으로 몸을 길게 뺀 채, 그 광경에 매료되어 있었다. 알도가 뭔가에 관심을 보이는 건 처음이었다. 의젓하고, 성숙해 보였다. 마테오는 이곳이 〈스타 트렉〉에 나오는 USS 엔터프라이즈 호의 엔진룸을 연상시킨다며 연신 떠들어댔다. 라힘은 식당에서 들고 온 냅킨에 미친 듯이 스케치를 하고 있었고, 일레인은 두 손 가득 훔쳐 온 쿠키를 양쪽 주머니에 넣은 채 몰입해서 쳐다보고 있었다.

갑자기 일레인이 난간에 기대며 고통스러워했다. 나는 아주 잠깐 동안, 일레인이 맨손으로 난간을 잡아 뜯어서 자기 명성을 모두에게 보여주려고 시도하는 줄 알았다. 천만에. 일레인의 얼굴이 붉게 변하고, 두 눈은 두려움으로 가득했다. 센터의 떠들썩한 소음을 뚫고, 꺽꺽 숨이 넘어가는 날카롭고 짧은 소리가 들려왔다. 커밋 선생님이 일레인의 등을 쿵쿵 내리쳤지만 아무 소용 없었다.

나는 재빨리 일레인의 등 뒤로 달려가 일레인을 안고서, 흉골 밑에 손을 대고 하임리크 구명법을 시도했다. 예전에 캘리포니아에서 들었던 인명구조 수업에서 배운 그대로 말이다.

한 번, 두 번. 소용이 없다. 세 번.

"조심해!" 누군가 거칠게 소리쳤다.

내가 어깨 너머로 고개를 돌린 순간, 목발 하나가 홈런을 치고도 남을 속도로 나를 향해 날아왔다. 나무 목발이 내 머리를 날려 버리기 직전, 나는 보행자 통로의 금속 바닥으로 재빨리 엎드렸다. 목발은 일레인의 넓적한 등판을 강타하며 짧은 천둥소리를 남긴 채 반으로 부러졌다.

모두들 일레인이 의식을 잃고 쓰러질 거라고 생각했지만, 그런 일은 생기지 않았다. 일레인은 미동도 하지 않았으니까. 대신 일레인의 입에서 쿠키 덩어리가 튀어나오더니, 난간을 넘어 반쯤 조립되고 있던 구형 스포츠카 안으로 떨어졌다.

정비사들이 경악스러운 표정으로 위를 올려다봤다.

"뭐였지?" 테라노바 씨가 급히 물었다.

"일레인은 괜찮아요." 내가 말했다.

테라노바 씨가 나를 쳐다봤다.

"아니, 엔진에다 뭘 뱉은 거냐고!"

일레인이 입술을 깨물었다.

"생강쿠키 같아요."

일레인의 대답이 나오기 무섭게, 테라노바 씨가 정비사들에게 소리쳤다.

"비상! 엔진을 떼어내고 모든 부속을 깨끗이 닦아내요! 당장!"

나는 무슨 영문인지 몰라 얼떨떨했다.

"생강쿠키가 그렇게 나빠요?"

"설탕!" 테라노바 씨가 심각한 표정으로 말을 이었다. "엔진에 절대 들어가선 안 되는 물질이지. 연료와 함께 녹아서 부품 구석구석까지 파고들거든. 설탕이 들어간 차를 팔았다고 소문나면, 난 이 바닥에서 끝장이야."

커밋 선생님이 입이 귀에 걸린 듯 환하게 웃었다. 선생님이 그렇게 행복해 보이는 건 처음이었다. 대체 무엇 때문에? 바로 제이크 테라노바한테 문제가 생겼으니까. 나는 살짝 죄책감이 들었다. 일레인이 쿠키를 슬쩍하는 걸 봤지만 아무 말도 하지 않았기 때문이다.

현장학습은 금방 종료되었다. 테라노바 씨가 스포츠카에 집중하느라 손님들과 더 이상 놀아주기 어려웠기 때문이다. 게다가, 목발이 하나밖에 남지 않아서 거동이 불편해진 반스톰이 끊임없이 불평을 늘어놓았다.

"그러게 왜 목발을 일레인한테 던지냐?" 안도가 물었다.

"내가 일레인 목숨을 구한 거야, 짜샤. 앞으로 누굴 괴롭힐지 정할 때, 내가 일레인 목숨을 구해준 걸 기억하는 게 신상에 좋을 거야." 반스톰이 쏘아붙였다.

"너 방금 털꼬리 하나 잃었다, 인마." 커밋 선생님이 딱딱거렸다.

"불공평해요! 일레인을 구하느라 목발을 잃었는데 털꼬리도 잃는다고요?" 반스톰이 억울해했다.

"일레인을 도운 걸로 털꼬리 한 개 얻고, 알도한테 못되게 군 걸로 다시 한 개 뺏긴 거지. 어쨌든 원점이네." 파커가 말했다.

"일레인 빼고 우리 모두 털꼬리를 받는 게 맞아요. 우린 차 안에다 쿠키를 토하지 않았잖아요." 알도가 반항하듯 이유를 댔다.

일레인이 알도를 힐끗 쳐다보자, 알도는 얼른 커다란 밴 옆으로 자리를 옮겼다.

이렇게 좋은 현장학습이 흐지부지 끝나게 되다니, 너무 속상했다. 하지만 우리가 타고 온 미니버스가 이미 밖에서 기다리고 있었기 때문에, 버스에 오를 수밖에 없었다.

학교를 향해 반쯤 갔을 때, 엠마 선생님한테 전화가 걸려왔다. 테라노바 모터스였다. 전시장 소파에 남자 중학생 한 명이 잠들어 있다는 거였다.

커밋 선생님이 우리 인원수를 확인했다.

"라힘이네. 돌아가서 라힘을 데려와야겠다."

우리는 다시 테라노바 모터스로 방향을 돌렸다.

"잠시만요. 어떻게 선생님께 전화를 했죠? 제이크 테라노바 씨가 어떻게 선생님 전화번호를 알고 있어요?" 내가 물었다.

엠마 선생님의 얼굴이 마치 천사의 기저귀 발진처럼 붉게 달아올랐다.

19
파커 엘리아스

할머니는 인생 경험이 굉장히 풍부하다. 예를 들면, 할머니가 할아버지와 이스라엘에서 데이트하던 시절, 할머니가 하이파에서 군복무 하는 동안 할아버지를 빼앗으려는 여자가 있었다고 한다. 그래서 할머니는 그 여자와 팔씨름 대결을 펼쳤고, 승리한 대가로 할아버지를 차지했다고 한다.

나는 조수석에 앉아 있는 할머니를 흘낏 보며 물었다.

"만약에 지면 어쩌려고 그러셨어요?"

"난 물품 보급 트럭을 몰았어, 꼬맹아. 힘이 황소만큼 셌다."

할머니를 사랑하는 만큼 할머니 이야기를 신뢰하지는 않는다. 이 이야기를 지난번엔 하셨을 땐, 그 여자의 스쿠터를 지프트럭으로 밀어버렸다고 했으니까. 이 이야기를 지난번에도, 그리고 그전에도 했던 걸 기억 못 하기 때문에, 할머니는 같은 이야기를 반복해서 하신다. 짜증나는 사람도 있겠지만, 나는 할머니를 모셔다드리는 동안 늘 새롭고 재미있는 이야기를 듣는다고 여긴다. 그저 할머니가 내 이름을 기억해주시기만 바랄 뿐이다.

이 이야기(그러니까 남자친구와의 데이트 이야기 말이다)를 꺼낸 이유는 엠마 선생님과 제이크 테라노바가 사귄다는 소문 때문이다. 제이크가 특자반-3을 거의 입양한 것처럼 행동해서, 우리 반 아이들은 더 그렇게 생각한다. 제이크—그는 우리한테 자기를 그렇게 불러달라고 했다. 다른 사람들은 테라노바 씨라고 깍듯하게 부르는데, 우리에겐 그냥 제이크다.

이야기를 풀어보면 이렇다. 제이크가 117호에 나타나서 우리를 테라노바 모터스로 초대했다. 정비사들이 와이퍼가 어떻게 작동되는지도 보여주고 배터리가 어떻게 엔진에 동력을 전달하는지도 보여준다면서. 커밋 선생님의 휴대폰은 거의 폐기물급이라 문자를 보냈다간 폭발할지도 모르기 때문에, 용건이 있으면 제이크는 직접 학교로 찾아온다. 그러면 엠마 선생님이 우연히 우리 교실에 들렀다가 "어머나, 테라노바 씨가 오셨네요. 반가워요." 하고 인사하는 식이다. 엠마 선생님은 꼭 테라노바 씨라고 부른다.(우리는 바보가 아니다. 제이크는 엠마라고 부르는데 말이지.)

그것부터 시작해서, 우리 반과 엠마 선생님 반은 언제나 함께 할 거리가 생긴다. 블라디미르가 알도의 목소리를 들으면, 알도가 올 때까지 끽끽거리는 소리를 멈추지 않는다. 그런데 마침 그 반 아이들이 서클 타임을 하려던 찰나라서 우리 반도 합류한다. 제이크도 서클 타임을 너무너무 좋아하는데, 자기 차례가 되면 언제나 엠마 선생님을 칭찬 대상으로 지목한다.

"난 제이크가 시험지 유출 사건을 만회하고 싶어서 오는 줄 알았는데." 마테오가 말했다.

"그건 그냥 핑계였던 거지." 반스톰이 끼어들었다.

"차 때문인가?" 나는 혼잣말로 중얼거렸다. 제이크는 정말 멋진 포르셰를 몰기 때문이다. 그 차를 타면 정말 신날 것 같다.

"당연히 아니지. 엠마 선생님은 그런 사람이 아니야. 관계를 중요시하는 사람이지." 키아나가 발끈하며 말했다.

나는 키아나가 저런 걸 어떻게 아는지 모르겠다. 하지만 이유가 뭐든, 제이크가 온 뒤로 우리 생활이 확실히 나아진 건 사실이다. 모두들 제이크를 좋아한다. 자기를 제외한 모든 사람을 싫어하는 알도마저도 제이크를 좋아한다. 제이크는 어른이라기보다 그냥 우리 반 친구 같다. 꿈같은 삶을 살고, 엄청나게 돈이 많고, 이래라저래라 간섭하는 어른이 주위에 없는 그런 친구. 제이크는 나와 자동차에 관한 이야기를 히고, 반스톰과는 스포츠 이야기를 나누고, 마테오와는 드라마 〈왕좌의 게임〉에 대해 이야기한다. 제이크는 심지어 일레인과도 이야기한다. 그리고 키아나와는 거의 모든 것들에 대한 이야기를 나누는 것 같다. 라힘에겐 테라노바 모터스의 새 광고에 대한 의견을 묻기도 한다. 제이크가 있으면 라힘은 평소처럼 하품하거나 졸지 않는다.

제이크와 유일하게 수다를 떨지 않는 사람은 바로 커밋 선생님이다. 제이크한테 쌀쌀맞게 대하는 건 아니다. 우리한테 그렇듯, 선생님은 제이크도 거의 무시한다. 한번은 선생님의 낡은 차가 고장 나서 학교 주차장 입구를 막은 채 멈춰 서 있었는데, 선생님은 제이크의 무상 수리 제안을 단번에 거절하고 마을 너머까지 차를 견인해 갔다. 오랜 적의 호의를 받아들이느니 차라리 큰돈을 쓰는 쪽을 택한 거다.

제이크가 우리 학교를 드나들기 시작한 이유가 뭐든 상관없이, 테라노바 모터스 현장학습은 정말 멋진 경험이다. 일레인의 쿠키 소동 때문에, 처음엔 정비사들이 별로 달가워하지 않았다. 하지만 공압 시스템에 필요한 압축기가 고장 났을 때, 손상된 볼트를 수동 렌치로 풀 수 있는 사람은 일레인밖에 없었다.

정비사들이 하던 일을 멈추고 일레인한테 박수를 보냈다.

"야, 정말 대단하다! 혹시 승강 장치 전력이 나가면, 네가 어깨로 차들을 들어 올려줄 수 있겠니?" 정비팀장이 감탄하며 일레인한테 물었다.

일레인이 수줍어하는 모습을 그때 처음 봤다.

초반에는 정비사들이 설명도 많이 해주고 이것저것 많이 보여줬지만, 얼마 지나지 않아 우리에게도 진짜 작업을 맡기기 시작했다. 제이크는 나한테 지프 체로키의 라디에이터에 새 관을 연결하는 법을 차근차근 알려줬다. 연결관 고리를 잠근 순간, 뭔가 완벽하게 맞는 느낌이 들었다. 이유를 설명하긴 어렵지만, 이 관은 앞으로 새지 않을 거라는 걸 직감으로 알 수 있었다.

책임자가 다가와서 내가 마무리한 작업을 확인했다.

"완벽해. 너무 세게 조이면 고무가 찢어지는데. 아주 잘했다, 파커."

이상했다. 나는 책을 펼치면 모든 글자들이 동시에 튀어 올라서 절대 풀 수 없는 암호로 변한다. 그런데 자동차 엔진을 보면 모든 게 이해된다. 타이어 표면에 적힌 글자들은 여전히 **어이굿** 같은 암호로 남아 있지만 말이다.(원래 **굿이어**라고 읽어야 한다.)

커밋 선생님은 나를 보며 엷은 미소를 짓고 있었다. 내 생각에 오늘 교실로 돌아가면 털꼬리 한 개를 받을 수 있을 것 같다.

우리가 테라노바 모터스에서만 뭔가를 배우는 건 아니다. 이젠 117호에서도 배운다. 커밋 선생님이 수학, 과학, 영어 같은 걸 우리 한테 가르치시니까. 우린 시험도 봤다, 사회 시험. 커밋 선생님은 심지어 채점까지 하셨다.

다음 날 등교해 보니, 각자의 책상 위에 우리 시험지들이 뒤집힌 상태로 놓여 있었다.

알도가 자기 시험지를 짚혔디. "D? 개굴 쌤이 시험도 보게 하더니, 이젠 D를 주네?"

반스톰이 알도의 얼굴에 대고 비웃었다. "네가 멍청한 게 개굴 쌤 잘못이냐?" 그러고는 자기 시험지를 확인했다. 반스톰의 시험지에는 **중도 포기**라고 적혀 있었다.

"이게 뭐지?" 반스톰이 짜증을 냈다.

"난 그래도 점수라도 받았지. 넌 그게 뭐냐?" 알도가 말했다.

"예전의 개굴 쌤이 그립네." 반스톰이 투덜거렸다.

"맞아. 이러면 너무 학교 같잖아." 알도도 동의했다.

나도 '중도 포기'를 받았다. 전체 20문항 중 겨우 7문제만 풀었기 때문이다. 하지만, 내가 푼 7문제 모두가 정답으로 체크되어 있었다. 푼 문제들을 다 맞힌 거다! 나는 비록 중도 포기지만, 그건 중도 포기한 멍청이가 아니라, 중도 포기할 수밖에 없이 느린 학생이란 뜻이다.

이유를 불문하고, 실패하는 건 속상한 일이다. 하지만 나는 알도나 반스톰처럼 예전 우리 반이 더 나았다는 의견에는 동의하지 않는다. 우리는 내년에 고등학교로 진학한다. 거기에도 우리를 위한 특자반이 있을까? 특자반-1, 특자반-2, 그리고 특자반-3도? 그러면 그 이후엔 어떻게 되는 거지? 결국 언제든 달라져야 한다. 이미 달라지기 시작한지도 모르겠다.

내 자리에 앉아서, 우연히 일레인의 책상 위에 놓인 시험지를 훔쳐봤다. 나는 고개를 저었다. 잘못 본 게 분명해. 난 원래 제대로 못 읽으니까. 하지만 한 글자를 잘못 읽을 리는 없다.

내가 잘못 본 게 아니라면, 일레인의 점수는 A였다.

20
제이크 테라노바

리버 대로를 따라 달려 내려가다 보면, 빨간 벽돌로 지은 그리니치 중학교가 시야에 들어온다. 한때는 내게 나쁜 추억의 장소였던 곳. 열심히 다닌 학생이 아니었는데도, 중학교 시절은 내게 매우 힘든 시기였다. 시험지 유출이 정학으로 끝난 건 정말 운이 좋았다. 아빠와 아빠 동창생 몇 분이 학교 이사회에 계셔서 가능했던 일이다. 그렇지 않았으면 나는 당연히 퇴학을 당했을 거다. 정말 큰일 날 뻔했다.

그러나 이제 내게 그리니치 중학교는 곧 엠마를 의미한다. 그녀는 내 인생에서 최고의 선물이다. 저 건물 어딘가에 엠마가 있다는 생각만으로도 내 얼굴에는 미소가 번진다.

초조히 시계를 들여다보며 학교 진입로에 서 있는 남자를 본 순간, 나의 미소가 사라졌다. 나의 옛 담임선생님이었다.

2학년 당시엔, 내가 퇴학을 당하지 않았다는 사실에 너무 행복해서 다른 건 생각할 겨를이 없었다. 내 잘못으로 내 선생님이 곤경에 처하게 되었다는 건 결코 생각해본 적이 없었다. 말이 안 되는 소리니까. 커밋 선생님은 아무 잘못이 없었다. 범행 당사자인 나보다 그 사실을 더 잘 아는 사람이 어디 있겠는가?

하지만 그게 다가 아니었다. 엠마한테 들어보니, 그 이후 커밋 선생님의 삶은 완전히 박살이 나버렸다. 평판에 치명타를 입었고, 엠마 어머니와의 약혼도 깨졌다. 그리고 지금은 직업적으로도 탈진 상태다.

솔직히 말하자면, 엠마가 부부젤라에 관한 기사를 보여줬을 때, 나는 이해를 하지 못했다. 그 옛날 시험지 유출 사건이 아직까지도 커밋 선생님에게 꼬리표로 남아 있을 거라곤 상상도 못했으니까. 누군가의 인생을 바꿔놓을 힘이 나한테 있을 줄은 꿈에도 몰랐다. 나는 그저 굉장히 큰 곤경에 빠진 중학생에 불과했고, 그래서 부모님이 시키는 대로 따랐을 뿐이다. 입 다물고 조신하게.

나는 이제 내가 저지른 일의 결과를 알고 있고, 무슨 수를 써서라도 내가 망쳐놓은 것을 바로잡고 싶다. 시간이 너무 늦어버린 게 문제이긴 하지만, 그래도 커밋 선생님은 내가 언티처블스 학급을 돕게 놔두신다. 난 그 아이들과 아주 잘 지내고 있다. 선생님과는, 전혀 아니지만.

나는 내 포르셰의 최첨단 대시보드에 표시된 시간을 확인했다. 오후 2시였다. 이 시간에 커밋 선생님이 왜 학교 밖에 계시지?

나는 차를 선생님 옆에 세우고 손을 흔들었다. 마테오가 말해준 징징이-그린치 표정으로 선생님이 나를 노려봤다. 마테오는 좀 엉뚱하긴 해도 핵심을 잘 집어낸다. 나한테는 한 솔로*라는 별명을 붙여주었다. 둘 다 사랑스러운 악당이기 때문이라나. 사건 당시엔 솜방망이 처벌로 끝났지만, 요즘 그 사건이 다시 전방위로 나를 따라다니고 있다.

"별일 없으세요, 커밋 선생님?"

"택시가 늦는군."

맞다. 선생님 차가 정비소에 가 있지. 내가 무료로 수리해드리겠다고 했는데도 선생님은 내 호의를 받아주지 않았다. 선생님의 고집은 진짜 끝내준다.

"타세요. 제가 어디든 목적지까지 모셔다드릴게요."

"아니, 괜찮네. 택시를 40분이나 기다렸는데, 곧 도착하겠지." 선생님이 사무적으로 대답했다.

"안 와요, 선생님. 혹시 우버** 해보셨어요?"

전혀 모르는 표정이었다. 그제야 선생님 휴대폰이 선생님 차만큼이나 오래된 플립형이라는 사실이 생각났다. 요즘 전화기는 두 종류다. 스마트 폰과 멍청한 폰. 선생님의 휴대폰은 돌멩이 수준이다.

나는 조수석 문을 열었다.

"커밋 선생님, 제발요. 모셔다드리게 해주세요."

---

* Han Solo. 영화 〈스타워즈〉의 주인공 중 한 명인 밀레니엄 팔콘 호 선장.
** Uber. 스마트폰 애플리케이션으로 승객과 차량을 이어주는 서비스.

선생님이 억지로 차에 올라 목적지를 알려줬을 때, 나는 하마터면 기절할 뻔했다. 선생님은 차를 가지러 킹스턴 자동차 정비소까지 가는 길이었다.

"정말요? 제가 무상 수리해드리겠다는 제안을 거절하려고, 여기서 25킬로미터나 떨어진 곳에 맡기신 건가요?"

"어떤 신세도 지고 싶지 않네." 아까보다 훨씬 징징이-그린치 같은 얼굴로 선생님이 대답했다.

"무슨 신세를 지신다는 거예요! 제가 해드리면 너무나 행복할 것 같아서 그런 건데요." 나는 말 그대로 징징거렸다.

"행복할 것까지야." 선생님이 빈정대듯 말했다.

"그런 뜻이 아니라는 건 선생님도 잘 아시잖아요. 전 친구들한테 도움 주는 걸 좋아한다고요."

커밋 선생님이 불편한 표정을 지으셔서, 나는 얼른 단어를 수정했다.

"제 주변 사람들한테 말이에요. 선생님은 예전에 제 담임이셨잖아요."

"기억하지."

지금이다. 상황을 개선하고 용서를 구할 기회. 하지만 그 생각이 떠오른 순간, 나는 선생님이 그렇게 놔두지 않을 거라는 걸 알았다. 지금은 입 다물고 있는 게 낫다. 우리가 좀 더 많은 시간을 함께 보내다 보면 기회가 다시 오겠지. 시간이 이 어려움을 해결해주겠지.

포르셰가 킹스턴 자동차 정비소에 도착하자, 커밋 선생님이 지갑을 꺼내더니 나한테 기름값을 지불하려고 했다. 내가 거절하자, 선생님은 20달러짜리 지폐를 앞좌석 사물함에 넣고 차에서 내렸다. 고맙다는 말도 없이.

나도 따라 차에서 내려서 징징이-그린치의 얼굴을 바라봤다.

"여기서부터는 혼자 할 수 있네." 선생님이 말했다.

"저도 같이 가려고요. 선생님이 당하는 걸 보고만 있을 순 없죠. 여기 놈들은 죄다 사기꾼들이라고요."

"자네는 아니고?" 선생님이 당연하다는 표정으로 말했다.

나는 매우 정직하게 회사를 운영한다. 그런데도 얼굴이 화끈거렸다.

"선생님 차처럼 오래된 자동차는 분명히 부품을 비공식 루트로 구해 왔을 거예요. 뭘 얼마나 받을지 알 수가 없다고요."

적절하게 잘 말했나 보다. 선생님이 나도 따라 들어가게 놔두신 걸 보면.

이 정비소는 정말 엉망이었다. 그냥 서서 숨만 쉬어도 병균이 옮을 것 같은 곳이었다.

입구에 있던 직원이 단번에 나를 알아봤다.

"아, 제이크 테라노바 씨. 여긴 무슨 일로 오셨습니까?"

"나랑 굉장히 가까운 친구가 차를 가지러 왔어요. 정당한 대가를 지불하는지 확인하고 싶어서요." 나는 단도직입적으로 말했다.

"우린 잘 알지 못하는 사이요." 선생님이 획실히 바로잡았다.

정비사가 클립보드를 집어 들며 물었다. "어떤 차죠?"

"코코 너드." 선생님이 말했다.

"뭐라고요?"

선생님의 얼굴이 벌겋게 달아올랐다.

"크라이슬러 콩코드, 1992년형. 내 제자가 내 차를 그렇게 불러 대는 바람에. 그녀석이 좀, 독특합니다."

나는 손가락을 튕기며 말했다.

"파커, 맞죠? 그 애가 어때서요? 파커는 기계를 다루는 능력이 아주 좋아요. 그런데 부품명을 읽어보라고 하면 도저히 알아들을 수 없는 단어를 말하더라고요."

"알아들을 수 없는 단어를 말하는 게 아니야. 그 애는 문자 인식 장애가 있어서 그런 거지. 글자들이 마구 섞여서 콩코드가 코코 너 드로 보이는 식으로." 선생님이 설명했다.

"애너그램* 같은 거군요." 정비사가 끼어들었다. "우리 사장님을 만나면 좋아하겠어요. 애너그램 마니아거든요. 우리 눈엔 그냥 글 자를 마구 섞어놓은 것 같은데, 사장님은 1초 만에 단어를 만들어 낸다니까요."

가엾은 파커. 그 녀석은 정말 잠재력이 충분해 보이는데, 문제를 읽지 못하면 어떻게 정비사 자격시험을 칠 수 있겠는가.

"그렇군요. 차는 어디 있죠?" 내가 물었다.

---

* anagram. 이를테면 live를 evil로, time을 emit으로 바꾸는 철자 바꾸기 게임.

"아직 마무리가 안 됐어요. 부품 하나가 바하마에서 오는 중인데, 세관에 묶여 있대요." 정비사가 대답했다.

화를 내실 줄 알았는데, 커밋 선생님은 마치 전혀 다른 세상에 있는 사람처럼 행동했다.

"애너그램이라." 선생님이 천천히 그 단어를 곱씹더니, 내 팔을 이끌며 말했다. "가세."

"자신의 권리를 스스로 챙겨야죠!" 나는 선생님께 단호하게 말했다. 그러고는 정비사를 향해 돌직구를 날렸다. "지금 이걸 서비스라고 하는 겁니까? 내가 이런 식으로 회사를 운영했으면, 아마 일주일 안에 문을 닫았을 겁니다. 바하마에서 부품이 온다고요? 부품을 바다소가 만들기라도 합니까?"

"상관없어. 서점으로 가세." 선생님이 재촉했다.

"서점요? 선생님은 책이 아니라 차가 필요하시잖아요!"

포르셰로 돌아오자, 선생님이 나한테 설명했다.

"파커에겐 글자들이 애너그램처럼 섞인단 말이야."

"네? 그래서요?"

"그러니까 애너그램은 잘할 수도 있겠지."

"애너그램으로 읽기를 배운다?"

내가 빤히 쳐다보자, 선생님이 고개를 저었다.

"아니. 파커는 읽기를 가르쳐줄 전문교사가 필요하네. 내가 제대로 된 선생이었으면, 읽기 전문교사를 진작 구해줬을 텐데."

나는 이해하기 어려웠다.

"그럼 애너그램이 왜 필요한 건데요?"

"파커는 너무 오랫동안 읽는 법을 못 배웠어. 그래서 읽기가 절대로 익힐 수 없는 마술처럼 보였을 거야. 하지만 애너그램을 해보면 자기도 할 수 있다는 걸 알게 되지 않겠나? 그때 파커한테 읽기 전문교사를 붙여주는 거지."

"전문교사를 불러올 수 있으세요?"

"교육청에 읽기 전문교사들이 있어. 우리 반 아이들은 가망 없다고 생각해서, 아무도 특자반-3에 그 사람들을 보내주지 않았지. 이제 그렇게는 안 돼. 가세나, 서점으로!"

가속 페달을 밟자 포르셰가 앞으로 튀어나갔다.

학생들에 대해 이야기할 때 커밋 선생님의 표정은 정말 놀라울 만큼 달라진다. 완전히 다른 사람으로 변한다. 젊고, 생기가 있다. 그 옛날 내가 알던 바로 그 선생님의 모습이다.

서점에 도착하자, 선생님은 눈썹이 휘날리도록 휘젓고 다니며 애너그램 퍼즐 책들을 두 팔 가득 집어 들었다. 이미 학교가 끝난 시간이라, 선생님은 나보고 파커의 집으로 데려다달라고 했다.

"그냥 내일 아침에 주시죠?"

"쇠뿔도 단김에 빼야지."

엘리아스 가족은 그리니치 외곽의 작은 농장에 살고 있어서, 포르셰 같은 스포츠카로는 들어가기가 쉽지 않았다. 비포장 진입로에는 포르셰보다 훨씬 높고 넓은 바퀴가 만든 자국이 두 줄로 길게 나 있었다. 덜컹거리며 달릴 때마다 바퀴 자국 사이에 자란 잡초들이 포르셰 바닥을 훑는 것이 그대로 느껴졌다.

마침내, 우리는 옥수수밭 한가운데에 있는 커다란 창고와 붙어 있는 낮은 목조 주택에 도착했다.

아무런 인기척도 없었다.

"경적을 울려볼까요?"

"잠시 기다려보세." 선생님이 말했다.

15분쯤 지나자, 익히 듣던 할머니를 조수석에 태운 채로 파커의 트럭이 진입로에 나타났다.

담임선생님이 얼굴이 거의 보이지 않을 만큼 많은 양의 책을 건네자, 파커는 꽤 당황한 기색이었다.

파커의 할머니가 나를 알아보고는 이렇게 말했다.

"당신이 누군지 알아요. 발로 뛰는 제이크 테라노바, 맞지요?"

"맞습니다, 어르신. 만나 뵙게 되어 반갑습니다."

"TV에서 봤지. 고통스러운 무좀을 빠르게 없애준다고 그러던데." 할머니가 환하게 웃으며 말했다.

"그건 제가 아니고요. 저는 새 차와 중고차를 좋은 가격에 갖다 드리는 사람입니다."

할머니가 나를 빤히 쳐다봤다.

"내가 왜 차가 필요하겠수? 어디든 데려다주는 손자가 있는데."

커밋 선생님이 파커와 한참 이야기를 나누고 있는데 통통거리는 소리를 내며 밭 한가운데서 작은 트랙터가 나타나더니, 나이가 많고 키가 큰 버전의 파커가 내렸다. 파커의 아버지는 담임선생님이 집까지 온 것에 놀랐지만, 파커에 관한 선생님의 계획을 듣고는 굉장히 감동을 받은 표정으로 미소를 지었다.

내 기억 속에 남아 있는 모습과 대비되는 순간이었다. 아들을 돕기 위해 백방으로 노력하는 교사에게 감사하는 엘리아스 씨와, 오래전 내 부모님의 모습이. 부모님은 나를 구해줬고, 그 점에 대해 나는 감사한다. 하지만 그 과정에서, 내 부모님은 감사는커녕 선생님의 고통을 철저히 외면했다.

커밋 선생님은 제대로 대접받으셔야 한다. 만회할 기회가 내게 오기를 나는 진심으로 바란다.

21

키아나 루비니

노 비키니 아우라(NO BIKINI AURA).

수영복에 관한 것이 아니다. 내 이름의 철자(KIANA ROUBINI)를
애너그램으로 섞으면 저렇게 된다.

커밋 선생님은 나한테 파커와 애너그램을 함께 하면서 그 애의
읽기를 도와주라고 하셨다. 파커는 점점 나아지고 있고, 나는 이
퍼즐에 맛이 들었다. 새로 단어들이 만들어시는 게 신기해서. 예를
들면, **재커리 커밋**(ZACHARY KERMIT)의 알파벳을 섞으면 **크레이지
트램 하이크***가 되고, **알도 브라프**(ALDO BRAFF)는 **폴드 어 바프****
가 된다.

심지어 알도도 재미있다고 웃었다. 알도는 유머와는 거리가 먼

---

* CRAZY TRAM HIKE. 미친 전차 하이킹.
** FOLD A BARF. 토한 것을 감싸다.

스타일인데 말이다. 자기에 관한 이야기일 때는 더더욱. 알도는 웃으면 조금 달라 보인다. 빨간 머리와 웃는 얼굴이 꽤 잘 어울린다.

어쩌면, 이젠 선택의 여지가 없어서 어쩔 수 없이 부드럽게 행동하기로 맘먹었는지도 모른다. 알도의 읽기 짝꿍은 공포의 일레인이기 때문이다. 누군가는 일레인과 한 팀이 되어야 하니까. 평소 같으면 사물함을 발로 걷어찼을 텐데.

모두의 예상을 뒤엎고, 일레인은 굉장히 진지한 학생이 되었다. 예전에는 모두들 일레인을 무서워하느라 알아보지 못한 면이었다. 커밋 선생님이 과제로 내주신 〈나의 올드 댄, 나의 리틀 앤〉*에 일레인은 푹 빠져 있었다. 그래서 알도도 할 수 없이 그 책을 읽어야 했다. 유아용 그림책이 알도가 읽은 전부일 텐데.

반스톰과 마테오, 라힘이 또 다른 읽기 그룹이었다. 이 그룹도 괜찮았다. 마테오가 쉬지 않고 떠들고, 그 덕분에 라힘이 졸지 않으니까. 그러고 보니, 라힘은 요즘 깨어 있는 시간이 꽤 늘었다. 커밋 선생님이 라힘의 아빠한테 말해서, 록밴드 연습 장소를 다른 곳으로 옮겼기 때문이다. 비어 있는 테라노바 모터스의 창고로.

내가 이 그룹에 합류하는 때도 있다. 일주일에 세 번씩 파커가 읽기 전문교사에게 가기 때문이다. 그러면 모두 네 명이지만, 대부분 세 명이서 한다. 라힘이 학교에 오는 날이 많지 않기 때문이다. 커밋 선생님은 라힘을 강 건너에 있는 전문대학의 미술 수업 청강

---

* Where the Red Fern Grows. 1961년 출판된 이래 미국 어린이들에게 꾸준히 읽히고 있는 윌슨 롤스의 창작 동화.

생으로 등록시켰다. 어차피 학교에 와서도 늘 그림을 그리니까, 그림을 전문으로 그리는 곳으로 라힘을 보내신 건 잘한 일 같다. 여하튼, 정신없어 보여도 읽기 그룹은 그럭저럭 잘 굴러간다. 반스톰의 입장에서는 읽기 그룹 멤버가 세 명인 날도 있고, 둘인 날도 있고, 자기뿐인 날도 있는 건데, 반스톰은 별로 상관하지 않는다. 그 애한테 중요한 건 오직 털꼬리뿐이니까.

운동선수들이 대개 그렇듯, 반스톰은 승부욕이 대단하다. 지금은 부상으로 경기에서 뛰지 못하니, 그 애의 승부욕은 온통 착한 토끼에 쏠려 있다. 반스톰의 털꼬리 행렬은 당근 바구니를 넘은 건 물론이고, 포스터를 넘어 교실 벽 3분의 2 높이까지 붙어 있다. 2등인 나와 비교도 안 되게 앞선 1등이다. 반스톰이 털꼬리를 보상으로 바꾸지 않고 계속 모으기만 해서 그렇다. 욕심쟁이 같으니라구.

나는 털꼬리가 당근 바구니까지 모이면 보상으로 맞바꾼다. 그래서 우리 반은 나 덕분에 두 번이나 피자 파티를 했다. 거기다, 숙제를 늦게 낸 벌금을 내라고 알도한테 내 털꼬리를 한 움큼 빌려주기도 했다. 그건 커밋 선생님이 가르쳐주신 아이디어이다. 선생님은 털꼬리로 경제 개념을 가르치신다. 우리는 자유롭게 털꼬리를 맞바꾸기도 하고, 보상으로 소비하기도 하고, 팔거나 빌려주기도 하는데, 빌리는 사람은 이자를 지불해야 한다. 알도는 나한테 일주일에 10퍼센트의 이자를 지불해야 하는데, 계속 빚이 쌓여만 간다.

"넌 그냥 이용당하는 거야. 알도는 절대 안 갚을 테니까. 밑 빠진 독에 물 붓기지." 반스톰이 말했다.

"알도는 갚을 거야. 이자까지." 나는 알도 편을 들었다.

"뭘로 갚냐? 털꼬리가 하나도 없는데." 반스톰이 받아쳤다.

"나도 있어! 벌금 내느라 쓴 것뿐이라구." 알도가 벌떡 일어섰다.

"앉아, 알도."

일레인이 낮은 소리로 말하자, 알도는 군말 없이 의자에 털썩 앉았다.

"털꼬리 받은 일 한 가지라도 말해봐." 반스톰이 말했다.

알도는 골똘히 생각에 잠겼다.

"난… 난 프로젝터의 전구를 갈아 끼웠어!"

"아니, 그건 라힘이었어." 마테오가 끼어들었다.

짜증이 난 알도가 손가락으로 머리카락을 계속 쓸어 넘겼다. 안 그래도 정신없던 머리가 더 엉망이 되었다.

"어쩌라고! 토끼 꼬리를 누가 상관이나 하냐?" 알도가 소리쳤다.

"난 알도를 믿어." 나는 반스톰을 노려보며 말했다.

"아, 그래? 왜?" 반스톰이 되물었다.

좋은 질문이다. 나는 왜 성질 사납고 성적도 낙제에 가까운 저 빨간 머리를 믿는다고 했을까? 음, 솔직히 말해서 내가 털꼬리에 별로 관심이 없기 때문일 수도 있다. 아니, 어쩌면 블라디미르 때문인지도 모르겠다. 하루 8교시 동안 115호에 들락거리는 학생들이 그렇게 많은데, 블라디미르는 유독 알도의 목소리를 들으면 끽끽거리는 소리를 멈추지 않는다. 블라디미르는 알도를 사랑하니까. 동물은 원래 본능적으로 선한 사람을 알아보지 않나?

나는 반스톰을 향해 말했다. "적어도 알도는 너처럼 손에 들어온 걸 움켜쥐고 놓지 않는 구두쇠는 아니야. 올해가 지나고 우리가 고등학교로 진학하면, 어차피 이 털꼬리는 모두 소용없어져."

"빈손으로 가는 거지." 일레인이 마치 철학자처럼 말했다.

"적어도 난 털꼬리 부자가 돼 있을걸." 반스톰이 으스댔다.

"넌 페렝기구나. 〈스타 트렉〉에 나오는 외계인 족속. 돈과 이윤만을 최상의 가치로 여기는 집단 말이야." 마테오가 말했다.

"자, 그만들 해라." 커밋 선생님이 차분하게 말했다. "우린 모두 자유가 있어. 털꼬리를 쓸 자유, 그리고 쓰지 않을 자유도. 시장경제란 그런 거란다."

아이들이 다시 읽기에 집중하기 시작했지만, 나는 조금 전 내가 반스톰한테 했던 말을 되뇌고 있었다. *올해가 지나고 우리가 고등학교로 진학하면…*.

나는 이 친구들과 함께 고등학교에 가지 않는다. 이번 학기가 끝나기도 전에 이곳을 떠날 단기 전학생이니까. *내가 여기서 고등학교를 다니려면 엄마의 영화 세트장이 벼락을 몇 번 맞아야 하는 거지?*

하지만 그 말을 내뱉던 순간, 내 마음은 진심이었다. 나는 내가 공식적으로 속하지도 않은 이 그리니치 중학교의 특자반에서 졸업하는 내 모습을 떠올렸던 거다. 우리 부모님이 자란 곳이라는 것만 빼면 아무 연관도 없는 이 마을에서 말이다.

맙소사, 어서 LA로 돌아가야겠다. 빠른 시일 내에.

22

바르가스 교장

교육계에 몸담은 긴 시간 동안, 내게 최고의 교사는 재커리 커밋이라는 이름의 젊은 남자였다. 아, 물론, 그 시절 우리는 대학을 졸업한 지 얼마 되지 않아서 모두들 굉장히 헌신적이었고, 학생들 하나하나를 변화시킬 수 있다고 믿었다. 하지만 재커리는 우리와 달랐다. 모든 교사들이 변화시켜보리라 꿈만 꾸던 것을, 그는 실제로 이뤄냈으니까. 아이들은 몰랐겠지만, 커밋 선생님 반에 배정된다는 건 마치 복권에 당첨되는 것과 같은 행운이었다. 내가 맡은 반 아이들을 봐도 그랬다. 같은 복도에 훨씬 좋은 선생님이 있다는 사실에, 내 반 아이들에게 미안한 마음이 들 정도였다.

물론 이건 테라노바 사건이 재커리를 좀비로 바꿔놓기 전 이야기다. 그는 한순간에 최고에서 최악의 교사로 추락했다. 내가 일을 제대로 처리했다면 아주 오래전에 재커리를 해고했어야 했다. 그는 자신의 직분을 수행하지 않는 교사가 되어버렸으니 말이다. 내 친구라서 그를 객관적으로 보지 않았는지도 모른다. 어쩌면 나는 예전의 재커리가 다시 나타나주길 기다리고 있었는지도 모르겠다. 하지만 27년이 지난 지금, 예전의 재커리 커밋은 영원히 돌아오지 않는다는 걸 나는 인정해야 했다.

그런데 세상에, 예전의 그가 돌아왔다. 그것도 이 지역을 통틀어 가장 다루기 어려운 아이들을 데리고 말이다.

내가 오늘 오후에 교육청을 방문한 이유였다. 첫 학기 성적표가 나왔는데, 한시라도 빨리 이 어마어마한 소식을 테디어스 박사에게 알리고 싶었다.

교육감실로 안내받은 뒤, 나는 상사에게 인사 건네는 것도 깜빡했다. 무작정 걸어 들어가서 성적표 7장을 테디어스 박사 앞에 내려놓았다.

"이게 뭡니까?" 그가 물었다.

"특자반-3의 성적표예요. 깜짝 놀랄 준비 하세요."

테디어스 박사가 각 성적표를 대충 훑어보더니 입을 열었다.

"그렇군. 아주 놀랐소. 당신처럼 경험이 풍부한 교육행정가가 이렇게 쉽게 속아 넘어가다니."

"속아 넘어가다니요? 성적들을 보세요. 뭐, 이건 모두 짧은 요약들뿐이긴 하죠. 하지만 지난해에 이 아이들은 모두 엉망이었어요. 이건 거의 기적이나 다름없는 결과라고요."

"그렇겠지. 이게 만약 사실이라면 말이오."

"사실이 아닐 리가 있나요? 재커리 커밋은 훌륭한 교사예요. 아, 물론 잠시 걱정스럽긴 했지만…."

"27년을 잠시라고 말하기엔 무리가 있다고 생각하오만."

"하지만 이 아이들의 부족함 덕분에 커밋 선생이 되돌아왔어요. 너무나 잘된 일이죠."

"이건 가짜요."

"재커리는 절대 학생들의 성적을 허위로 작성하지 않아요."

"어떻게든 교사직을 올해까지 유지하려고 그랬을 수도 있지. 당신 친구, 커밋 선생은 자신이 얼마나 위태로운 상황에 처해 있는지, 스스로 잘 알고 있소. 그러니 조기은퇴 요건을 갖추려고 별짓을 다 했겠지."

"지금까지 재커리가 훌륭한 교사가 아니었다는 것은 저도 인정합니다. 하지만 그의 진실성을 의심할 일은 절대 없었습니다. 최악의 상황에서도, 옳지 않은 걸 요구한 경우는 없었어요. 그리고 달라진 건 그 반 아이들도 마찬가지입니다. 체육 교사들도 알고, 엠마 파운틴 선생도 알고, 저도 아는 사실이에요. 천사 같은 아이들은 아니지만, 예전에 비해 분명히 나아졌어요. 현장학습도 지속적으로 가고 있는데, 거기서 이 지역 사업가가 아이들을 보살피고 있죠."

"지역 사업가 누구 말이오?"

"제이크 테라노바. 이상하게 들린다는 건 이해합니다만…."

테디어스 박사가 억지웃음을 지었다.

"당신이 말하는 기적에 난 동의할 수 없소. 내가 교육청 계약서를 좀 확인해봤는데 말이오. 제12조 9항에 대해 당신도 잘 알고 있겠지만."

그러고는 두꺼운 파일을 꺼내서 페이지를 넘겼다.

"정확하게 기억나지는 않네요." 나는 조심스럽게 대답했다.

그가 엷은 미소를 띠며 말했다.

"학생들의 주요 과목 시험 점수가 3년 연속 하락한 교사는 능력이 부족한 교육자로 간주되어 해고할 수 있다는 조항이지."

나는 간담이 서늘해졌다.

"재커리를 두고 하는 말씀인가요? 재커리는 교과목이 너무 자주 바뀌어서, 어느 반의 교과목 점수를 하향시켰다고 판단하기도 어려워요."

"방법이 있지요. 각 학생의 지난 학년 성적을 이용해서 기본 점수를 산출하는 겁니다. 커밋 선생 반 아이들의 과학 점수가 지난 두 해 동안 하락했다고 나왔어요. 이달 말에 있을 평가에서도 비슷한 결과가 나온다면, 커밋도 빠져나갈 방법이 없을 거요."

"너무 부당한 방법이잖아요!"

테디어스 박사가 시커먼 눈썹 한쪽을 신경질적으로 추켜세웠다.

"어째서 그렇게 말하지? 방금 나한테 커밋이 아이들을 바꿔놨다고 하지 않았나? 그 말이 사실이라면, 다가올 평가에서도 모두 좋은 점수를 받을 테고, 그럼 커밋은 걱정할 일이 없겠지."

나는 꾹 참았다. 이 사람은 내 상사다. 교육청을 대표하는 사람이고, 그가 말하는 대로 따라야 한다. 기분 나쁜 인간인 것은 맞지만, 그렇다고 그의 명령에 따라야 한다는 사실이 변하지는 않는다.

하지만 지금 테디어스 박사가 비꼰 것처럼 이루어질 가능성도 있다. 재커리는 그 반 아이들을 확실히 변화시켜놓았으니까. 과학 평가에서 최고점을 받을 필요는 없다. 그저 작년 점수만 넘으면 된다. 그게 그리 어렵겠나? 지금 이 분위기라면 이 정도의 시험쯤은 특자반-3 아이들에게 식은 죽 먹기일 수도 있다.

재커리가 마지막 해를 잘 마무리할 가능성이 생겼다는 생각에, 나는 한결 가벼운 발걸음으로 교육감실을 나왔다.

23

키아나 루비니

"그만해, 천시!"

나의 동생님이 신나게 기어 다니고 있었다. 내가 서재 바닥에 펼쳐둔 공책들 위를! 오줌 싼 기저귀가 옷 밖으로 축 늘어져 있고, 입에선 쉴 새 없이 침이 질질 흐르고, 쪼끄만 손에는 파워레인저인지 트랜스포머인지 모를 장난감이 들려 있었다.

천시는 기어이 그 롱통한 무릎으로 내가 정리해둔 원자 질량표를 다 헤집어놓았다. 나의 자제력은 거기서 끝났다.

"루이스! 아이고, 루이스!" 나는 아빠의 말투를 흉내 내며 고함을 질렀다.

내 고함 소리에 놀랐는지, 천시가 갑자기 울기 시작했다. 마음이 좋지 않았다. 성가신 존재인 건 맞지만, 나를 잘 따르는 이 귀염둥이 아기한테 정든 것도 사실이니까. 하지만 그렇다고 내가 신경 써서 바닥에 잘 정리해둔 원자 질량표와 원소 주기율표 노트를 건드려도 되는 건 아니다.

나는 죽었다 깨어나도 선생님들을 이해할 수 없을 것 같다. 커밋 선생님이 십자말풀이의 왕국에서 살아 돌아오신 건 알겠는데, 뜬금없이 과학에 꽂히신 건 또 뭐람.

선생님은 지난주에 갑자기 이렇게 발표하셨다.

"주(州) 과학 평가가 10월 23일로 정해졌다. 우리도 다른 반들처럼 할 수 있다는 걸 보여줄 기회야. 어떤 면에선 우리가 더 낫지."

우리를 언티처블스라고 부르는 모든 사람들을 상대로 전쟁을 선포하는 것 같은 선생님의 말투는 우리 반 아이들을 단숨에 과학 열차에 탑승시켰다.

"우리가 무슨 중간계의 악의 세력과 전투를 치르는 프로도* 같네요." 마테오가 말했다.

마테오야 늘 저런 모습이니까. 하지만 알도마저도 과학 열풍에 휩쓸린 것 같았다. 개굴 쌤이 학교 전체를 거대한 도전 상대로 만들어버렸으니까. 이런 기회를 알도가 그냥 지나칠 리 없지.

그리하여 나는 지금 이렇게 서재에 앉아 과학 공식들과 씨름하며, 기저귀 찬 아기한테 소리를 지르고 있다. 과학 평가가 너무 신나서 이러는 거 아니냐고? 단기 전학생의 최대 장점은 바로 결과에 신경 쓸 필요 없이 뭐든 대충 할 수 있다는 점이다. 게다가 난

---

* Frodo. 영화 〈반지의 제왕〉의 호빗족 주인공.

저 과학 공식들을 제대로 이해하지도 못한다.

"무슨 일이니?"

새엄마가 서재로 뛰어 들어와서 천시를 들어 올렸다.

나는 하마터면 "뭐 하느라 이렇게 늦게 와요?" 하고 무례하게 소리 지를 뻔했다. 새엄마가 들고 온 아이스티를 보지도 않고.

새엄마가 커피 테이블에 아이스티 잔을 내려놓았다.

"좀 쉬면서 하라고 가져왔어. 네가 요즘 열심히 공부하는 걸 아빠와 난 정말 자랑스럽게 생각한단다."

짜증이 확 몰려왔다. 내 엄마라도 되는 줄 착각하나 보지? 절대 그럴 일은 없다. 나의 엄마는 나를 이 유배지에 보내놓고, 지금 유타 주에서 영화를 찍고 계신 분이니까.

새엄마 옆구리에 매달려 버둥대던 천시가 손에 쥔 파워레인저를 그만 내 아이스티 속에 떨어트리고 말았다.

"천시! 누나 음료수 못 마시게 됐잖아!"

믿기 힘들겠지만, 나는 문득 새엄마가 가엾다는 생각이 들었다. 할 일이 너무 많고, 잠은 늘 부족하고, 남편이 전 부인에게서 얻은 캘리포니아 출신 여자애까지 책임져야 하는 사람.

"괜찮아요."

나는 얼른 파워레인저를 건져냈다. 그러자 유리잔 속 아이스티의 높이가 쑤욱 내려가는 게 아닌가! 장난감을 다시 떨어트렸더니 높이가 올라가고. 나는 두 눈이 번쩍 뜨였다. 아르키메데스의, 부력의 크기는 잠긴 물체의 부피와 같다는 부력의 원리! 이걸 이해하려고 하루 종일 씨름했는데!

천시가 이가 겨우 한 개 반밖에 없는 입 속에 엄지손가락을 넣고서 시끄럽게 울어대기 시작했다.

과학 열풍은 테라노바 모터스에도 불었다. 제이크는 바퀴가 달린 화이트보드를 사다 줬고, 정비사들은 마력과 토크를 계산하는 법을 설명해줬다. 내연기관의 명칭을 누가 빨리 맞히나 내기도 했는데, 역시나 파커가 제일 잘했다. **크랭크축**을 **랭크축크**라고 기상천외하게 바꾸긴 했지만.

제이크는 이 과학 평가에서 좋은 성적을 받는 것이 커밋 선생님께 얼마나 중요한 일인지 끊임없이 이야기했다. 굉장히 신경을 쓰는 것 같았다. 얼굴이 시뻘게질 때까지 반복할 때도 있었으니까. 대체 왜 저러지? 혹시 기적이 일어나서 우리가 A를 받는다고 해도, 그건 우리 성적이지 선생님 성적이 아니지 않나? 우리가 시험을 망친다면, 그것도 우리 몫이고. 우리 반 과학 성적이 설사 나쁘다고 해도, 그게 어째서 커밋 선생님의 잘못이지?

어쩌면 우리가 그렇게 바보는 아닐지도 모른다. 금요일에 본 모의시험 성적이 꽤 괜찮은 걸 보면 말이다. 나는 92점까지 점수를 끌어올렸는데, 과학이 내가 좋아하는 과목이 아니라는 걸 감안하면 굉장히 좋은 성적이다. 일레인은 86점, 반스톰과 라힘은 70점을 받았다. 마테오도 67점으로 간신히 통과했다.

알도가 62점으로 꼴찌였지만, 화가 폭발하기 전에 커밋 선생님이 알도한테 말했다.

"생각해봐라. 3점만 더 받으면 통과할 수 있어. 넌 예전과 완전히 다른 학생이다. 〈나의 올드 댄, 나의 리틀 앤〉도 읽고 있잖니. 난 너를 믿는다. 시험 당일엔 가뿐히 3점 더 올릴 수 있을 거야."

"맞아요! 너구리 사냥에서 이긴 올드 댄과 리틀 앤도 읽었으니, 뭐든 할 수 있다고요! 바보 같은 과학도요!" 알도가 힘을 얻어 큰소리로 외쳤다.

"모두 털꼬리를 얻어보자!" 반스톰이 목발을 흔들며 소리쳤다.

"너무 앞서가지는 말도록. 다음 주 과학 평가에 너무 지나친 자신감을 갖는 건 삼가도록 하자. 하지만 난 너희 모두가 하나하나 정말 자랑스럽다. 정식 시험에서도 이 점수를 받는다면, 우리 반 전체가 뭔가를 이뤄냈다고 볼 수 있지 않겠니?"

선생님의 그 말이 내 머릿속에서 떠나지 않았다. *우리 반 전체가 뭔가를 이뤄냈다!*

그래, 뭔가를 이뤄낸 이곳에 나도 있다. 하지만 나는 이 반의 정식 학생이 아니. 원칙적으로는 이 학교 학생도 아니지.

그렇다고 달라지는 건 없다. LA로 돌아가겠지만, 그때가 다음 주는 아니니까. 다른 아이들과 함께 나도 과학 평가를 치를 거다.

나의 상태를 모두들 알게 되면 어떤 반응을 보일지 궁금하다. 마음이 편치 않다. 내 친구들에게 비밀이 있다는 죄책감을 떨쳐버릴 수가 없다.

24

반스톰 앤더슨

정복했다고 생각한 순간, 새로운 변수가 생긴다.

처음엔 터치다운, 덩크슛, 홈런—이런 것들 말고는 인생에 신경 쓸 게 아무것도 없었다. 하지만 그건 부상을 입기 전 이야기고, 중학교 생활은 앞으로 500년은 족히 남아 있다.

그다음엔 사랑스러운 털꼬리 모으기에 전념했다. 무려 37개. 다른 애들보다 3배는 많은 숫자다. 하지만 그것도 곧 시들해졌다.

이젠 과학. 하루 종일 과학만 한다. 내 머릿속에 과학 지식들이 가득 차서, 혹시 파라디클로로벤젠이라도 튀어 나올까 봐 코도 함부로 못 풀겠다. 새로운 걸 보면 이미 알고 있던 게 달아나버릴까 봐 TV도 안 본다. 부모님은 내가 미쳤다고 생각한다. 나도 내가 미친 것 같다. 예전의 내가 아니다. 하지만 나는 완벽하게 준비된 상태로 시험 날을 맞고 싶다.

변수가 또 생겼다. 시험 당일, 목발을 짚고 절룩거리며 집을 나섰는데 스쿨버스가 막 떠나서 모퉁이를 돌고 있었다.

"기다려!"

순간 너무나 놀라서, 내가 부상 중이라는 것도 까먹고 버스를 따라잡겠다고 뛰기 시작했다. 물론 곧장 앞으로 고꾸라졌고, 다시 일어났을 때는 이미 버스가 사라진 후였다.

"안 돼!"

집을 돌아봤지만 소용없었다. 오늘따라 엄마가 일찍 출근해서, 집엔 나를 데려다줄 사람이 아무도 없었다. 고통스러웠다. 코피 때문만은 아니었다. 유치원 때부터 지금까지 전 과목을 통틀어 공부한 시간보다 더 많은 시간을 오늘의 과학 평가를 위해 썼는데, 그렇게 준비해놓고 시험을 놓치게 생겼으니! 다른 애들이 아마 나를 죽이려 들 거다. 특히 공포의 일레인은 정말 그럴 수도 있다!

나는 목발에 의지한 채로 학교를 향해 정처 없이 걷기 시작했다. 시험 전에 도착할 가능성은 없지만, 다른 방법이 없으니까.

최대한 빠른 속도로 절뚝기리며 걷고 있는데, 다른 차들보다 유난히 시끄러운 차 소리가 들렸다. 테라노바 모터스로 현장학습을 하도 많이 다녀서, 나는 고장 난 머플러 소리를 구별할 줄 안다. 낡은 픽업트럭 한 대가 중앙선 쪽에서 오른쪽으로 차선을 변경하며 다가오고 있었다. 바로 파커의 픽업트럭이었다!

살았다!

나는 찻길로 내려서서 목빌을 힘껏 머리 위로 흔들어댔다. 끽 하는 브레이크 소리와 함께 픽업트럭이 멈춰 섰다.

파커가 창문을 내렸다.

"비켜, 반스톰! 나 무지 바빠!"

"나도! 버스를 놓쳤어! 학교까지 네가 데려다줘야겠다!"

"안 돼! 불법이란 말이야. 내 면허증으로는 농장 일을 위해서만 운전할 수 있다고!"

"이 여자 분은 그럼 뭐냐?" 나는 할머니를 가리키며 물었다.

"이건 경우가 다르지. 우리 할머니잖아. 내가 복지관에 모셔다드려야 한다고!"

내가 보기엔 건강해 보이는 할머니가 옆으로 이동하더니 손으로 좌석 바닥을 톡톡 치며 말했다. "어서 타라, 꼬맹아!"

파커가 그 말을 듣고 엄청 화를 냈다. "저 녀석이 왜 꼬맹이예요! 꼬맹이는 나잖아요!"

나는 트럭에 올라타고 목발을 들어 올린 후 문을 닫았다. 파커는 화가 난 채로 가속 페달을 세게 밟았고, 그 바람에 트럭이 기울어지면서 모퉁이에 있던 쓰레기통을 들이받았다. 임시면허증은 일반면허증과 달리 운전을 잘하지 않아도 받을 수 있나 보다.

우리는 할머니를 노인복지관에 내려드리고 학교로 향했다.

"널 태워주는 게 아닌데. 경찰한테 걸리면 너 때문에 임시면허증을 뺏긴단 말이야." 파커가 쏘아붙였다.

하지만 우리는 경찰에게 걸리지 않았다. 심지어 학교에 몇 분이나 일찍 도착했다. 나는 학교까지 데려다준 파커가 고마웠다.

117호로 가는 길에, 남자화장실에서 나오는 마테오를 만났다.

"안녕."

우리가 먼저 인사했지만, 마테오는 대답하지 않았다. 이상한 일
이었다. 마테오의 표정도 어딘가 이상했다. 당황했나? 화가 났나?
나는 바닥을 내려다보고 깜짝 놀랐다. 마테오가 서 있는 자리에
물웅덩이가 생겨 있는 게 아닌가. 마테오의 옷에서도, 손가락에서
도 물이 뚝뚝 떨어지고 있었다.

"야, 너 왜 이렇게 홀딱 젖었어?"

그때 덩치 큰 녀석 셋이 서로 밀치고 낄낄대면서 화장실에서 나
왔다. 마테오가 대답하지 않아도 나는 알 수 있었다. 미식축구부
동료들. 내가 부상으로 같이 뛰지 못하게 된 다음부터 나와는 아
무것도 함께하지 않으려고 하는 녀석들. 마테오가 저렇게 물에 젖
은 이유는 빤했다.

셋 중 제일 덩치가 큰 포크너가 나를 향해 고개를 까닥거렸다.
"반스톰." 녀석은 그렇게 중얼거리고는 걸음을 옮기기 시작했다.

나는 목발로 가로막고 파커한테 말했다. "가서 모두 데려와."

파커가 117호를 향해 쏜살같이 뛰어갔다.

나는 나의 옛 동료들한테 말했다. "잘한다. 이렇게 쪼끄만 애를,
그것도 3 대 1로."

"넌 그런 적 없다는 듯이 말하네?" 셋 중 다른 녀석, 카노스키가
비아냥댔다.

"나도 그랬시. 딱 한 번."

작년의 일이었다. 정말 멍청한 짓이었다. 수도꼭지를 손가락으로 막고 어떤 애한테 물줄기를 조준해 장난을 쳤는데, 그 애가 물에 흠뻑 젖어 괴로워하는 모습을 본 후로, 나는 다시는 그런 장난을 하지 않는다. 게다가 그 애는 내가 모르는 애였지만, 마테오는 내가 아는 애다.

"그러니까 너도 할 말 없지. 이 멍청이가 대체 너한테 뭔데 이러는 거야?" 포크너가 심드렁하게 물었다.

"이 친구의 이름은 마테오다." 나는 깐깐한 말투로 대꾸했다.

내 뒤에서 발소리가 들렸다. 보지 않아도 우리 반 아이들이라는 걸 알았다.

나는 미식축구부 세 녀석한테 시선을 고정했다.

포크너가 놀란 듯 말했다. "뭐야? 너, 저 애들하고 같은 반이냐? 언터처블스?"

"너희보다 훨씬 좋은 친구들이다!"

카노스키가 왼쪽 옆구리에 끼고 있던 목발을 발로 걷어차는 바람에 나는 중심을 잃었다. 하지만 라힘이 곧바로 나를 잡아줘서 젖은 바닥에 넘어지지 않았다.

알도가 나서서 카노스키를 벽으로 힘껏 밀었다. 바보 같은, 알도다운 행동이었다. 카노스키는 성질이 아주 못된 녀석이고, 알도는 되받아치지 않는 사물함이나 때리는 약한 녀석이기 때문이다.

셋 중 마지막 녀석인 벨링햄이 알도를 향해 주먹을 날렸다. 이제 시작이구나….

그런데 그 순간 알도가 바닥으로 주저앉고, 날아오는 주먹을 커다란 몸집이 가로막았다. 주먹이 어깨를 치며 퍽 소리가 요란하게 났지만 일레인은 꿈쩍도 하지 않았다. 마치 단단한 떡갈나무처럼.

자기가 누구를 쳤는지 확인한 순간, 벨링햄의 두 눈이 공포로 휘둥그레졌다. 포크너와 카노스키도 얼굴이 하얗게 질렸다.

평소 같으면 포크너는 "아직 끝난 게 아니야"라고 말했을 거다. 하지만 상대가 일레인인 걸 알았으니 여기서 끝나길 바라겠지.

운동선수 셋이 줄행랑을 치는 모습이라니!

나는 그 녀석들 등 뒤에 대고 일부러 큰 소리로 웃으며 말했다.

"아이고, 얘들아. 그렇게 느리게 뛰어서 되겠냐?"

키아나가 우리를 117호 쪽으로 떠밀며 말했다. "우리 진짜 운 좋다. 선생님들한테 들켰으면 어쩔 뻔했어."

"우리가?" 나는 의기양양하게 말했다. "운 좋은 건 저 녀석들이지! 일레인이 햄버거 패티로 만들어줄 뻔했는데."

"내가?" 일레인이 어리둥절한 표정으로 물었다.

"너한테 저 녀석들을 확 쓸어버리라고 할걸. 네가 어떤 애를 정신없이 때리고 테이프로 깃대에 묶어뒀던 것처럼 말이야."

나는 흥분을 가라앉힐 수가 없었다. 하지만 일레인은 완전히 당황한 눈치였다.

"크런치 땅콩버터가 싫다고 뜨거운 스팀 테이블을 급식실 아주머니한테 엎은 적도 있잖아." 라힘이 거들었다.

"크런치 땅콩버터, 나 좋아해." 일레인이 웅얼거렸다.

"박치기로 어떤 애를 계단 아래로 밀어버린 적도 있잖아! 열다섯 명이나 양호실에 갔었다면서!" 내가 말했다.

"그 애는 그냥 핸드폰을 떨어트린 것뿐이야." 일레인이 설명했다. "그 애가 그걸 주우려고 허리를 숙였는데, 나도 도와주려고 허리를 숙였다가 서로 머리를 부딪쳤어. 그 애가 계단 아래로 넘어지니까, 계단에 있던 애들은 못 피하고 그 애한테 깔린 거고."

우리는 117호 밖 복도에 서서 놀란 표정으로 서로를 쳐다봤다.

"그럼 전부 소문이었던 거네." 키아나가 말했다. "학교에서 소문이 얼마나 부풀려지는지 모두들 잘 알잖아."

"나무를 뿌리째 뽑고, 화장실 문 부순 것도? 소화기는? 에이, 소화기는 진짜지?" 파커가 물었다.

일레인이 고개를 저었다. "미안하지만 아니야."

"그래, 알았어. 하지만 이건 우리만의 비밀로 지키자. 만약에 네가 공포의 일레인이 아니란 게 알려지면, 미식축구부 애들이 단체로 와서 우릴 걷어찰 테니까."

내가 그렇게 정리했을 때, 커밋 선생님이 밖으로 나왔다.

"여기서 뭐 하고들 있지? 3분 후에 과학 평가 시험 시작이야."

과학 평가! 아침 내내 정신없이 보내느라 완전히 잊어버리고 있었다. 머릿속에 있던 중요한 내용들이 대체 얼마나 새어나갔을까?

우리가 자리에 앉자마자 선생님이 시험지를 나눠줬다.

드디어 게임이 시작되었다.

25

키아나 루비니

과학 평가 시험을 마치고, 우리 언티처블스는 처음으로 패스트 푸드점에 단체로 놀러 갔다. 결과는 아직 모르지만, 시험이 끝나고 도 살아남았다는 것만으로 충분히 축하할 일이니까. 우리는 주차 된 파커의 픽업트럭 짐칸에 올라가서 옹기종기 모여앉아 감자튀김 과 양파튀김을 먹었다. 꽤 재미있었다.

달달한 음료수 덕분에 기분이 좋아진 상태로 집에 도착하니, 새 엄마가 현관 밖에서 나를 기다리고 있었다. 자동적으로 경계태세 가 되었다. 그리니치에 온 지 한 달이 넘었지만, 새엄마가 밖에 나 와서 나를 기다린 건 처음이었다. 천시를 쫓아다니느라 새엄마는 언제나 바쁘니까.

"왜요?"

"너희 학교에서 전화가 왔어. 아니지, 그냥 학교에서 전화가 왔다고 하는 게 정확하겠구나. 네가 다니는 학교가 아니니까."

새엄마의 말투는 굉장히 단호했다. 나는 본능적으로 발뺌하기 시작했다.

"당연히 제 학교죠. 그럼 제가 매일 어딜 가겠어요?"

"그만둬, 키아나. 이미 다 알고 있으니까. 네가 그렇게 열심히 준비한 과학 평가 시험, 채점을 했는데 그 시험지의 학생을 찾을 수 없었대. 이 동네에서 루비니 성을 가진 집이 우리밖에 없어서 우리 집으로 연락했다더라. 넌 딱 걸렸어."

과학 시험! 그 생각을 미처 하지 못했다. 커밋 선생님이 학생 명단을 확인하지 않는다고 해서 다른 사람들도 그런 건 아닌데.

나는 운동화를 벗고 쿵쿵대며 거실로 들어갔다. 천시는 아기놀이울에서 잠들어 있었다. 이럴 땐 정신없이 굴며 분위기를 좀 바꿔 주면 좋으련만.

"내 잘못이 아니에요. 새엄마가 첫날 나 혼자 두고 가버렸잖아요. 그래서 난 그냥 아무 교실이나 찾아서 들어간 거라고요."

"미안해. 상황을 좀 파악하고 있었어야 했는데. 하지만 키아나, 학교는 네 마음대로 들락날락할 수 있는 곳이 아니야. 그렇게 시간이 많았는데, 왜 해결할 생각을 하지 않았니?"

"아무도 나한테 관심이 없잖아요! 처음부터 새엄마가 나한테 관심 있었다면, 내가 등록하기도 전에 그렇게 가버리지 말았어야 했어요. 어쨌든, 이런다고 지금 뭐가 달라져요? 내 진짜 학교는 LA에 있다고요. 내가 여기 있는 몇 주 동안 나한테 무슨 일이 있었는지 아무도 신경 안 썼잖아요. 여긴 내 집도 아니고, 엄마가 유타에서 돌아올 때까지 그냥 잠시 머무는 곳일 뿐이라고요!"

아주 잠깐이지만, 새엄마는 울음을 터트릴 것 같았다. 하지만 울지 않았다. 그 점에 대해 진심으로 감사하다. 만약 새엄마가 울었다면, 아마 나도 울음이 터져버렸을 테니까.

"네가 친엄마와 사는 건 네 아빠와 나도 잘 알고 있어. 하지만 여기도 네 집이야, 키아나. 우리도 네 가족이야."

나는 새엄마를 빤히 쳐다봤다. 정말 그렇게 생각하고 있을까? 전혀 몰랐다. 새엄마는 천시 때문에 정신없을 때를 제외하곤 언제나 나한테 친절했다. 하지만 가족이라고?

"그래서 이제 난 어떻게 되는 거예요?" 나는 아주 작은 소리로 물었다.

"내가 첫날 했어야 했던 일을 해야지. 학교에 가서 널 정식으로 등록시킬 거야."

"싫어요! 그럼 날 정규반으로 보낼 게 뻔해요! 날 특자반-3에 두진 않을 거란 말이에요!" 나는 큰 소리로 울부짖었다.

"왜?"

"왜냐면, 왜냐면요. 왜냐면, 난 그 반에 들어갈 만큼 멍청하지 않단 말이에요!"

그 순간 내가 생각해낼 수 있는 유일한 이유였다.

"멍청하지 않다니, 그게 무슨 소리야?"

새엄마는 너무나 놀란 눈치였다.

나는 사실대로 다 털어놓았다. 언티처블스와 커밋 선생님에 대해, 우리가 처음엔 얼마나 엉망진창 학급이었는지, 그런데 지금은 얼마나 멋진 반으로 변해가고 있는지, 그리고 얼마나 좋은 친구들을 만났는지.

내가 이야기하면 할수록 새엄마는 더 많이 감동받는 것 같았다. 내 이야기가 거의 끝날 무렵 천시가 깼다. 하지만 법석을 떠는 대신, 놀이울 그물망 사이로 나를 바라보며, 마치 이야기가 어떻게 전개될지 궁금하다는 듯 집중해서 내 이야기를 들었다.

새엄마가 내 눈을 가만히 바라보며 말했다.

"네가 원하는 곳이 그 반이라면, 네가 있어야 할 곳도 그 반이야. 언티처블이든 뭐든 상관없이."

나도 모르게 펄쩍 뛰어올라 새엄마를 두 팔로 꼭 안았다. 정말 어색한 순간이었지만, 뭐 나쁘지는 않다.

"그나저나, 넌 확실히 언티처블스 반에 어울리는 학생은 아닌 것 같구나." 새엄마가 웃으며 말했다. "학교에서 알려줬는데, 너 과학 시험 엄청 잘 봤다더라."

26

커밋 선생

이런 일이 다시 생기리라고는 전혀 예상하지 못했다.

매일 아침, 27년 된 자동차치곤 아주 괜찮은 나의 코코 너드를 주차하고 나면, 나는 한시라도 빨리 교실로 들어가고 싶어진다. 발밑에 마치 용수철이라도 단 듯, 나의 발걸음은 가볍고 경쾌하다. 교직원 휴게실에서도 이젠 커피를 반만 채워 온다. 잠을 깨워줄 커피가 더 이상 필요하지 않기 때문이다. 아마 발로 뛰는 제이크 테라노바가 옆에 있다면, 내가 엔진의 모든 실린더를 연소시키는 중이라고 말할지도 모르겠다. 심지어 그의 이름도 이젠 예전처럼 괴롭지 않다. 시험지 유출 사건을 용서할 생각은 절대 없지만, 내 아이들을 변화시켜준 제이크의 공로는 부인할 수 없다.

수업! 생각만으로도 등줄기를 타고 전율이 흐른다. 모두들 거부했던 아이들이 내겐 꼭 필요한 아이들이었을 줄, 그 누가 상상이

나 했겠는가. 언티처블스! 글쎄, 더 이상은 그렇게 부르면 안 될 것 같다. 물론 훨씬 뛰어난 학생들이 많이 있다. 이 복도에만 해도 훌륭한 학생들이 많다. 하지만, 출발선을 비교해보면 얼마나 특별한 일들이 이 아이들에게 일어나고 있는지 확연히 드러난다. 그리고 나는 오랫동안 스스로도 믿지 못했던 것, 바로 나 자신을 이 아이들 덕분에 믿게 되었다.

주 전체 과학 평가가 있던 날이었다. 시험이 시작되자 파커가 책상 위에 등을 구부리고서, 마치 시험지의 분자 하나하나를 들여다보기라도 하듯 시험지를 뚫어져라 봤다.

"합 성광…" 파커는 중얼거리면서 말이 되는 단어로 조합해보려고 애썼다. "합 성광…" 그 오랜 시간 읽기 수업을 받아온 결과가 마침내 빛을 발했다. "광합성!" 파커의 목소리에는 성취의 기쁨이 가득했다.

큰 소리로 응원해주고 싶었지만 나는 겨우 참았다.

제이크는 회사까지 결근하며 교실에 나타났다. '정신적인 지원'을 해주고 싶다면서 말이다. 사실, 아이들보다 오히려 제이크가 이 평가에 더 신경 쓰며 모두를 달달 볶았다. 결국 나는 그를 복도로 끌고 나가, 제발 회사로 돌아가라고 말해야 했다.

"하지만 만약에… 애들이… 그럼 선생님은….'

전혀 말이 안 되는 소리를 하며 제이크가 버텼다. 그러더니 갑자기 나를 두 팔로 안았다.

"가서 차 팔아. 발로 뛰면서." 나는 몸을 비틀어 빼며 말했다.

"선생님은 정말 최고의 교사예요." 제이크가 갑자기 굉장히 감정적으로 변했다. "정말 잘못했어요. 아시죠? 제가 한 짓."

"잘 가게, 제이크."

그날의 기억에는 이것들 말고도 하나 더 있다. 아이들을 보고 있는데 눈물 때문에 갑자기 시야가 뿌옇게 변한 것. 내가 익사할까봐 무작정 강물로 뛰어들었던 것처럼, 지금 이 아이들은 나를 위해 과학 평가에 뛰어들었다. 내 직업이 위태롭다는 걸 아이들은 알 길이 없다. 그래서 더 고맙게 생각한다. 중요한 시험이라는 내 말 한 마디에, 아이들은 그대로 따라준 거니까. 실제로 공부까지 하면서 말이다! 아이들 책상 사이를 천천히 걸으며 시험지들을 보는데, 연필로 까맣게 칠한 정답들을 보자 심장이 터질 듯 벅차올랐다.

그때 알았다. 내가 이 아이들을 사랑하고 있다는 것을. 그리고 그 감정은 점점 더 강해지고 있다는 것을. 파커, 알도, 일레인, 반 스톰, 라힘, 마테오. 마지막으로, 알고 보니 우리 반, 아니 어느 반 학생도 아니었던 키아나까지.

순전히 내 잘못이나. 우리 반에서 가장 뛰어난 학생의 이름이 내 출석부에 없다는 걸 한 번도 확인하지 않았으니 말이다. 난 어쩌면 그리도 무심할 수가 있었을까! 그리도 나태하고 무관심할 수가 있었단 말인가! 하지만 학교에 등록 안 된 학생이 교실에 앉아 있을 거라고 예상하는 것도 쉬운 일은 아니다.

"그 애의 새엄마가 모두 해결하고 가셨어요." 과학 평가가 끝나고 그다음 주 미팅에서 크리스티나 비르가스 교장이 나한테 설명해줬다. "키아나는 우리 학교에 몇 달만 다닐 예정이었대요. 그런데 등록 서류를 작성하는 일이 꽤 복잡하잖아요. 그래서 그냥 선생님 반에 들어갔다가 누구에게든 들킬 때까지 그냥 있기로 한 거였대요."

나는 얼굴이 화끈거렸다.

"내가 할 일을 제대로 하고 있지 않은 걸로 보이겠군."

"우리 모두의 실수죠. 그 애의 중간성적표는 제가 가지고 있었어요. 그 이름을 보고 누군지 떠올려보려고 애쓴 것까지는 기억나는데, 그 이후로 저도 잊어버렸죠."

"뭐, 난 상관없어요. 키아나는 아주 똑똑하고 훌륭한 학생이니까. 그 애 성적을 봐요. 96점이에요. 반 아이들에게도 좋은 영향을 주고 있고…."

내 목소리가 잦아들었다. 사색이 된 크리스티나의 얼굴을 봤기 때문이다. 나는 그 이유를 짐작해봤다.

"키아나를 다른 반으로 옮길 건가요? 그 애 성적으로는 우리 반에 둘 수 없으니?"

"키아나는 그 반에 그대로 둘 거예요. 그렇게 해달라고 새엄마가 특별히 부탁하고 가셨거든요. 부탁이라기보다 강력한 요청이었죠. 문제는 그게 아니에요."

나는 의자에 등을 기대고, 가만히 기다렸다.

크리스티나가 깊이 숨을 들이마시더니 다시 입을 열었다.

"힘든 일이네요. 이 소식을 전해야 하는 자리에 있다는 게 정말 괴로워요. 실은, 이 학교에서 계속 가르칠 수 없게 됐어요, 재커리."

너무나도 예상치 못한 소식이라, 나는 충격에 잠시 할 말을 잊었다. 그러다 번뜩 생각이 났다.

"테디어스? 과학 평가 결과? 아이들 성적은 훌륭하잖아요! 키아나는…."

"맞아요. 테디어스 박사가 당신이 떠나길 원한다는 거 알죠? 키아나 루비니 일을 듣자마자, 그 애의 성적을 인정하지 않겠다고 했어요."

"키아나 말고도, 다른 아이들 역시 괄목할 만한 발전을 이뤄냈잖아요! 그 애들 성적만으로도 충분할 텐데."

"거의." 크리스티나가 슬픈 목소리로 말했다. "잊지 말아요. 테디어스 박사는 유치부부터의 모든 성적을 가지고 있어요. 자기에게 유리한 점수만 뽑아서 당신을 해고할 수 있는 사람이죠."

오래된 속담이 생각났다. 수치는 거짓말을 하지 않지만, 거짓말쟁이들은 수치를 조작한다.

크리스티나가 참담한 표정으로 서랍에서 봉투를 꺼내 나한테 건넸다.

"테디어스 박사가 오늘 아침에 저한테 주고 간 봉투예요. 애들한테 도움 안 되는 이상한 것들만 잔뜩 모아왔더라고요. 그래서 거의 성취한 거나 다름없다고 설득했어요. 아무것도 기대할 게 없었던 아이들이라고, 그러니 이렇게 향상된 아이들의 기량은 모두 훌륭한 교사 덕분이라고 열변을 토했죠. 하지만 그는 들으려 하지 않았어요. 만약 백만분의 1퍼센트라도 성적이 떨어졌다면, 달라질 건 없다면서…"

크리스티나는 눈물을 흘리면서 이야기를 계속했다. 하지만 나는 아무것도 들리지 않았다. 마치 긴 터널 속에서 메아리가 계속 울려대는데 내겐 닿지 않는 것처럼. 손가락에 감각이 없었다. 나는 더듬거리며 봉투를 열어 서류를 꺼냈다.

해고 통지
대상: 커밋, 재커리

그리니치 교사협회 협약 제12조 9항에 의거해, 현 학년 12월 22일부로 이 학교에서의 임직이 만료되오니 (…)

나는 서류를 훑어 내려갔다. '형편없는 성과', '인정할 수 없는 결과', '무능한 교육자' 같은 단어들이 눈에 들어왔다. 끝까지 읽을 자신이 없었다. 서류의 내용은 잔인하리만큼 분명했다. 아이들뿐만 아니라 나 자신까지도 변화시킨 이 마법 같은 학기가 그저 장난거리에 불과했구나. 갈가리 찢어버리려고 내 희망을 그렇게 키워놓았구나. 교육에 대한 신념과 나 자신에 대한 자신감을 회복한 후라서, 더 고통스럽고 비통했다. 나는 해고당한다. 파면되고, 내쫓기고, 목이 날아가고, 잘린다—12월 22일부로.

메리 크리스마스.

무엇보다, 조기은퇴 자격이 고작 6개월밖에 안 남았다는 게 가장 기분 나빴다. 조기은퇴는 이제 어둠 속으로 사라져버리는구나.

교장실을 나서는 내게 크리스티나가 위로의 말들을 쏟아냈지만, 거의 들리지 않았다. 117호로 가는 대신, 나는 휘청거리며 중앙 현관을 빠져나가 주차장으로 향했다. 아이들을 볼 자신이 없었다. 적어도 이렇게 망연자실한 상태로는. 아이들한테 뭐라고 말해야 하나? 어떻게 설명해야 하지? 교육감의 악독한 짓거리는 아이들 탓이 아닌데, 절대 너희 잘못이 아니라고 어떻게 설득시킨단 말인가? 적절한 말을 찾아야 한다. 하지만 지금은 말고 나중에.

코코 너드 운전석에 앉아 시동을 거는데, 평소보다 10년은 더 걸리는 것처럼 느껴졌다. 언제나 그렇듯 결국 매연을 내뿜으며 시동이 걸렸다. 비가 오기 시작했다. 나는 한쪽밖에 작동하지 않는 와이퍼를 켰다. 안타깝게도 운전석 쪽 와이퍼는 작동하지 않는다. 나는 눈을 가늘게 뜨고 빗물이 튀는 유리창 너머를 바라봤다.

주차장을 빠져나가며 왼쪽 방향등을 켜고 가속 페달을 밟는데, 퍽 소리와 함께 뭔가가 털커덕 떨어지는 소리가 나더니, 모든 것이 잠잠해졌다. 나는 열쇠를 몇 번 더 돌려봤지만, 아무 반응도 없었다. 약하게라도 잡히는 신호조차 없었다. 방향등도 한 번 더 깜빡거리더니, 그대로 멈춰버렸다.

나는 차에서 내려 보닛을 열었다. 놀랍게도, 아무것도 없었다. 자세히 살펴보니, 차 내부에 있던 모터가 배터리와 냉각 장치, 변속기 등과 함께 땅바닥에 떨어져 있었다.

이제 코코 너드마저 끝이 났다.

비가 점점 더 거세게 내리고 있었다. 뭐라도 해야 할 것 같은데, 뭘 해야 하지? 견인차를 불러야 하나? 왜? 이 고철덩어리는 이제 차도 아닌데. 고장 차량으로 진입로가 막혔다고 학교에 알려야 하나? 어차피 금방 알게 되겠지.

나는 옷깃을 세우고 집을 향해 걷기 시작했다.

27

키아나 루비니

내가 커밋 선생님 반의 정식 학생이 된 첫날, 커밋 선생님은 학교에 나타나지도 않았다.

선생님이 늘 지각하던 학기 초가 기억났다. 욕조만 한 컵에 커피를 가득 채우려면, 그만큼 시간이 더 필요했겠지.

우리가 좀 심하게 떠든다 싶었을 때 엠마 선생님이 우리 교실로 불쑥 고개를 들이밀었다. 우리는 재빨리 정숙 모드에 돌입했다.

엠마 선생님이 인상을 찡그리며 물었다. "커밋 선생님은 어디 가셨니?"

우리는 아무것도 모른다는 표정으로 엠마 선생님을 쳐다봤다. 우리가 어떻게 알겠는가? 종종걸음을 치는 선생님의 하이힐 소리가 또각또각 복도에 울려 퍼졌다.

"대리 교사가 올까?" 라힘이 물었다.

"새벽의 저주만 아니면 좋겠다." 반스톰이 투덜거렸다.

10분 후, 복도를 뛰어오는 소리가 들리더니, 제이크 테라노바가 교실로 들어왔다.

"안녕, 얘들아. 늦어서 미안. 커밋 선생님이 오늘 못 나오신대."

"대리 교사로 오신 거예요?" 파커가 물었다.

"그건 아니고. 어차피 나중에 모두 우리 회사로 갈 거니까, 엠마, 아니 엠마 선생님이 몇 시간만 대리 교사로 수고해주시면 어떨까?" 제이크가 말했다.

"합법적인 건가요?" 마테오가 따져 물었다.

"이론상으론 그렇지. 엠마 선생님이 두 학급을 맡고, 난 보조 교사, 그러니까 자원봉사자라고 치면."

"커밋 선생님 아프세요?" 라힘이 물었다.

"아니, 아프신 건 아니고." 대수롭지 않은 일이라는 듯 제이크가 대답했다. "기분이 약간 언짢으실 순 있지만…."

"왜 언짢으신데요?" 그냥 넘어갈 내가 아니지.

제이크가 허둥대기 시작했다. 우리가 알면 안 되는 뭔가가 있는 게 분명하다. 제이크는 비밀 같은 건 못 감추는 얼굴이다. 자동차 판매회사의 대표일 때는, 자기가 하는 말이 곧 법이 되기 때문에 직원들의 질문에 대답하지 않아도 될 거다. 하지만 제이크는 지금 직원이 아니라 학생들을 상대하고 있다.

"과학 평가 때문이네요. 맞죠? 내가 낙제 점수를 받아서, 개굴 쌤이 학교에 못 나오게 된 거구나." 알도가 저돌적으로 말했다.

"만약 그게 사실이라면, 넌 평생 빈 교실에 혼자 남아야지." 반스톰이 기분 나쁘게 낄낄거렸다.

"그게 맞아요? 우리가 시험을 망쳤나요?" 일레인도 캐물었다.

불안한 웅성거림이 점점 거세지자, 제이크가 팔을 휘저으며 아이들을 진정시켰다. 선생님의 책상 모서리에 걸터앉더니, 제이크가 우리를 가까이 불러들였다.

"좋아, 말해주지." 제이크가 어깨 너머로 엠마 선생님 교실을 가리키며 말했다. "저분께는 절대 말하지 않겠다고 약속하면."

제이크의 말을 들은 우리는 피가 얼어붙는 것 같았다. 우리 교육청의 총책임자인 테디어스 박사가 내내 커밋 선생님을 내쫓을 궁리를 하고 있었고, 우리의 과학 평가 점수를 빌미로 커밋 선생님이 무능한 교사라는 이유를 만들어서 해고할 방법을 찾은 거였다. 커밋 선생님이 이번 학기를 끝으로 해고당한다니!

"그럴 줄 알았어! 우리가 시험을 망쳐서 그런 거라고!" 알도가 분노하기 시작했다.

"너희들은 시험을 망치지 않았어." 제이크가 말했다. "너희들 중 어느 누구도. 이건 숫자 놀음이야. 숫자를 가지고 조금만 장난을 치면, 얼마든지 원하는 걸 얻을 수 있는."

"놀음이라뇨. 우리 선생님에 관련된 일이고, 명확한 이유도 없이 해고를 당하게 생겼는데." 내가 날카롭게 쏘아붙였다.

"대체 테디어스란 사람이 얼마나 대단한 사람인데?" 반스톰이 씩씩대며 물었다.

"볼드모트와 다스 베이더를 합친 인물이라고 보면 돼." 마테오가 대답했다.

그때 엠마 선생님이 교실로 들어왔다.

"커밋 선생님이 결근하셨으니, 오늘은 두 반이 함께 서클 타임을 하는 게 어떨까?"

하필이면 이런 순간에, 서클 타임을? 우리 선생님이 부당 해고를 당하게 됐는데? 따지고 싶은 말들이 목구멍까지 치밀어 올랐지만, 제이크가 손가락을 들어 보이며 경고했기 때문에, 나는 할 수 없이 참았다.

"서클 타임 좋네요. 곧 갈게요." 제이크가 대신 대답했다.

이런 기분으로는 서클 타임을 하고 싶지 않은데. 교육감은 왜 그렇게 못돼먹었을까? 커밋 선생님을 왜 내쫓고 싶어 하는 거지? 십자말풀이에 빠져 있던 시절에는 정말 형편없는 교사였는지 몰라도, 지금은 최고의 선생님인데 말이다!

우리는 부글거리는 마음을 겨우 누르고, 투덜대며 115호로 향했다. 나는 제이크 곁으로 조심스레 다가갔다.

"어떻게 이럴 수가 있어요? 제 점수가 96점이라던데. 아무리 숫자를 조작한다 해도, 이런 점수가 있으면 평균이 낮을 리 없을 텐데요."

제이크가 안쓰럽다는 듯 나를 바라봤다.

"네가 알아야 할 게 있어, 키아나. 과학 평가를 치를 때는 네가 학교에 등록돼 있지 않았어. 그래서 네 점수는 합산되지 않았대."

엠마 선생님의 교실까지 어떻게 걸어갔는지 모르겠다. 심장이 요 동을 쳤다. 몇 분 전 들은 소식만으로도 큰 충격인데, 이건 그보다 더 엄청난 소식이니까. 우리 선생님은 해고를 당하게 됐고, 그건 분명히 교육청의 잘못이다. 커밋 선생님 편을 들어주지 않은 학교 의 잘못도 있다. 아주 오래전에 시험지를 유출시켰던 제이크의 잘 못도 아주 없다고는 할 수 없다.

하지만, 결정타는 나였다. 내가 제대로 등록했더라면, 테디어스 교육감이 내 점수를 합산할 수밖에 없었을 거다. 하지만 나는 단 기 전학생이라는 핑계로 등록하지 않았다. 이 촌구석의 학교에서 나한테 뭘 가르칠 게 있다고. 난 그저 잠시 지나가는 학생인데, 등 록한다고 뭐가 그리 달라지겠나 싶었다.

아, 그때 그 생각이 이렇게 엄청난 결과를 가져올 줄이야!

바닥에 표시된 둥근 선을 따라 모두들 자리를 잡고 앉을 때쯤, 나는 머리가 터져버릴 것 같았다. 엠마 선생님 반 아이들이 긴장하 며 수군거리기 시작했다. 우리 반 일곱 명 모두가 뿜어내는 분노의 열기를 그 애들도 느꼈기 때문일 거다. 블라디미르는 마테오가 매 일 떠들어대는 공상과학 영화 속 로봇처럼 삑삑거렸다. 하지만 파 충류 친구와 놀아주기엔 알도는 너무나 흥분한 상태였다.

엠마 선생님이 말했다. "오늘 서클 타임은 누구부터 시작할까?"

나도 모르게 말이 쏟아져 나왔다.

"제가 등록하지 않은 건 커밋 선생님 잘못이 아닌데도 선생님이 해고를 당하신다는 건 너무 불공평…."

나는 할 말이 많았다. 너무너무 많았다. 하지만 내가 커밋 선생님을 언급하는 바람에 알도도 참지 못하고, 하고 싶던 말을 쏟아내기 시작했다.

"커밋 선생님을 만나기 전까지, 난 모든 선생님들을 미워했어요! 선생님들도 언제나 나를 미워했고요! 하지만 커밋 선생님이 오신 후…."

"커밋 선생님 반에 오기 전까지는 모두들 나를 이상한 애 취급했어요! 인간 세계에 떨어진 안드로이드 로봇처럼…." 마테오가 알도의 말을 덮어버렸다.

"내가 못하는 것보다 잘할 수 있는 것을 알아봐준 사람은 커밋 선생님밖에 없어요!" 라힘이 거의 울부짖듯 큰 소리로 말했다.

"커밋 선생님을 만나기 전까지, 난 멍청이에 불과했어요. 아무도 나한테 도움 줄 생각을 하지 않았고…." 파커도 합류했다.

"내가 득점을 할 때만 학교는 나한테 관심을 가졌죠! 커밋 선생님은 그에 비하면 훨씬…." 반스톰이 고함 치듯 말했다.

심지어, 듬직하고 과묵한 일레인마저도 특유의 낮은 목소리로 끼어들었다. "지난해까지 난 친구가 아무도 없었지만…."

일곱 명이 동시에 이야기하다 보니, 서로 더 크게 말하려고 아우성이었다. 2학년 아이들은 정말 겁을 먹었다. 자기가 사랑하는 알도가 화가 난 걸 감지한 블라디미르도 우리 안을 미친 듯이 뱅글뱅글 돌았다. 제일 큰 목소리로 소리치느라, 알도의 머리카락은 중력의 법칙을 거스르며 허공에서 제멋대로 펄럭거렸다.

엠마 선생님이 어수선한 분위기를 정리해보려 했지만, 어느 누구도 선생님 말에 집중하지 않았다. 결국 선생님은 양쪽 검지를 입에 넣고 휘파람 소리를 냈다. 고막을 찢을 듯, 그 소리가 어찌나 크던지, 천장이 다 뜯기고 무너져 내리는 줄 알았다. 좋은 이야기를 나누는 서클 타임의 모습이 전혀 아니었다. 어쨌든 선생님의 휘파람 소리에 아이들은 입을 다물었다. 모두들 말문이 막힌 채, 놀라움을 감추지 못하며 선생님을 바라봤다. 저렇게 작은 체구에서 어떻게 그런 엄청난 소리가 나올 수 있지?

엠마 선생님이 다시 자세를 가다듬고 말했다.

"좋아. 자, 커밋 선생님이 이번 학기가 끝나면 돌아오지 않으실 거라는 말을 어디서 들었니?"

아무도 대답하지 못했다. 그대신 우리는 약속이나 한 듯 동시에 제이크를 쳐다봤다.

엠마 선생님이 제이크를 노려보자, 제이크는 어쩔 수 없었다는 듯 어깻짓을 했다.

"나도 모르게 불쑥 나와버렸어요."

엠마 선생님이 깊게 숨을 들이마시고는 다시 입을 열었다.

"테라노바 씨, 제가 커밋 선생님 반 학생들을 데려다줄 동안, 제 학생들을 좀 봐주시겠어요? 오늘 서클 타임은 여기서 끝내기로 하고."

그러고는 바로 우리를 117호로 인솔했다.

"너무 불공평해요! 커밋 선생님께 어떻게 이럴 수가 있어요? 어떻게 우리한테 이럴 수 있죠?" 나는 여전히 화가 나서 온몸이 덜덜 떨렸다.

"나도 그렇게 생각해, 키아나. 정말 화가 나는 일이지. 하지만 우리가 할 수 있는 일은 없어. 바르가스 교장선생님도 마찬가지고. 이건 교장선생님도 어떻게 할 수 없는 수준의 일이야. 교육청에서 직접 내린 지시니까."

엠마 선생님은 우리를 이해하면서도 교사로서의 객관성을 잃지 않으려고 노력했다.

"커밋 선생님은 우리를 하나하나 챙겨주셨어요. 그런데 우린 선생님을 위해 할 수 있는 게 뭐죠? 아무것도 없잖아요!" 파커가 비통한 심정을 토로했다.

뭔가가 머릿속을 맴돌았다. 오래전에 들었던 이야기. 엠마 선생님이 했던 말!

생각났다.

"과학경진대회!"

"그게 뭔데? 평생 할 과학 공부는 이미 다 하지 않았냐?" 반스톰이 투덜거렸다.

"테라노바 모터스로 현장학습 갔던 날 기억나세요?" 나는 엠마 선생님에게 물었다. "선생님이 커밋 선생님께 과학경진대회에 출전하라고 설득하셨던 날 말이에요!"

선생님의 표정이 좋지 않았다.

"그건 선생님들끼리 한 이야기인데."

"그게, 우연히 들은 거예요. 우승한 팀에겐 최종 과학 평가 점수에 10점을 더해준다고, 선생님이 커밋 선생님께 말했잖아요. 그거면 커밋 선생님을 구할 수 있는 점수가 충분히 되지 않나요?"

그 순간, 모든 아이들의 시선이 엠마 선생님에게 쏠렸다.

"충분히 되지." 엠마 선생님이 대답했다. "하지만 잊지 마. 커밋 선생님은 과학경진대회에 참가하지 않겠다고 하셨어."

"하지만 그건 커밋 선생님이 해고되기 전이고요. 지금은 상황이 완전히 다르잖아요?" 반스톰이 따져 물었다.

엠마 선생님이 고개를 저으며 말했다. "커밋 선생님은 프라이버시를 아주 중시하는 분이셔. 본인의 사적인 일에 너희들이 개입되는 걸 절대 원치 않으실 거야."

"커밋 선생님께는 비밀로 하면 되잖아요." 라힘이 중얼거렸다.

"장난치지 말자. 이번 학기까지는 커밋 선생님이 너희들의 담임선생님이야. 담임선생님 모르게 과학경진대회에 출전한다는 게 가능하다고 생각하니?"

"테라노바 모터스가 있잖아요! 제이크라면 분명히 거기서 준비하게 허락할 거예요. 엠마 선생님, 우린 할 수 있어요. 할 수 있다는 걸 전 알아요." 내가 외쳤다.

어느 틈에 아이들이 모두 내 주위로 몰려와 있었다. 마치 엠마 선생님이 절대 거절하지 못하게 막겠다는 듯, 우리는 모두 선생님을 향해 섰다.

"참가한다고 해서 우승하는 건 아니야." 엠마 선생님이 말했다.

"참가하지 않으면 우승할 기회도 없죠." 마테오가 말했다.

"아주 많이 준비해야 할 거야. 게다가 너희는 주제도 아직 못 정했잖니. 다른 팀들은 벌써 몇 주 전부터 준비하기 시작했는데."

"참가해도 된다는 뜻이죠?" 내가 물었다.

엠마 선생님이 고개를 끄덕였다.

우리가 큰 소리로 환호성을 지르는 바람에, 옆 반에 있던 제이크가 놀라서 뛰어왔다. 제이크도 우리의 계획이 마음에 든다면서, 회사에서 할 수 있는 모든 도움을 제공하겠다고 약속했다.

우리는 커밋 선생님이 이 계획을 절대 알아서는 안 된다는 데 합의했다. 커밋 선생님에게 알려진 순간, 이 계획은 무효가 된다.

우리는 일주일에 세 번, 오후 시간을 이용해 테라노바 모터스에서 대회를 준비하기로 했다. 커밋 선생님이 2학년 아이들을 맡아주면, 엠마 선생님도 합류하겠다고 했다. 우리는 주말에도 모이기로 했다. 필요하면 언제든, 뭐든.

점심시간이 끝나고, 테라노바 모터스 현장학습 인솔은 제이크가 맡았다. 우리의 열의는 뜨거웠지만, 버스 안의 분위기는 무거웠다. 커밋 선생님의 교사직이 걸린 일인 만큼, 위험 부담도 크니까. 게다가 우리는 아직 시작도 하지 못한 상태니까.

"우리가 정말 해낼 수 있다고 생각하세요?" 파커가 미심쩍은 듯 물었다. "과학경진대회에 참가한 애들 보신 적 있어요? 엄청 똑똑한 애들이라고요."

"똑똑한 것도 여러 종류가 있어." 제이크가 말했다. "학교는 참 중요하지. 하지만 책으로 배울 수 없는 지식들도 많이 있단다."

"인터넷으로 배우는 걸 말하는 거예요?" 마테오가 물었다.

"아니, 실제 경험으로 터득한 지식을 말하는 거야." 제이크가 설명했다. "난 학창 시절에 공부를 잘해본 적이 없거든? 하지만 앞뒤 가리지 않고 발버둥 쳐서 사업을 일으켰지. 내 말을 믿어. 너희들은 경험으로 알고 있는 지식이 굉장히 많잖아. 그걸로 과학경진대회 프로젝트도 잘 준비할 수 있을 거야."

"어떤 프로젝트로 할까?" 알도가 물었다.

"지금부터 찾아봐야지." 내가 대답했다. "너무 단순하면 심사위원들의 관심을 못 받을 텐데, 시간은 턱없이 부족하고… 대회가 3주 후잖아."

버스가 테라노바 모터스의 서비스 센터 앞에 도착했다. 버스에서 내려 건물 안으로 들어가려는데, 파커가 말했다.

"애들아, 저거 커밋 선생님 차 아냐?"

우리는 파커가 가리키는 쪽으로 고개를 돌렸다. 서비스 센터 바깥에 주차된 견인 트럭 위에, 푸르스름한 색을 띤 크라이슬러 자동차 한 대가 녹슨 채로 방치되어 있었다. 부품들도 여기저기 분리되어 있었는데, 역시나 모두 녹슬고 망가져 있었다.

제이크가 한숨을 쉬며 말했다. "딱한 분이지. 골치 아픈 일도 많은데, 이젠 택시를 타고 출퇴근을 하셔야 하다니."

"다 고치려면 얼마나 걸려요?" 마테오가 물었다.

"저런 차는 못 고쳐. 그냥 땅에 잘 묻어나 줘야지." 일레인이 쐐기를 박았다.

제이크도 고개를 끄덕이며 말했다. "학교 진입로를 막고 있어서 그냥 견인해 온 거야."

"그냥 폐차시키기엔 아까운 차인데." 파커가 중얼거렸다.

"저건 차라고 볼 수도 없어. 그냥 쓰레기더미일 뿐이지. 개굴 쌤이 타고 다닐 때도 이미 고철 쓰레기였어." 반스톰이 쏘아붙였다.

"이미 수명을 다한 차인데, 예의 좀 갖춰." 내가 말했다.

제이크가 힘없이 내 말을 따라 했다. "예의를 갖춰야지. 엠마가 그러던데, 엠마 어머니가 저 차를 골랐다고 하더라. 엠마보다도 나이가 많은 차야."

그때 마테오가 불쑥 끼어들었다. "〈해리 포터〉에서 위즐리 씨가 마법으로 낡은 차를 날게 한 장면 알아?"

"지금은 그런 얘기 하지 마, 마테오." 나는 짜증내지 않고 되도록 친절하게 말하려고 애썼다. "우린 지금 과학경진대회 주제를 결정해야 하잖아."

"아니, 그러니까 말이야." 마테오가 주장했다. "선생님 차는 예의 갖춘 대접이 필요하고, 우린 프로젝트 주제가 필요하잖아. 그러니까 우리도 마법만 있으면 모두 해결이라고!"

28
커밋 선생

몇 분인지, 몇 시간인지, 며칠인지, 몇 주인지 모를 시간이, 그저 속절없이 흘러갔다.

집행을 기다리는 사형수가 가장 먼저 잃는 것은 시간 개념이다. 나는 그저 시간이 쏜살같이 날아가버린다는 느낌밖에 없었다.

꽤 긴 시간 동안, 나는 이 교사라는 직업이 끝나는 순간만을 기다려왔다. 하지만 연료를 가득 채우고 결승선을 향해 전력 질주하는 지금, 나는 이 시간이 끝나지 않기만을 간절히 원한다.

성탄절이 지나면 다시 돌아오지 못한다고, 아이들에게 말하는 건 매우 힘든 일이었다. 그런데 아이들은 내 예상보다 잘 받아들였다. 아마 이미 알고들 있었겠지. 학교 내 소문이라는 게 원래 그러니까.

이 아이들은 나를 위해 모든 걸 바꾼 아이들이다. 언티처블스라니, 하! 테디어스 박사처럼 옹졸한 인간을 책임자로 앉히면 이런 일이 생기는 거다. 훌륭한 학생들이 쓰레기처럼 방치되는 비극.

파커— 이 녀석은 읽기에 문제가 있지만, 그게 전부다. 시험지 유출 사건에는 그렇게 관심이 많더니, 이 녀석의 문제를 발견해서 해결해준 교사가 이 그리니치 중학교엔 아무도 없었다.

반스톰— 학교 대표 선수로 이용당하느라, 얼마나 많은 걸 놓친 아이인지. 경기에 나가 뛰느라 공부하는 법을 전혀 배우지 못한 녀석이다.

일레인— 일레인이 얼마나 똑똑한 아이인지 너무 늦게 파악한 건 나를 포함한 모든 교사들의 잘못이다. 뛰어난 학생이다. 그동안 자신을 잘 감추기도 했고, 또 소문이 한몫한 것도 있다. 하지만 교사라면, 그럼에도 불구하고, 잘 살펴봤어야 했다.

마테오— 학교는 이 녀석이 별난 기질의 학생이라고 섣부르게 판단해버렸다. 교육할 가치가 없다고 단념해버렸다. 하지만 절대로 그런 푸대접을 받을 존재가 아니다.

라힘은 중학교 내내 엎드려 자거나 뭔가 끄적거리다가 마지막 학년에 그냥 특자반-3으로 던져진 아이다. 요즘은 그림 실력 덕분에 지역 전문대학에서 스타가 되었지만, 놓치면 안 될 그보다 더 중요한 사항은, 이 녀석의 이번 학기 성적이 꽤 좋다는 거다.

알도— 아마도 이 녀석이 우리 특자반-3에 가장 맞는 학생일 거다. 하지만 알도는 이번 학기에 정말 괄목할 만한 진전을 보였다. 심지어 과학 평가도 통과했다. 그러나 그 평가를 준비하려고 스스로 노력했다는 점이 평가 결과보다 몇 배는 더 놀랍다.

마지막으로 키아나. 우리 반에 전혀 어울리지 않는 학생이다. 그냥 떠돌다가 아무 교실에나 들어와 앉은 것뿐이다. 하지만 어느 누구도, 심지어 나조차도, 이 아이가 누구인지, 여기서 뭘 하고 있는지 관심을 가지지 않았다. 117호가 제대로 굴러간 데에는 키아나의 역할이 매우 컸다. 만약 다른 아이들과 담을 쌓은 채 혼자 조용히 지냈다면, 자기가 가진 잠재력도 그냥 조용히 묻혀버렸을 거다.

12월 22일에 내가 떠나고 나면 이 녀석들은 어떻게 될까? 키아나는 걱정하지 않아도 된다. 곧 캘리포니아로 돌아갈 거고, 어차피 그렇게 밝은 녀석은 어디서든 자기 자리를 잘 찾을 테니까. 하지만 다른 녀석들은? 제대로 된 교사가 올까? 아무 대리 교사나 와서 자리나 지키는 건 아닐지. 설마 교장? 지난 몇 주간 아이들이 이룬 것들이 물거품이 될 게 빤하다. 크리스티나는 아이들에게 최선을 다하겠지만, 결국 테디어스 박사에게 꼬투리를 잡힐 거다. 테라노바 모터스로 현장학습을 가는 것도 분명히 막을 테지.

이렇게 말하기는 정말 싫지만, 제이크가 없이는 특자반-3이 이렇게까지 바뀌지 못했을 거다. 학교가 아닌 테라노바 모터스에서의 현장학습은 정말 큰 몫을 했다. 알도와 파커 같은 경우엔, 그곳에서의 경험이 아마 첫 학습 경험이었을지도 모른다. 적어도 뭔가를 재미있게 배운 경험은 처음이었을 거다. 자신의 27년 전 실수를 만회해보려고 시작한 일이었지만, 제이크는 아이들에게서 참된 흥미를 찾아내줬고, 아이들도 그걸 알았다. 진심을 가지고 다가가면 저절로 마음을 열게 마련이다.

또 다른 주역은, 어이없게도 엠마 파운틴이다. 다른 남자와 결혼한 나의 약혼녀, 피오나의 딸. 아직도 버킷 필러나 착한 토끼를 운운하는 엠마는 마치 물 밖으로 나온 물고기처럼, 어쩌면 이 학교에 어울리지 않는 존재일지도 모른다. 하지만 그녀의 에너지와 열정은 끝이 없고 순수하다. 엠마가 태어나기도 전에 죽어버렸던 교육에 대한 나의 열정이 그녀 덕분에 되살아났다.

요즘 엠마가 특자반-3 아이들을 테라노바 모터스로 데리고 다니는 동안, 내가 엠마의 아이들을 맡고 있다. 나는 더 이상 인솔을 맡을 수 없기 때문이다. 요즘 제이크와 꽤 잘 지내고 있고, 심지어 그 녀석이 조금 마음에 들기도 한다. 그렇다고 해서, 테디어스 박사의 원한을 사게 만든 장본인이 제이크라는 사실이 변하지는 않으므로, 나는 그냥 서클 타임을 하거나 블라디미르를 돌보면서 엠마의 교실에 남아 있는 게 낫다.

엠마의 학생들은 뭐, 나쁘지 않다. 너무 많은 게 좀 문제지만. 43분이 지나면 종이 울리고, 지난 교시에 있던 아이들과 별로 달라 보이지 않는 아이들이 새롭게 교실로 들어와 앉는다. 솔직히 말해서, 나는 아이들을 구별하지 못하겠다. 저마다 독특하고 개성이 넘치는 언티처블스 아이들과는 달라서 말이다. 알도나 일레인을 다른 아이와 착각하기란 쉽지 않다.

시간이 휙휙 지나가고, 12월 22일이 가까워졌다. 마치 훌륭한 디저트를 천천히 음미하는 미식가처럼, 나는 아이들과의 모든 순간을 음미했다. 요즘 테라노바 모터스로 현장학습을 가는 날이 너무 많아서, 아이들을 보는 시간이 이미 많이 줄었다. 11시경에 버스로 출발해서 학교가 끝나는 3시 30분 종이 울리기 직전에야 겨우 돌아온다.

나는 논리 정연하게 잘 서술된 키아나의 에세이를 반복해서 읽기도 하고, 〈나의 올드 댄, 나의 리틀 앤〉을 읽으며 옥신각신하는 알도와 일레인을 흐뭇하게 바라보기도 하고, 한 글자 한 글자 어렵게 씨름하지 않고 한 번에 성공했을 때 파커가 내는 작은 휘파람 소리를 감상하기도 한다.

내가 아이들에게 상으로 주는 털꼬리도 이제 곧 마지막이겠군.

집에 돌아오면, 집 안의 모든 벽들이 나를 옥죄는 것 같다.

예전에는 무심히 넘겼던 것들인데, 이제는 참을 수가 없다. 곧 닥칠 일이다. 방 두 개에 화장실 하나인 이 작은 공간에 갇혀 살아야 하겠지. 올 연말쯤 이 집을 처분하려고 했었다. 조기은퇴를 하고 나면 이곳을 고치거나 아예 더 나은 집으로 이사 갈 수도 있을 터였다. 당연히 여행을 다닐 여유도 생길 테고. 하지만 이제는 그럴 금전적 여유가 없을 것 같다. 하긴, 지금 나는 너무 우울해서 이 푸른 지구상에 놀러 가고 싶은 장소가 단 한 곳도 떠오르지 않는다.

물론, 새로운 직업을 찾을 수도 있겠지. 이 넓은 미국 땅에 학교가 얼마나 많은데. 하지만 테디어스 박사가 오죽이나 꼼꼼히 손을 써두었겠는가. 장래의 고용주에게 내가 해고된 사유를 설명할 방법이 있을까? 재커리 커밋을 검색하기만 하면 시험지 유출 사건이 자동으로 뜨는데, 누가 나를 고용하겠는가? 게다가 55세면 팔팔하게 젊은 나이가 아니기 때문에, 뭐든 처음부터 시작하는 것도 만만한 일이 아니다.

토요일 아침이었다. 나는 발을 질질 끌며 부엌으로 들어가, 아침으로 먹을 만한 것을 찾았다. 치즈 스틱 하나, 그리고 반쯤 상한 것 같은 작은 롤빵 하나. 요즘 다시 장보기를 끊었다. 한동안은 잘 지냈는데, 나쁜 소식을 들은 이후 예전의 습관으로 돌아가버린 거다. 뭐 어때. 커피를 함께 들이켜면 뱃속으로 잘 쓸려 내려가겠지.

아침을 먹는데 뭔가가 계속 딸각거렸다. 현관 벨에서 나는 소리였다. 벨이 고장 나지 않았다면 벨소리가 들렸을 텐데. 누군가 실수로 눌렀겠지. 오기로 한 사람도 없고, 주문한 것도 없으니까.

맨발로 걸어가 현관문의 작은 구멍으로 밖을 확인한 순간, 웃으며 서 있는 엠마 파운틴을 발견했다. 토요일 아침 8시에 대체 왜 왔지?

"집에 없는 척해도 소용없어요, 커밋 선생님. 걷는 소리를 밖에서 다 들었으니까요." 엠마가 말했다.

"이렇게 이른 시각에 무슨 일이지?"

"과학경진대회에 모시고 가려고 왔죠." 세상에서 제일 당연한 일이라는 투로 엠마가 답했다.

"과학경진대회를 내가 왜 가겠소? 그 행사에 요즘 내가 그다지 호의적이지 않아서 말이지."

"그래도 꼭 가셔야죠. 애들은 어떡해요?"

"무슨 애들? 내 애들 말이오? 우리 반 애들은 오늘 거기 없어요. 등록한 애가 아무도 없거든."

"그렇지 않을걸요." 뭔가 얼버무리듯 엠마가 대답했다.

커피가 식고 있었다.

"당연히 그렇지. 내가 그 애들 담임이오. 과학경진대회를 준비하는 아이가 한 명이라도 있었다면 내가 그걸 몰랐겠소?"

"개인이 아니라 단체예요."

"다시 말하지만, 그런 일 없다니까."

엠마가 드디어 충격적인 발언을 했다.

"애들이 테라노바 모터스에서 준비했어요."

그제야 모든 게 명확해졌다. 그래서 그렇게 자주 현장학습을 갔던 거구나. 나한테 감추려고 엠마가 늘 데리고 다닌 거였어. 모두들 몰래 내 등 뒤에서. 하지만 한 가지 풀리지 않는 의문이 남아 있었다.

"대체 왜?"

"선생님을 위해서죠."

"나를 위해서라고? 내가 그렇게 해주길 원할 거라는 생각을 어디서부터…."

그때 번뜩 떠올랐다. 수상자에게 10점의 가산점을 준다는 그 뜬금없는 조건. 그 점수라면 충분히….

"내 해고를 막겠다고 벌인 일이군!"

"정말 대견하지 않아요?" 엠마가 환하게 웃으며 말했다.

"천혀! 내가 해고된 게 자기들 책임이라고 생각한다는 소리잖소. 어떻게 자기들 평가 점수와 관련지을 생각을 했지?"

엠마는 낡은 카펫만 뚫어지게 내려다보고 있었다.

"무슨 권리로 애들한테 그런 말을 한 거요! 이건 엄연히 내 사생활 침해야. 게다가 선생은 전혀 수상할 가능성도 없는 과학경진대회에 아이들을 억지로 몰아넣었어!"

"아이들한테 화내지 마시고…."

"아이들한테 화를 내다니. 난 지금 엠마, 당신한테 화가 난 거요! 아이들이 이런 일을 스스로 했을 리 없어. 당신이 꾸몄겠지, 당신과 테라노바 그 자식이!"

"제이크는 선생님을 존경해요."

"그래? 두 번만 존경했다간 살아남지 못하겠군!"

내가 기억하는 피오나의 표정을 지금 엠마가 짓고 있다. '그 말은 듣지 않은 걸로 하겠어요' 표정.

"좋아요." 엠마가 마지못해 물러나듯 말했다. "선생님께 솔직하지 못했던 걸로 보일 수도 있겠죠. 하지만 아이들은 지금 학교에서 프로젝트를 발표하려고 준비하고 있어요. 선생님이 가셔서 응원해 주지 않는다면, 아마 평생 스스로를 용서하지 못하실 거예요."

비겁하게 나오는군.

"커피나 한잔하며 기다려요. 준비하고 나올 테니."

완벽한, 그리고 조건 없는 항복. 어쩌면 나는 이미 익숙해졌는지도 모르겠다.

제이크는 포르셰 안에서 기다리고 있었다.

"안녕하세요, 커밋 선생님. 오랜만이네요."

나는 그 녀석을 노려봤다. 이 사기극의 또 다른 주인공. 잘 해줄 필요도 없다. 게다가, 팔려고 쌓아둔 차들이 많을 텐데, 굳이 이 정신없는 차를 가져올 건 또 뭔가.

내 학생들을 위해서라고, 스스로에게 상기시키며 나는 좁디좁은 뒷좌석에 몸을 구겨 넣었다.

학교로 향하는 내내, 제이크는 쉴 새 없이 떠들어댔다. 옆자리에서 엠마가 그 입 좀 다물라고 아무리 신호를 줘도 소용없었다.

"이런 프로젝트를 스스로 해내다니, 어떻게 생각하세요? 정말 특별한 아이들이라니까요!"

나는 너무 화가 나서 대꾸도 하지 않았다.

그리니치 중학교에 도착하니, 정문 위에 커다란 현수막이 걸려 있었다.

**그리니치 공립 중학교
과학경진대회
지역 결승전**

주차장은 만원이었다. 학교 복도에도 학생들과 학부모들로 북적거렸다. 나는 과학경진대회가 얼마나 인기 있는 행사인지 잠시 잊고 있었다. 학교 일에 열성적이던 예전엔 잘 알았지만.

나는 엠마와 제이크를 따라 문제의 행사가 열리는 체육관으로 들어갔다. 넓은 실내엔 긴 테이블들과 알록달록하게 꾸며진 전시물들이 가득 차 있었다. 학생들은 각자의 프로젝트 앞에 무슨 보초병인 양 서서 흥분되고 긴장된 표정으로 심사위원들을 맞을 채비를 하고 있었다.

특자반-3 아이들을 본 순간, 그때까지 굉장히 불편했던 기분이 확 바뀌며 입꼬리가 올라갔다. 과학경진대회는 여전히 100퍼센트 반대지만, 거기 서 있는 아이들이 더없이 대견스러웠다. 나의 언터처블스 아이들이 나를 위해 이런 일을 준비하다니. 그래, 내가 평생 이 아이들의 담임일 수는 없겠지. 하지만 지금은 내 아이들이니 담임답게 행동하자.

나를 보고 환하게 웃는 아이들을 보니, 내 입이 귀에 걸릴 지경이었다. 넋이 나간 게 분명하다. 진짜 선생이라면 아이들을 보고 웃을 게 아니라 호되게 꾸짖어야 정상이니까. 그래도 나는 웃었다. 키아나, 알도, 반스톰, 마테오, 라힘, 그리고 일레인까지 모두들 너무 신나 보여서.

"파커는?" 나는 아이들에게 다가가서 물었다.

"할머니랑 있어요. 곧 올 거예요." 키아나가 대답했다.

아, 그 유명한 할머니. 변한 건 없구나.

"그래, 어디 그 일급비밀 프로젝트 구경이나 해보자."

나는 아이들 뒤에 세워져 있는 게시판으로 시선을 옮겼다. 프로젝트명은 '내연기관'이었다. 테라노바 모터스에서 배운 아이디어가 분명하군. 라힘이 그린 환상적인 그림들과 차트들도 있었다. 너무 뛰어난 수준의 그림이라 심사위원들이 중학생 솜씨라고 믿어주지 않을까 걱정이었다.

그걸 제외하면, 프로젝트의 내용이 너무 빈약했다. 나는 심장이 쿵 내려앉았다. 차량 전문 웹페이지에서 흔히 볼 수 있는 내용이 담긴 정보 책자도 있었지만, 그게 다였다. 내연기관에 대한 프로젝트라면 당연히 있어야 할 흔한 모터 하나 없었다. 모형조차도.

나는 체육관을 미로처럼 채운 테이블들을 둘러봤다. 소형 풍력 발전 터빈과 전기를 생산하는 배터리, 푸코 진자, 심지어 탄도 미사일의 원격유도를 가능하게 해주는 자이로스코프 모형도 있었다. 단세포 유기체를 들여다볼 수 있는 현미경, 똑딱거리는 가이거 계측기, 보글보글 끓고 있는 실험관, 그리고 전기가 이동하는 야곱의 사다리도 있었다. 그리니치 중학교뿐 아니라 이 학군 전체에서 가장 뛰어난 아이들이 내놓은 프로젝트들이었다. 내연기관을 시도한 노력은 괜찮을지 몰라도, 이곳에 모인 수준 높은 프로젝트들과는 비교가 되지 않았다. 100킬로그램짜리 대형 수박이 등장하는 주 전체 농산물 경진대회에 포도를 들고 간 꼴이랄까.

분노가 치밀어 올랐다. 제이크는 아무것도 몰랐다 쳐도, 내연기관 프로젝트로는 끓는 용암에 넌신 얼음처럼 사람들의 이목을 집중시킬 수준이 되지 못한다는 걸 엠마는 분명히 알았을 거다. 나는 자부심과 기대에 찬 언티처블스 아이들의 얼굴을 바라봤다. 다른 프로젝트들과는 비교도 되지 않는 건 둘째치고, 모두의 웃음거리가 될 텐데. 그러면 아이들의 자신감이 다 무너지고, 그동안 이룬 향상들마저 도로 아미타불이 되어버릴 수도 있을 텐데.

바로 옆 팀에서는 심사위원들이 커다간 상자로 만든 간이 농구대에 바구니를 던져 넣는 소형 로봇의 시연을 흥미롭게 살펴보고 있었다. 남자 둘에 여자 하나. 고등학교 과학 교사들과 지역 대학교 교수였다. 연신 채점표에 뭔가를 기록하면서도, 환한 표정을 잃지 않았다.

얼마 남지 않았군. 저 셋이 금방 내연기관을 보러 오겠어.

얼마나 흥분했던지, 내 반 아이들이 흥얼거리는 소리가 내 귀에까지 들릴 지경이었다. 현기증이 났고, 나는 마음먹었다. 내 아이들의 프로젝트에 대해 심사위원이 조금이라도 부정적인 반응을 보인다면, 내가 이곳을 난장판으로 만들어버리겠다고. 알 게 뭐야. 더 이상 손해 볼 것도 없는데. 그래봤자, 테디어스 박사에게 나를 해고하라고 조르기밖에 더 하겠어?

다행스럽게도, 세 심사위원은 아이들의 프로젝트를 존중할 줄 아는 전문가들이었다. 프로젝트를 흥미로워하지 않은 것은 확실했지만, 그래도 모든 게시물들을 꼼꼼히 확인해줬다. 심지어 아이들에게 몇 가지 질문을 던지기도 했다.

교수 심사위원은 얇은 정보 책자를 찬찬히 읽어나갔다. 그리고 두 글자가 적혀 있는 마지막 페이지를 펼쳐 들었다.

밖을 보세요

주차장을 향해 열려 있는 체육관 출입문 쪽으로 화살표가 그려
져 있었다.

교수 심사위원이 미간을 살짝 찌푸리며 물었다. "이게 무슨 의미
인가?"

일레인이 낮은 바리톤 소리로 대답했다. "아마, 글자 그대로 밖
을 보라는 뜻일 거예요."

"이쪽입니다!" 반스톰이 목발을 짚은 손으로 출입문을 가리키며
말했다.

심사위원들의 시선이 그쪽으로 향했고, 아이들은 소몰이하듯 심
사위원들을 에워싸고 함께 이동했다.

"뭘 하려는 거지?" 나는 엠마한테 작은 소리로 물었다.

엠마가 눈물을 글썽이며 미소 지었다.

"미리 말씀드리면 재미없죠."

제이크도 빙그레 웃고 있었다. 유치원생을 다루는 것 같은 엠마
보다 저 녀석 미소가 더 기분 나쁘다. 난 전혀 웃을 기분이 아닌데.

뭐가 뭔지 전혀 모르는 채로, 나는 체육관 밖으로 나가 주위를
둘러봤다. 아무것도 없었다. 주차된 차들밖에는.

갑자기 요란한 엔진 소리가 공중에 울려 퍼졌다. 고막이 찢어질 듯 웅장한 부르릉 소리에 손가락 끝까지 진동이 느껴졌다. 진입로에 있던 차 한 대가 엔진 속도를 올리며 공회전을 하자, 모든 사람들의 시선이 동시에 그쪽으로 쏠렸다.

정말 멋진 차였다. 밝은 빨간색으로 마감된 차체가 햇빛을 받아 은빛으로 반짝이며 눈부시게 빛났다. 운전석 문에는 튀어 오르는 개구리의 이미지가 선명하게 그려져 있고, 개구리 뒷다리에서 시작된 불꽃이 뒤 범퍼까지 차체에 길게 그려져 있었다. 빛나는 크롬으로 된 두 개의 배기관이 양옆에 뻗어 있고, 바퀴 테두리마다 형형색색의 LED 전구가 깜빡거렸다. 게다가 보닛이 없어서 반짝이는 새 엔진을 직접 볼 수 있었다.

너무 놀라서 할 말을 잃은 채, 나는 그저 멍하니 쳐다보기만 했다. 엠마가 내 팔을 너무 꽉 잡고 있어서, 팔에 피가 통하지 않는 느낌이었다. 대체 이 멋진 자동차가 중학교 과학경진대회장에 왜 와 있는 거지?

심사위원들도 모두 눈이 휘둥그레졌다.

"이게 너희들 프로젝트라고?" 고등학교 과학 교사인 심사위원이 물었다.

아이들이 고개를 끄덕였다.

"저희 프로젝트의 실물 모형입니다." 키아나가 자랑스레 말했다.

알도가 체육관을 향해 소리쳤다. *"안됐지만, 너희는 졌어!"*

"부품 하나하나 아이들이 직접 조립해서 만들었습니다. 우리 회사 정비사들이 감독하긴 했지만, 모두 아이들이 직접 한 겁니다."

제이크의 목소리에는 자부심이 가득 녹아 있었다.

"전부 아이들이 했어요." 엠마가 말했다. "심지어 운전하는 아이
도 팀원이랍니다."

그제야 나는 운전대를 잡고 있는 파커를 발견했다. 녀석이 어찌
나 크게 웃고 있던지, 입이 찢어질까 걱정될 지경이었다.

"그럼 옆 좌석에 계시는 노부인은 누구죠?" 교수가 물었다.

"그 애 할머니요. 설명하자면 좀 길어요." 키아나가 대답했다.

"아이들은 엔진뿐 아니라 타이어도 새로 갈았고, 바퀴 테두리와
유리도, 와이퍼와 인테리어, 심지어 도색도 아이들의 손을 거친 겁니
다. 27년 된 자동차였다는 걸 기억해주십시오." 제이크가 설명했다.

나는 정신이 번쩍 들었다. "27년이라고?"

이제야 그걸 알다니, 믿을 수가 없었다. 그래, 새로 끼워 넣고,
성능이 멋지게 좋아졌지만, 배기관과 크롬과 눈부신 페인트 뒤에
숨겨놓았지만, 원래 형태는 그대로 남아 있구나.

저건… 저건…

아, 세상에. 저건 내 코코 너드였어.

29
파커 엘리아스

완전히 새롭게 태어난 자동차를 알아보는 커밋 선생님의 얼굴을 보는 것만으로도, 이 힘든 작업을 해낸 보람이 있었다. 주차장 입구에 버려진 상태로 견인되어 왔을 때, 선생님 차는 더 이상 망가질 수도 없는 고철 상태였으니까.

시동을 걸자, 우렁찬 엔진 소리가 학교 앞에 울려 퍼졌다. 다른 차들의 엔진 소리가 새끼 고양이가 가르랑거리는 수준이라면, 이건 짖는원숭이가 포효하는 소리였다. 모두 보닛 안에 장착한 585마력의 엔진 덕분이다.(물론 보닛은 떼어냈지만.)

짖는원숭이. 나는 짖는원숭이를 며칠 전 책에서 처음 봤다. 처음엔 **원짖는숭이**라고 읽을 뻔했지만, 기록적으로 짧은 시간 안에 제대로 읽을 수 있었다. 읽는 속도가 요즘 점점 빨라진다. 모두 커밋 선생님이 나를 위해 마련해주신 읽기 특별수업 덕분이다.

나만 도와주신 게 아니다. 선생님은 우리 반 모든 아이들을 도와주셨다. 그 무엇으로도 선생님의 은혜를 갚을 수 없지만, 그렇다고 아무 시도도 하지 않을 수는 없었다. 그래서 선생님의 차를 고쳐드리기로 한 거다. 우리는 과학경진대회에서 심사위원들의 마음을 사로잡아 선생님의 직위를 복권시켜드리고 싶었다.

무릎 위에 놓인 커다란 가지를 보며 할머니가 의아해했다. "이 지갑을 내가 왜 샀는지 정말 모르겠구나. 내 옷과 전혀 어울리지 않는데 말이야."

"너무 세게 잡지만 마세요, 할머니. 로컬푸드 매장에서 오늘 저녁 특별 정식에 사용할 재료거든요."

내가 운전을 하려면, 반드시 농장 일과 관련된 것이어야 하니까.

그 순간, 키아나가 팔을 올렸다가 내렸다. 우리들만의 비밀 사인! 나는 가속 페달을 힘껏 밟았다.

고개가 뒤로 젖혀질 만큼 빠른 속도로 튀어나가는 585마력의 위력에, 나조차 얼떨떨했다. 눈 깜짝할 사이에, 주변에 있던 사람들이 백미러 속으로 멀어졌다. 내가 직접 운전하고 있다는 것도 자각하지 못할 정도였다.

리버 대로를 타고 한 블록을 내려가는데, 바퀴가 노면을 건드리는 느낌도 없었다. 이 엔진으로는 정지 상태에서 시속 200킬로미터까지 가속하는 데 4.6초밖에 걸리지 않는다고 제이크가 말했었는데, 지금쯤이면 그 속도에 도달했을 것 같았다.

속도를 높이자, 구식 라디오 안테나에 달린 깃발이 펄럭이는 모

습이 거울에 보였다. 라힘이 멋지게 표현한, 가장 중요한 우리의
메시지.

우리 쌤을 해고한다고? 결사반대!

우리 반 아이들이 깡충깡충 뛰며 환호성을 지르고 있는 걸 보니,
깃발이 제대로 펼쳐져서 글자가 잘 보이는 게 분명하다.

어른들은 꼼짝도 하지 않았다. 깜짝 놀라셨을 테지. 깃발에 대해
서는 제이크와 엠마 선생님도 모르고 계셨으니 말이다. 물론 커밋
선생님은 몇 초 전까지만 해도 이 프로젝트 자체를 몰랐다.

블록을 한 바퀴 돌기 위해 모퉁이를 돌자, 아무도 보이지 않았
다. 우리의 계획이었다. 학교 주위를 빠르게 한 바퀴 돌고, 다시 학
교에 나타나서, 우리가 손수 만든 이 괴물 같은 차를 감상할 수 있
도록 심사위원들 코앞에 차를 세우기.

함께 탄 할머니는 무척 신이 나셨다. "우리 어디 가는 거니, 꼬맹아?"

"노인복지관에 가는 거죠, 평상시대로. 심사위원들 마음 좀 흔들
어놓게 살짝 돌아가는 거예요."

"심사위원? 소방관이 아니고?"

"아녜요, 할머니. 저분들은 심사위원이에요. 이건 과학경진대회
프로젝트고요."

"그럼 불은 누가 끈대?" 할머니가 인상을 찡그리며 물었다.

그제야 나는 펄럭이는 오렌지색 불길을 백미러로 확인했다. 나는 겁에 질려 허둥대기 시작했다.

"차에 불이 났어요!"

"아니야, 꼬맹아." 할머니가 침착하게 말했다. "우리가 달고 가는 저 누더기에 불이 난 거지."

"아, 깃발!"

위험을 무릅쓰고 뒤를 돌아보니, 세상에, 할머니가 맞았다! 배기관의 뜨거운 열기가 침대보로 만든 깃발에 불을 낸 거였다. 심사위원들에게 깊은 인상을 심어주려고 일반 연료 대신 경주용 연료를 넣었다고 제이크가 말했던 게 기억났다. 굉장히 뜨겁다고 했는데! 진짜, 장난 아니구나!

이제 어쩌지? 여기서 차를 멈추면 대회에서 상을 탈 수 없고, 그러면 커밋 선생님은 학교를 떠나야 하는데. 하지만 불붙은 차를 어떻게 계속 운전하지? 뭐, 정확히 말하면 라디오 안테나에 묶어 둔 천에 불이 붙은 거지만.

깃발의 반이 불에 타서, **우리 쌤을 해고**가 되었다. 이건 우리가 하고 싶은 말의 정반대인데!

나는 모퉁이를 한 번 더 돌았다. 멈출 수는 없으니 속도를 더 내기로 했다. 바람에 불이 꺼질지도 모르니까. 하지만 웬걸, 오히려 불길이 더 거세졌다. 깃발이 미친 듯이 펄럭이면서, 타오르는 불씨들이 공중에 흩날렸다. 다시 돌아보았을 땐 가로수 울타리가 불에 타고 있었다. 임시면허증으로 이러면 안 되는데!

"운전 잘하네, 꼬맹이! 네가 이렇게 운전 잘하는 줄 예전엔 몰랐다." 할머니가 환호성을 지르며 말했다.

몇 달 동안 할머니를 차로 모시고 다녔지만, 이렇게 동네를 초토화시키며 운전하는 건 처음이었다. 리버 대로로 다시 나와 보니, 내가 지나간 자리마다 길가 울타리들이 검게 그을려 있었고, 검은 연기가 피어오르고 있었다.

나는 리버 대로에서 학교 진입로로 방향을 틀었다. 이미 망쳐버렸을지라도, 이 차가 가야 할 곳은 오직 한 곳, 바로 심사위원 앞이다!

그런데 갑자기 양복 차림의 어떤 남자가 주차장에서 뛰어나와 내 앞을 막아섰다. 급히 브레이크를 밟으며 미끄러지는 차를 피하려고, 양복 입은 그 남자는 공중으로 몸을 날려 꽃밭으로 떨어졌다.

차는 좌우로 미끄러지면서 요동치다가 심사위원들 바로 앞에서 멈춰 섰다. 카스테어 씨가 즉시 소화기를 가지고 뛰어와서 깃발에 붙은 불을 껐다. 안테나에 달린 깃발에는 한 단어만 남아 있었다.

해고.

이건 우리가 예상한 그림이 아닌데.

야외 잔디밭에 전시하고 있던 참가자들이 얼이 빠진 듯 나를 바라보고 있었다. 나는 오랫동안 연습했던 마지막 대사를 공개했다.

"짜잔!"

제이크가 재빨리 뛰어와서 할머니를 차에서 내려드렸다. 그 와중에 가지는 바닥에 떨어져 터져버렸다.

꽃밭 쪽에서, 방금 전 내 차와 부딪힐 뻔했던 그 남자가 얼굴에도, 비싸 보이는 양복에도 진흙을 잔뜩 묻힌 채, 머리 꼭대기까지 화가 난 얼굴로 나한테 다가왔다. 이런, 테디어스 박사잖아.

"운전자가 대체 누구요? 체포해야 합니다! 미치광이가 아니고서야, 감히 지금…."

분노에 찬 목소리로 다그치던 테디어스 박사의 목소리가 잦아들었다. 상대가 애라는 걸 알게 된 거다.

어색한 침묵이 흘렀다. 어느 누구도 입을 열지 못했다. 여기 있는 대부분의 어른들이 교사이고, 진흙투성이의 이 남자는 자신들의 상사니까.

침묵을 깬 유일한 사람은 바로 할머니였다.

"대체 누군데 이리 소란인 게야? 부끄러운 줄 알아야지! 옷도 깨끗이 입을 줄 모르는 녀석 같으니라고. 어디서 나타나서 감히 내 손자… 내 손자한테 큰 소리를 쳐!"

그렇게 테디어스 박사에게 소리친 뒤, 할머니가 이렇게 덧붙였다.

"내 손자, 파커한테 말이야!"

파커.

할머니가 나를 파커라고 불렀다.

오늘 아침엔 참 많은 일들이 일어났다. 우리 깃발이 불에 타고, 배달 중인 가지가 엉망이 되고, 총책임자를 차로 칠 뻔하고….

하지만, 오늘은 내 생애 최고의 날이었다. 할머니가 내 이름을 기억했으니까.

30

알도 브라프

분노 조절 장애가 있다고 해서, 못 하는 일이 많은 건 아니다.

2등. 내연기관 프로젝트로 우리는 과학경진대회에서 2등을 차지했다. 간발의 차이로 우승을 빼앗기는 것보다 차라리 150등이 나을 뻔했다. 트로피엔 관심도 없다. 싸구려 상점에서도 그런 플라스틱 트로피는 얼마든지 살 수 있으니까. 하지만 우리는 너무나 아까운 차이로 커밋 선생님을 구하는 데 실패했다! 게다가 1등은 담임선생님을 구할 필요가 전혀 없는 샌님들이 수상했다. 그 팀의 프로젝트는 기억도 안 난다. 무슨 풍차였는데. 하지만 우리 프로젝트를 기억하지 못하는 사람은 아무도 없다. 특히 '대형 화재 방지'를 위해 길가의 나무들과 덤불들에 물을 뿌려댄 소방서는 우리 프로젝트를 절대 잊지 못할 거다.

엠마 선생님은 우리 기분을 북돋워주려고 애썼다.

"그렇게 자기중심적으로 해석해선 안 돼. 너희 프로젝트도 풍력 발전 터빈 프로젝트 못지않게 훌륭했지만, 청정에너지에 대한 관심이 요즘 워낙 뜨겁잖니."

"뜨겁다고요? 우린 실제로 온 길가를 뜨겁게 불태웠다고요! 그보다 더 뜨거울 수도 있어요?" 내가 물었다.

"사람들은 환경에 관심이 많잖아." 선생님이 차분히 대답했다. "너희 프로젝트는 정말 멋졌지만, 내연기관은 이제 구시대적인 기술이니까."

"모두들 어떻게 과학경진대회에 왔는데요? 내연기관 엔진을 몰고 왔잖아요." 반스톰이 받아쳤다.

"풍력발전을 이용해 온 사람은 아무도 없을걸요." 일레인도 낮은 목소리로 거들었다.

엠마 선생님이 한숨을 내쉬었다.

나는 엠마 선생님께 화를 낼 생각은 전혀 없다. 선생님도 우리만큼 간절히 이 프로젝트의 성공을 원했으니까.

나한테 공부하라고 시키든, 소리를 지르든, 털꼬리를 떼든, 선생님은 나의 적이 아니라는 걸 알려준 분은 커밋 선생님이었다. 선생님이 아니었으면 〈나의 올드 댄, 나의 리틀 앤〉 같은 책을 들어보지도 못했을 거다. 빌리, 올드 댄, 리틀 앤을 모르던 시절을 상상할 수도 없다. 진짜 내 친구들처럼 느껴진다. 물론 올드 댄과 리틀 앤은 사람이 아니라 개지만.

"불쌍한 커밋 선생님." 키아나가 말했다. "선생님을 실망시켰다니, 믿고 싶지 않아요."

"너희들이 그런 생각을 하지 않았으면 좋겠다." 엠마 선생님의 말투는 굉장히 단호했다. "너희들은 커밋 선생님을 절대 실망시키지 않았어. 오히려 그 반대지. 그 어느 반보다 너희들을 자랑스러워하셔. 새 차도 너무너무 사랑하시고."

"그런데 왜 그날 집으로 직접 몰고 가지 않으셨어요?" 마테오가 물었다.

"그건 경주용 연료 때문이었어. 제이크가 경주용 연료를 모두 뽑아내고 일반 연료를 채워 넣어야 커밋 선생님이 운전하실 수 있었거든. 커밋 선생님이 굉장히 귀여운 이름을 차에 지어주셨더라. 코코 너드라고. 정말 예쁘지 않니?"

엠마 선생님은 예쁘다고 생각하는 게 무척 많다. 내 스타일은 정말 아니다. 블라디미르라면, 뭐, 파충류스럽게 예쁘다고 봐줄 수는 있다. 그리고 올드 댄과 리틀 앤도. 물론 현실에서 만나본 적은 없지만.

어쨌든, 커밋 선생님은 멋지게 변신한 차가 마음에 들긴 해도, 오늘 학교에 올 마음은 없으셨나 보다. 우리 반에 온 대리 교사는 다름 아닌 란스만 선생님, 새벽의 저주였다.

솔직히 말하면, 이번에 새벽의 저주는 그리 나쁘지 않았다. 커밋 선생님을 못 보게 된다는 사실에 너무 기운이 빠져서, 우리한테 선생님을 힘들게 할 에너지가 없었기 때문일 수도 있다. 교과서를 몇 번 떨어트리긴 했지만, 타이밍을 동시에 맞출 생각도 없을 만큼 우리 관심은 다른 데 있었다. 우리에겐 세상에서 제일 좋은 선생님을 구할 기회를 우리가 날려버리는 바람에 잃게 생겼는데, 가짜 전자파 소리나 내며 장난을 칠 수 있겠는가? 우리는 새벽의 저주도 감지덕지인 학생들이다. 이분보다 훨씬 못된 선생님이 오셔도 할 말 없다. 그런 분이 누구일지 그려지지도 않는다.

공부하라는 선생님의 말씀에, 어느 누구도 반발하지 않았다. 칭얼대거나 불평하지 않았다. 나는 올드 댄과 리틀 앤 이야기를 다시 읽을 수 있어서 행복했다. 이 책을 읽는 동안 커밋 선생님도, 우리가 날려버린 기회도 잊을 수 있을 테니까.

새벽의 저주가 잠시 우리를 지켜봤다. 그러더니 한숨을 길게 내쉬고 말했다.

"알았다. 어디 들어보자."

우리는 영문을 몰라서 그저 선생님을 바라보기만 했다.

"어서. 고민이 있잖아, 너희들 모두. 나한테 말해봐."

그러자 마치 댐이 무너지듯, 우리는 각자 정신없이 이야기하기 시작했다.

"우리 선생님이 아무 이유 없이 해고를 당하셨어요!"

"정말 불공평해요!"

"못된 테디어스 박사가 커밋 선생님을 미워해서 그래요!"

"디멘터*보다 더 악랄해요!"

---

* Dementors. 〈해리 포터〉 시리즈에서, 아즈카반 감옥을 지키는 간수들.

"그때 차로 받아버렸어야 했는데!"

꼬리에 꼬리를 물었다. 얼마나 말도 안 되는지, 얼마나 불공평한지 끝없이 불평을 늘어놓았다. 이 교실에서 다른 아이들이 나만큼 화를 내는 걸 처음 봤다. 그렇다고 우리 모두가 분노 조절 장애가 있다고 말할 수는 없겠지. 우리가 할 수 있는 유일한 반응이 분노뿐일 때도 있는 거니까.

놀라운 건, 새벽의 저주가 우리를 야단치거나 조용히 하라고 소리치지 않았다는 거다. 선생님은 우리의 이야기를 들어주셨다. 일곱 명이 동시에 아우성치며 하는 이야기를 듣는 게 쉽지 않았을 텐데 말이다.

무슨 소란인가 싶어 엠마 선생님이 우리 반으로 달려왔고, 란스만 선생님은 복도에서 아주 오랫동안 엠마 선생님과 이야기를 나눴다.

마침내 란스만 선생님이 교실로 돌아와서 우리를 보며 말했다.

"음, 내가 너희들을 잘못 평가했던 것 같구나."

선생님이 틀렸다. 우리에 대해 나쁘게 평가하셨던 지난번보다 우리는 갑절로 형편없는 애들이다. 왜냐하면 우리는 커밋 선생님을 도울 기회가 있었는데도, 그걸 놓쳤으니까.

31

커밋 선생

코코 너드가 돌아왔다. 그렇다고 볼 수 있다.

알아보기 쉽지는 않다. 1992년에 피오나가 골라준 크라이슬러 콩코드의 형체가 거의 남아 있지 않으니까. 남들 눈에 띄는 게 제일 중요한 중3 아이들이 디자인한 자동차, 딱 그 수준이다. 크롬, 반짝거리는 페인트, LED 조명, 크루즈 미사일만 한 배기관, 그리고 앞을 보기 힘들 만큼 높이 솟아 있는 엔진.

경적을 울리기도 겁난다. 아이들의 음악 취향을 아니까.

일반 연료를 넣고도, 이 차는 로켓처럼 나간다. 처음에 겨우 용기 내서 가속 페달을 밟았다가 앞서 달리던 트럭을 들이받을 뻔했다. 일반 도로에서 달리면 교통법규 위반으로 잡힐 것만 같다.

나는 이 차가 정말 마음에 든다. 아이들이 나를 위해 만들어준 차니까. 아이들한테 받은 두 번째로 멋진 선물이다. 진흙투성이 화

단으로 곤두박질쳤다가 온몸에 비료 냄새를 잔뜩 풍기며 기어 나온 테디어스 박사를 보게 해준 게 최고의 선물이었고.

이 아이들은 곧 해고당할 교사가 맡을 수 있는 최고의 그룹이다. 아이들은 내 이름을 상징하겠다고, 개구리를 주제로 차를 꾸몄다. 개구리 커밋. 이제 와 생각해보니, 개구리 주제는 학기 초부터 시작된 거였다. 언티처블스라고 놀림 받던 아이들이 오히려 더 영리하다는 또 하나의 증거다. 아이들이 '개굴 개굴'을 외쳐대는 게 내 이름 때문이란 걸, 나는 전혀 눈치채지 못했다.

아무렴 어때. 나를 좋아한다는 표현인데.

차를 타고 나간 첫날, 경찰이 나를 불러 세우더니 차를 유심히 살펴봤다. 그리고 일주일 안에 엔진을 덮으라면서 범칙금 고지서를 발부했다.

나는 제이크한테 전화를 걸었다. 제이크는 합법적인 보닛을 디자인해주겠다고 약속했다. 운전 중 시야를 확보할 수 있도록 좌석 높이도 10센티미터 높여주겠다고 했다.

"아이들을 후원할 수 있어서 얼마나 좋은지 모르겠어요. 정말 멋진 아이들이거든요. 그동안 선생님이 맡으셨던 어떤 학생들도 이 아이들만큼 잘하진 못했을 거예요."

제이크의 말은 1,000퍼센트 맞는 말이다. 1992년 악몽의 단독 범행 주인공이자 내 인생을 내내 망쳤던 제이크보다 잘 알 사람이 어디 있겠는가?

한편으로 생각해보면, 1992년은 정말 오래전이다. 1992년에 코코 너드는 그저 평범한 차였지만 지금은 대량살상무기로 변신했다. 제이크 테라노바의 변신도 코코 너드 못지않게 극적이다. 제이크는 현재 사업가이자, 언티처블스에게 없어서는 안 될 믿음직한 시민이다. 며칠 전, 나는 우연히 그리니치 다이아몬드 상점 앞에 주차돼 있는 제이크의 포르셰를 봤다. 그리고 그 안에서 벨벳 위에 진열된 반지들을 고르고 있는 제이크를 봤다. 피오나보다 그 딸이 더 힘든 상대일 텐데.

"사람은 변하지." 나는 나의 옛 제자에게 말했다. "자넨 좋은 사람이야, 제이크."

수화기 반대편의 제이크는 목이 메는지 아무 말도 하지 않았다.

나는 어느 누구의 삶을 망친 적은 없다. 하지만, 망가진 사람 못지않게 망친 사람도 힘든 시간을 보내긴 마찬가지였을 거다.

수요일에 나는 다시 출근했다. 학교가 무사히 잘 있는지 궁금해서가 아니라, 내 아이들이 과학경진대회에서 우승하지 못한 것을 자책하게 두고 싶지 않았다. 사실은 그 반대이기 때문이다. 아이들은 나의 기대치 이상이었다. 부부젤라를 가져다가 강물에 빠트린 이후, 아이들은 매일매일 나의 기대치를 뛰어넘는다.

코코 너드가 변신한 후 또 한 가지 달라진 점은, 주차하기가 어려워졌다는 거다. 외부로 돌출된 배기관 덕분에, 코코 너드의 너비가 일반 보트만큼 넓어졌다. 그래도 나는 엠마의 프리우스와 엘리아스 농장 소유의 픽업트럭 사이에 겨우겨우 차를 밀어 넣었다. 문을 열자 내가 내릴 수 있는 공간은 10센티미터 남짓이었다. 하지만 놀랍게도 나는 그 틈으로 빠져나왔다. 머스터드소스를 바른 토스트 덕분에, 요즘 내 몸이 조금 날씬해졌기 때문이다. 곧 직장도 잃을 텐데, 체중 조절 전문가로 이미지 변신이나 해볼까? 돈 많이 벌 텐데. 적어도 585마력 엔진을 장착한 코코 너드의 기름값 정도는 벌 수 있을지도 모르지.

정문을 막 들어서는데 바르가스 교장이 뛰어나와 내 팔을 붙잡았다.

"재커리, 얘기 좀 해요."

"나중에 합시다. 우리 반 아이들이 잘 있는지…."

"지금 당장요!"

교장은 나를 교장실로 끌고 들어가서는 문을 닫았다.

현관 앞에서 진을 치고 나를 기다린 게 분명하다. 그렇다면 이유는 빤하다. 테디어스 박사가 과학경진대회를 핑계로 나를 당장 해고하려는 거겠지. 너무 화가 나서 학기가 끝날 때까지 기다려주기도 싫은 모양이군.

"테디어스 박사가 나를 직접 자르겠답니까? 아니면 골치 아픈 일이니 당신에게 대신 시켰소?" 나는 씁쓸한 표정으로 물었다.

대답 대신, 크리스티나가 〈그리니치 텔레그래프〉를 건넸다.

"당신은 기분이 어때요, 크리스티나? 테디어스 박사 대신 도끼를 휘두르는 기분이 어떠냐고요."

신문에 눈길도 주지 않은 채 나는 교장에게 말했다. 언제나 내

편에 서줬던 크리스티나에게 내 감정을 쏟아내다니 살짝 후회가
됐지만, 너무 화나서 참을 수가 없었다.

"읽어봐요, 재커리." 그녀가 재촉했다.

지역 최고의 교사가 해고되다
그리니치 텔레그래프, 마틴 란스만 기자

학생 개개인이 발전할 수 있는 학교 시스템을 만드는 것은 모
든 지역 사회가 추구하는 목표다. 그리고 이것은 훌륭한 교사
들이 있어야 가능해진다. 하지만 학생들의 삶을 진정으로 변화
시킬 수 있는 교육자를 찾는 것은 쉬운 일이 아니다. 여기 그리
니치 중학교 3학년 특별자율학습반을 맡은 재커리 커밋 교사
가 있다. 어느 면에서 보나 커밋 교사는 기적을 이뤄낸 주인공
이다. 그가 맡은 반 학생들의 이번 학기 성적 평균은 87점이나
된다. 지역 과학경진대회에서는 2등 수상의 영예를 안았다. 징
계 대상이던 문제점들도 사실상 모두 사라졌다. 무엇보다 가장
눈에 띄는 점은 학습 분위기다. 그리니치에서 가장 다루기 어려
웠던 이 학급의 분위기는 배려와 지지와 열정, 그리고 성취감으
로 가득 차 있다. 여기서 절대 간과해서는 안 되는 것은, 바로
교사를 향한 학생들의 사랑과 존경이다.
이 모든 것을 이뤄낸 커밋 교사가 얻은 것은 무엇일까? 추천
장? 보너스? 승진?
놀랍게도, 해고 통지서다. 이번 학기를 끝으로 그의 교사직은
박탈되고 (…)

나는 계속해서 읽어 내려갔다. 기자는 테디어스 박사의 이름을 지목하며, 지역에서 가장 훌륭한 교사가 왜 해고되어야 하는지 따져 물었다. 그러면서 1992년에 발생했던 시험지 유출 사건에서 생긴 개인적인 원한 때문이 아니냐며 비난했다. 1992년 사건에 교사의 잘못은 없었다고 단언한 그 당시의 학생이자 현재 유능한 지역 사업가, 제이크 테라노바의 말을 인용하기도 했다.

기사의 마지막은 이렇게 마무리되었다.

테디어스 박사, 당신에게 전합니다. 사소한 불만은 접어두고, 교육에서 가장 중요한 주체가 누구인지 기억하기 바랍니다. 바로 우리 아이들입니다.

"누가 쓴 기사죠? 마틴 란스만이 대체 누군데 우리 반에 대해 이렇게 상세히 알고 있지?"

"지난 월요일 선생님 반에 대리 교사로 들어가신 분이 베아트리체 란스만 선생님이에요. 마틴은 그분 아드님이죠. 아마 아이들이 란스만 선생님께 자세히 얘기한 것 같아요."

"정말 특별한 아이들이야." 목소리를 떨지 않으려고 나는 꽤나 애썼다. "아이들의 최고치를 봤다고 생각할 때마다, 아이들은 한 단계를 더 뛰어넘지. 그래서 내가 한시라도 빨리 교실로 가고 싶어 하는 거요. 함께할 시간이 얼마 남지 않았으니까."

"제가 지금 말하려는 게 바로 그거예요. 지역 주민 모두가 이 기사를 읽었어요. 교육청에 지금 전화와 이메일이 폭주하고 있어요. 재커리, 당신은 해고되지 않아요!" 크리스티나가 소리쳤다.

"테디어스 박사가 마음을 바꿨나?" 나는 어안이 벙벙했다.

"테디어스 박사도 다른 방법이 없죠. 당신은 이 지역의 영웅이니까요. 아이들과 학년을 끝낼 수 있고, 내년 6월에 조기은퇴도 신청할 수 있어요. 축하해요, 재커리. 정말 기뻐요."

안도감과 만족감이 동시에 밀려왔다. 그런데, 무슨 이유에선지 이렇게 좋은 소식을 듣고도 생각만큼 기쁘지 않았다. 행복하고, 기쁘고, 거만하고 이기적 폭군인 교육감을 물리친 승리감에 도취되어야 하는데.

그러다 바로 깨달았다. 중요한 건 복귀가 아니었다는 걸. 내년 6월 조기은퇴가 나의 문제였던 것이다. 몇 달 후면 스스로 나갈 텐데, 생각해보니 12월에 나를 내보내려는 테디어스 박사와 굳이 싸울 이유가 없었다.

이번 학기 동안 언티처블스 아이들은 내게 정말 많은 것들을 해주었다. 하지만, 내가 여전히 교사라는 사실을 일깨워준 것이 아이들이 내게 준 가장 큰 선물이다. 나는 아직 아이들에게 해줄 것이 많다. 지금 이 아이들뿐 아니라, 앞으로 맡게 될 아이들에게도.

"은퇴 안 합니다. 내년에도 아이들을 맡게 해줘요."

"재커리?"

크리스티나가 머뭇거리며 나를 봤다.

"특자반-3으로 부탁합니다. 다른 반은 싫어요. 아이들과 교실에 있을 테니, 궁금한 점이 있으면 그리로 와요."

오랫동안 잊고 지냈던 에너지와 목적의식을 가지고, 나는 117호로 향했다. 교실에 가까워질수록 나의 발걸음은 깃털처럼 가벼워졌다. 풀 죽어 있는 아이들을 보고 그래서 더 놀랐는지도 모른다. 나는 세상을 다 가진 것처럼 행복한데, 아이들은 모두 축 늘어져 있다니. 반스톰은 왼쪽 목발 덕분에 쓰러지지 않고 겨우 의자에 앉아 있는 것 같았다. 라힘은 책상에 엎드려 있었다. 자는 게 아니라, 너무나 풀이 죽어서 고개를 세울 힘이 없는 거였다. 알도마저 특유의 적대적인 표정을 잃어버린 채, 뭐든 받아들일 준비가 된 얼굴이었다. 아무도 '개굴 개굴'을 외치지 않았다. 단 한 번도.

나는 내 책상 모서리에 걸터앉았다.

"너희들한테 전할 소식이 있다."

키아나가 벌떡 일어나더니, 작은 목소리로 말했다.

"저희가 먼저 할게요, 커밋 선생님. 과학경진대회에서 우승해서 선생님을 도와드리고 싶었는데, 정말 죄송해요. 거의 우승할 뻔했는데, 저희가 조금 부족했어요. 어쩌면 사람들 말이 맞는지도 모르겠어요. 저희는 정말 안되는 애들인가 봐요."

나는 벌떡 일어섰다.

"그런 소리 하지 마라! 이 학교에서 너희들이 가장 뛰어난 아이들이야. 이 학교 아이들을 대부분 가르쳐봤기 때문에 내가 잘 알아. 아무것도 미안해할 필요 없다! 게다가, 난 해고도 당하지 않는다."

아이들에게 이 말부터 해줬어야 했는데.

아이들이 모두 집중했다. 라힘마저도. 일레인이 벌떡 일어서는 바람에 의자가 튕겨 나갔다.

"우리를 속이시려는 거죠?" 반스톰이 의심하듯 물었다.

"정말이에요, 커밋 선생님?" 눈이 휘둥그레져서 파커가 물었다.

"정말이고말고. 나도 정확히 어떻게 된 일인지 몰라서 자세히 설명해줄 수는 없다만, 아마…."

거기까지밖에 말하지 못했다. 아이들이 내 책상으로 몰려들어 환호하며 내게 하이파이브를 해대는 바람에 거의 넘어질 지경이었으니까. 아이들의 행동은 소란스럽고, 거세고, 거의 폭력에 가까운, 말 그대로 허용해줄 수 없는 행동들이었다. 하지만 나는 그냥 놔뒀다. 이 아이들이라면 더 심한 것도 봐줄 수 있다.

갑자기 무슨 소란인가 싶어 엠마가 뛰어 들어왔다.

"우리 선생님이 해고 안 당한대요!" 파커가 큰 소리로 말했다.

엠마의 요란스러운 환호도 아이들 못지않았다.

엠마의 약혼반지가 눈에 띄었다. 아주 큼지막한 반지. 이상하게도 대견스러운 자식을 보는 기분이었다.

"그만! 진정해라, 모두들! 기쁜 소식이 있다고 여기가 학교인 걸 잊으면 되겠니? 과제는 다들 잘하고 있겠지?"

아이들이 제자리로 돌아갔다. 그리고 그제야 책과 노트를 넘기고 아이패드를 꺼내기 시작했다. 알도와 일레인은 〈나의 올드 댄, 나의 리틀 앤〉 뒤로 사라졌다.

"정말 잘됐어요, 커밋 선생님. 서클 타임에서 나눌 좋은 이야기가 많아졌네요." 엠마가 자기 교실로 돌아가며 말했다.

나는 자리에 앉아서 주차된 코코 너드에 반사되어 반짝거리는 햇빛을 바라봤다. 코코 너드와 나는 공통점이 꽤 많다. 저 차도 나처럼, 금방이라도 부서질 것 같은 낡아빠진 고물이었다. 하지만 우리는 둘 다 개조되었다. 7명의 언티처블스 덕분에.

그때 알도가 고통스러운 듯 울부짖었다.

"안 돼!"

나는 너무 놀라서 알도한테 달려갔다.

"알도, 왜 그러니?"

녀석의 얼굴은 자기 머리색보다 더 붉게 변한 채, 눈물로 범벅이 되어 있었다.

"올드 댄과 리틀 앤! 죽었어요! 둘 다!"

"무거운 내용이네." 일레인도 침통한 표정을 지었다.

나는 조심스럽게 말을 꺼냈다.

"음, 어떤 이야기들은 말이지…."

"제가 끝까지 읽은 책은 이 한 권뿐이라고요! 딱 이 한 권! 그런데 어떻게 나한테 이럴 수 있죠? 표지에 경고 스티커라도 붙여놨어야죠. '경고: 개를 싫어하는 사람이 아니면 이 책을 읽지 마시오!'라고 말이에요!"

보통 3학년 정도면, 고통스러운 비극적 결말을 여러 번 경험한다. 하지만 알도에겐 이 책이 끝까지 완독한 첫 번째 소설이었다.

나는 착한 토끼들 차트로 가서 지퍼백에 들어 있는 털꼬리를 한 개 꺼낸 후, 알도의 칸에 붙여주었다.

"잘했다. 문학작품에 공감하다니. 축하한다, 알도."

알도는 처음엔 놀라는 것 같더니, 아이들이 박수를 쳐주자 앞으로 나와서 유일하게 붙어 있는 털꼬리를 떼어 키아나한테 건넸다.

"계산은 정확히 해야지. 너한테 갚을 게 아직 많이 남았지만."

"그냥 너 가져." 키아나가 말했다.

알도가 고개를 저었다. "시장경제에서 배운 대로 할 거야."

그러자 키아나가 내게 말했다. "에이, 커밋 선생님. 제가 이걸 받아야 하는 거예요? 시장경제에서도 그런 게 있잖아요. 자기가 원하면 선물로 그냥 주는, 뭐 그런 거."

알도의 눈이 동그래졌다. 머리카락이 좀 더 붉어진 것 같았다. 붉게 상기된 녀석의 뺨 때문에 그렇게 보였는지도 모르겠다.

"당연하지. 빌려준 사람은 얼마든지 빚을 탕감해줄 수도 있어."

내가 이렇게 판결을 내리자 알도가, 그리니치 학군을 통틀어 가장 말썽쟁이인 녀석이 키아나를 힘껏 안아주었다.

나의 교직 생활은 평탄치 않게 흘러왔다. 그리고 지금 나는, 모든 면에서 가장 형편없으나, 내 생애 가장 훌륭한 아이들과 함께 여기에 있다. 어찌 보면, 내가 있어야 할 곳에서, 내가 꼭 해야 할 일을 하고 있는 기분이 든다.

가르칠 수 없는 아이들을 가르치는 일.

32

키아나 루비니

우리 엄마는 스타가 될 것 같다.

음, 꼭 그런 건 아니고. 내가 보기에 우리 엄마가 괜찮은 배우가 된 것 같기는 하다. 엄마는 유타에서 영화 촬영이 끝나자마자, 다음 달 캐나다에서 촬영을 시작하는 영화에 배역을 맡았다. 예산이 많은 영화라고 하니, 꽤 성공한 셈이다. 엄마가 영화를 찍는 동안 엄마와 함께 있을 나를 위해 개인 교사도 준비해준다고 하니까.

고맙지만 사양하겠다고 말하면, 엄마가 너무 실망하지 않았으면 좋겠다.

이 따분한 동네를 하루빨리 떠나고 싶어 했던 걸 생각하면, 나 스스로도 나의 결정이 놀랍다. 그리고 분명히 말해두지만, 절대, 다시 한 번 강조하지만 절대로, 추수감사절 방학 전 주에 열리는 댄스파티에 함께 가자고 알도가 나한테 고백한 것 때문은 아니다.

나는 남자 때문에 모든 걸 포기하거나 모든 계획을 바꾸는, 그런 여자가 절대 되지 않을 거다. 새엄마는 그랬다. 아빠와 결혼하려고 시카고를 떠나 그리니치로 왔다. 그리고 아직도 후회하고 있다. 아빠와 결혼한 걸 후회하는 게 아니라, 이 동네에 시카고만큼 괜찮은 피자를 파는 곳이 없다고 언제나 불평한다.

내가 단기 전학생이 된 것도, 그리고 그 외의 일들도 모두 예상했던 일들이 아니었다. 하지만 그게 바로 단기 전학생의 인생이다. 다시 옮길 때 옮기더라도, 지금은 이곳 생활에 맞춰야 한다. 자리를 잡고 뿌리를 내리는 거다. 난 친구도 생겼고, 몇 달 후면 첫걸음마를 뗄 아기 동생도 있다. 새엄마가 나를 학교에 등록시켜주었으니, 그 보답으로라도 이 학교를 좀 더 다녀야 하지 않을까 싶다.

며칠 후, 엄마가 밴쿠버 공항에서 전화를 했다. 혹시라도 내 마음이 바뀌지 않았나 해서. 3일 후면 촬영이 시작이라, 개인 교사를 부르려면 지금이 마지막 기회라고 했다.

"괜찮아, 엄마. 이번 학년은 여기서 마칠래. 어차피 나 같은 언티처블을 가르칠 만한 교사를 구할 수도 없을걸?"

나도 모르게 웃음이 새어나왔다.